O
Monge
do
Andar
de
Baixo

Tim Farrington

O Monge do Andar de Baixo

Tradução
Vera Maria Marques Martins

CIP-Brasil. Catalogação-na-fonte
Sindicato Nacional dos Editores de Livros, RJ.

F451m
Farrington, Tim
O monge do andar de baixo/Tim Farrington; tradução
Vera Maria Marques Martins. – Rio de Janeiro: Best*Seller*,
2007.

Tradução de: The monk downstairs
ISBN 978-85-7684-087-9

1. Mulheres divorciadas – Ficção. 2. Ficção americana.
I. Martins, Vera Maria Marques. II. Título.

06-3153

CDD – 813
CDU – 821.111 (73)-3

Título original norte-americano
THE MONK DOWNSTAIRS
Copyright © 2002 by Tim Farrington

Capa: Rodrigo Rodrigues
Editoração eletrônica: DFL

Todos os direitos reservados. Proibida a reprodução,
no todo ou em parte, sem autorização prévia por escrito da editora,
sejam quais forem os meios empregados.

Direitos exclusivos de publicação em língua portuguesa para o Brasil
adquiridos pela
EDITORA BEST SELLER LTDA.
Rua Argentina, 171, parte, São Cristóvão
Rio de Janeiro, RJ – 20921-380
que se reserva a propriedade literária desta tradução.

Impresso no Brasil

ISBN 978-85-7684-087-9

em memória de minha mãe,
BEVERLY ANNE JOHNSON FARRINGTON
25 de novembro de 1937 a 24 de dezembro de 1997, com amor

E respondendo, Jesus lhe disse: "Marta! Marta! andas inquieta e te preocupas com muitas cousas. Entretanto, pouco é necessário, ou mesmo uma só coisa; Maria, pois escolheu a boa parte e esta não lhe será tirada."

Lucas 10: 41-42

PARTE I

*Vamos encarar o fato de que a vocação monástica
tende a apresentar-se ao mundo moderno
como um problema e um escândalo.*

THOMAS MERTON

Capítulo Um

Numa sexta-feira à noite Rebecca finalmente acabou de pintar o apartamento de hóspedes na parte de baixo de sua casa e no sábado de manhã alugou-o a um pobre sujeito recém-saído de um mosteiro. O anúncio ainda nem fora publicado no jornal, mas ela pusera uma plaquinha de "aluga-se" na janela da frente; passando pela rua, o homem tinha visto a placa e tocado a campainha. O nome dele era Michael Christopher.

Era um homem esbelto, de cerca de quarenta anos, um pouco parecido com Lincoln, com os ombros curvos e um rosto comprido e triste coberto por uma barba que precisava ser aparada. As mãos eram grandes demais para os braços, e os pés, grandes demais para as pernas. Os cabelos escuros estavam muito curtos, deixando óbvio que a cabeça fora mantida rapada até recentemente. O teto do apartamento era baixo, e ele conservou a cabeça um tanto encurvada — se por receio de um choque ou por humildade, Rebecca não saberia dizer. Mas como o homem não era tão alto a ponto de não poder endireitar-se sem bater a cabeça no teto, então talvez fosse mesmo humilde. Usava calça preta muito amassada, camisa encardida que um dia fora branca, paletó preto com um ombro descosturado e botinas de lona de uma era em que os tênis ainda não eram populares. Depois de viver durante vinte anos uma vida de monge, ele conseguia carregar todos os seus pertences numa bolsa preta ridiculamente pequena, parecida com uma maleta de médico.

— Por que deixou o mosteiro? — perguntou Rebecca.

Ele deu de ombros.

— Briguei com meu abade. Entre outras coisas.

— Brigou?

O homem sorriu, e em seu sorriso havia uma ponta de amargura.

— Para pôr em termos leigos.

— Bem, isso não é muito cristão, é? — brincou Rebecca.

— É uma longa história — explicou Christopher, hesitante. — Para ser franco, eu já estava farto daquele lugar. Tinha me enfiado em um buraco a poder de rezas.

A evidência de seu gênio esquentado e sua franqueza foram estranhamente tranqüilizantes. Ela gostava do sorriso dele e dos sinceros olhos castanhos. Claro, ele não tinha nada que o recomendasse. Nem mesmo carteira de motorista. Tinha um cheque, uma espécie de indenização por tempo de serviço — pessoas de vida contemplativa recebem esse tipo de indenização? —, que não conseguira trocar. Ainda não encontrara emprego. Do que Rebecca podia perceber, ele não tinha expectativas, nem planos, nem *curriculum vitae*. Mas havia algo nele de que ela gostara demais, uma profundidade melancólica. Sem falar na atração do quixotesco. Ele devotara sua vida adulta à contemplação de Deus, e esse era seu *curriculum vitae*. Fizera o que ela sempre desejara fazer com sua própria vida: jogá-la na boca do Significado, num gesto grandioso e inútil e disso não lhe restara nada além das roupas que vestia. Passara as últimas noites no parque e fazia três dias que não comia, mas não parecia perturbado por isso. Tudo perfeitamente de acordo com o Novo Testamento.

Mostrar o apartamento levou muito pouco tempo. Havia apenas um banheiro, uma cozinha minúscula sem fogão, com uma pequena geladeira em um balcão e uma chapa elétrica em outro, e mais um cômodo, o único que merecia esse nome: um retângulo de dois metros e quarenta por quatro metros e meio, com o piso recoberto por um carpete que no mostruário não parecera tão depressivamente cor de lama.

As paredes, ao menos, eram de uma bonita cor creme. Rebecca estava orgulhosa de seu trabalho como pintora.

A única janela da sala se abria para o árido quintal. Christopher andou até ela e ficou olhando através da vidraça para o terreno coberto de mato. Rebecca sentia sua melancolia. Não era algo promissor.

— Pretendo fazer um jardim ali — disse ela. — Ou alguma outra coisa. Mas parece que nunca tenho tempo. E, se tenho, só quero descansar.

— Eu gostaria de trabalhar nesse quintal. É um bom espaço.

— Ah, bem... — murmurou Rebecca, nervosa, presumindo que ele pretendesse conseguir uma redução no preço do aluguel em troca de trabalho. — Se eu pudesse pagar um *jardineiro*...

Ele a olhou com genuína perplexidade. Não lhe ocorrera cobrar por seus serviços. Bem, aquilo também era muito Novo Testamento, naturalmente. Mas hipotecas são coisas do Velho Testamento, e a de Rebecca estava prestes a vencer. Ela tivera a esperança de alugar o apartamento para uma solteirona sossegada com uma renda visível, não para um homem de Deus sem um vintém.

Não estavam muito perto um do outro, mas ela ouviu claramente o estômago dele roncar. Seus olhos se encontraram. O olhar dele pedia desculpas, com um traço de seco divertimento. Ele tinha lindos e expressivos olhos castanhos. Rebecca levou-o para o andar de cima, deu-lhe uma tigela de flocos de cereais e apresentou-o à filha. Com seis anos, Mary Martha era um infalível detector de mentiras. Christopher ficou imediatamente à vontade com a menina, de modo tranqüilo. Muitos adultos aumentavam o tom de voz ao falar com crianças, como se elas fossem surdas. Mas Christopher mostrou-se serenamente atencioso, como se ele próprio fosse uma criança tímida. Os dois se sentaram à mesa da cozinha com suas tigelas gêmeas e juntos ficaram examinando a parte de trás da caixa de cereais. Não demorou muito para que Mary Martha começasse a tagarelar e, quando convidou Christopher para ir ver seus unicórnios, Rebecca tomou isso como um sinal e decidiu alugar o apartamento para ele.

No dia seguinte ficou tentada a mudar de opinião. O dilúvio de candidatos que responderam ao anúncio no jornal incluía um bom número de sólidos cidadãos. Ela, porém, já trocara o cheque para Michael, e ele se acomodara no apartamento. Além disso, era preciso admitir que a satisfação dele com sua morada a encantava. Ela nunca vira um homem tão feliz por ter à sua disposição um chuveiro, uma chapa elétrica e uma minúscula geladeira.

Para irmão James Donovan
A/C do Mosteiro de Nossa Senhora de Betânia
Mendocino, Califórnia

Caro irmão James,

Muito obrigado por sua carta e pela comovente preocupação comigo. Na verdade, acomodei-me muito bem à situação aqui na cidade, como você desejava. Os detalhes que me pede não são muito importantes. Basta que saiba que estou contente. (A propósito, devo pedir-lhe que não se dirija mais a mim como "irmão Jerome". Agora sou Michael Christopher, embora esse nome, depois de vinte anos, estranhamente me pareça um pseudônimo. Mas essa é mais uma razão para eu insistir em usá-lo. Minha própria identidade se tornou uma espécie de penitência.)

Perdoe-me dizer isto, mas, francamente, não vejo propósito em continuarmos nossa conversa. Você é jovem, entusiasmado, e quando chegou ao Nossa Senhora de Betânia viu em mim algo que tomou como sabedoria. Eu era um monge maduro — você pensou —, com uma vida interior rica de Deus. Tomou-me como modelo, e devo confessar que me senti lisonjeado, mas com certeza essa minha "profundidade" agora se revelou um efeito colateral de qualidades menos admiráveis. A "riqueza" de minha vida interior é complexa, mais cheia de dúvidas do que iluminada pela fé.

É certo que nossas conversas foram deliciosas. Prezei a dádiva de sua amizade desde o momento em que você entrou para o mosteiro. Seu modo jovem de ver as coisas, sua inteligência, a pureza de seu compromisso com a vida contemplativa, foram uma alegria para mim

*e uma renovação para meu espírito. Mas, de maneira paradoxal,
enquanto eu procurava passar-lhe um pouco de meu amor pela vida
contemplativa, percebi o pouco que tinha para mostrar, depois de
vinte anos de oração. Tornou-se um tormento ver sua inocente avidez.*
Descobri que algo em mim dizia, ou melhor, gritava: Vá embora, volte
para o mundo, enquanto ainda não é tarde demais para que você evite
tornar-se o que me tornei.

*E o que me tornei? Você me pergunta o que a oração representa
para mim agora. Eu costumava ter muitas respostas bonitas. Oração
é comunhão, adoração, louvor; é a prática da presença de Deus. Orar é
viver com amor. Usei uma coleção de definições prontas durante todo
o meu noviciado — todas substanciais e altissonantes, muito impressionantes. Mas todo aquele negócio sagrado parece-me agora um castelo de areia, e o zelo de minhas respostas tornaram-se um monte de
algas ensopadas deixadas para trás pela maré. Há a oração que é simplesmente ver-se através de si mesmo, ver sua própria nulidade, o
vazio imune à auto-afirmação. Uma oração que é o fim da corda. Um
desamparo, insondável e aterrorizante. Não importa quanto você foi
santo e bem-intencionado quando começou, não importa quantas
boas experiências teve ao longo do caminho: quando chega a ponto
dessa oração, deseja apenas sair daquilo tudo.*

E Deus? Deus é aquele que não deixará você sair.

*Entende o que quero dizer? Sou um homem arruinado. Sua bon-
dade agora apenas me machuca e me força a ter uma nova consciência
de meu fracasso. Posso afirmar que não tenho nada a ganhar "seguindo minha carreira secular", como você animadamente descreveu minha situação. Não espero começar nenhuma carreira secular. Mais do
que nunca, tenho certeza de que estou nas mãos de Deus, que minha
vida é um papel para alimentar Sua fogueira. Se agora às vezes me
sinto inclinado a dizer como Jeremias "Ele me guiou e me levou para
a escuridão, não para a luz", isso tem mais que ver com minha própria
tentação de me entregar à amargura do que com sua vocação religiosa. Minhas aparentemente intermináveis querelas com o abade Hackley
e revoltas contra o ranço arrepiante da rotina monástica são agora história acabada. É contra minha amargura e meu senso de fracasso que*

agora devo lutar. Foi para essa luta que Deus me guiou. Isso talvez não seja edificante para você, e eu preferiria suportar minha humilhação sozinho.

Perdoe-me se me expressei de modo rude e acredite em mim quando digo que estou lhe fazendo um favor. Sou, na melhor das hipóteses, uma fábula que aconselha cautela. Sou um amontoado de vidro quebrado e metal retorcido na estrada para Deus. Dirija calmamente, irmão James, e não olhe para trás.

Seu em Cristo (como você diz),
  Michael Christopher

Na primeira sexta-feira depois que alugou o apartamento para Michael Christopher, Rebecca recebeu uma proposta de casamento de Bob Schofield. Ela se assustou, mas não ficou realmente surpresa. Vira as ilusões dele aumentarem com o passar dos meses, mas as ignorara, esperando que se dissipassem. Porém Bob era perseverante além de sua compreensão, imune às suas grosserias e negligências. Insultá-lo, ou a um tanque de guerra, era a mesma coisa. Ele simplesmente contentava-se com o fato de ela de vez em quando aceitar seu convite para ir ao cinema ou deixá-lo pagar-lhe um jantar ou um drinque, trabalhando pacientemente no esquema do Relacionamento, que era como ele desde o início chamava a situação entre eles. Rebecca sabia que as intenções dele eram sérias. Estivera no apartamento dele, vira a prateleira na estante, dedicada a livros sobre relacionamentos. Não havia como negar que Bob se dedicava seriamente ao projeto, e ficava evidente que a falta de entusiasmo de Rebecca não era problema para ele.

A princípio ela teve a esperança de manter uma amizade inofensiva entre eles. Vira em Bob um companheiro, um simples meio de amenizar a solidão de uma mulher que criava a filha sozinha. Até brincara com a idéia de que, devido à dedicação tranqüila de Bob, poderia não chegar a amá-lo, mas talvez, com o tempo, se rendesse a ele. Tal rendição poderia ser a chave perdida que abriria a porta de sua maturidade adiada, um tipo de penitência por sua juventude esbanjada. Talvez maturidade adulta fosse a transição da exaustão da paixão para a benignidade da afeição. Talvez fosse assim que as pessoas se tornassem maduras.

Bob levara Rebecca e Mary Martha à igreja dele num domingo, durante aquela fase de tranqüilidade. Apesar de suas noções exageradas sobre relacionamentos, ele era anglicano, e sua religião pareceu à Rebecca admiravelmente substancial e ao mesmo tempo seguramente abrandada — uma espécie de catolicismo leve, sem o alto conteúdo de culpa e a ferocidade devocional da igreja de sua infância. A missa ecoava, com estranha precisão, a liturgia que ela conhecera quando menina, e não era possível evitar que algumas cordas de lembrança fossem tangidas. Ela se sentiu um pouco perdida na versão anglicana, por exemplo, porque continuava orando quando todo mundo parava, ou parava quando o resto da congregação ainda orava. Ajoelhou-se instintivamente no momento da consagração, obedecendo a um antigo reflexo católico, e Mary Martha, que nunca estivera antes em uma igreja, ajoelhou-se a seu lado sem hesitar. Todo o mundo continuou de pé. Talvez fosse a comovente confiança de Mary Martha, seguindo seu exemplo contra o restante da congregação, talvez uma arraigada teimosia, ou ainda um resíduo de espírito católico, um desprezo pela relutância dos protestantes em dobrar os joelhos, ou apenas a aguilhoada do vazio que aquela postura trazia de volta, ou talvez a sensação penetrante de estar ajoelhada diante de um mistério agora estranho demais para ser adorado, o fato é que Rebecca permaneceu ajoelhada, teimosamente, até mesmo desafiadoramente, e ergueu-se somente na hora do Pai-Nosso, que ela considerou terminado depois do "livrai-nos do mal", deixando que os anglicanos terminassem sozinhos a versão protestante mais longa e dissessem "Amém".

O desconforto culminou com a comunhão. Bob insistiu, quase embaraçando Rebecca publicamente, em que ela o acompanhasse ao longo da nave até o altar. Parecia achar que comungar faria um bem enorme a ela. Seguindo-o, Rebecca ajoelhou-se resignadamente a seu lado, junto à grade de madeira de cerejeira, sentindo-se falsa, quase esperando que um alarme disparasse, denunciando a presença de uma impostora na congregação. O sacerdote aproximou-se e ergueu a hóstia. "O Corpo de Cristo", murmurou ele. "A-mém", disse Rebecca, consciente da entonação católica de sua resposta e estendendo a língua para fora para receber a hóstia de acordo com as instruções que recebera na infância.

"O Pão do Céu", continuou o padre, com uma leve repreensão na voz por ter sido interrompido no meio da frase. Hesitou, com a hóstia na mão, aparentemente espantado por ver aquela língua estendida. Houve uma pausa incômoda. Ao lado de Rebecca, Bob fez um gesto com as mãos, juntando-as em concha, e, depois de um momento de constrangimento, ela compreendeu e imitou-o, preparando-se para receber o pão abençoado. O padre deixou cair uma hóstia em suas mãos e outra nas de Bob; então afastou-se depressa, claramente ansioso por interações menos complicadas.

Bob consumiu seu pedaço de pão com o adequado ar de reverência. Seguindo-lhe o exemplo, Rebecca ergueu a hóstia, mas parou o movimento a meio caminho da boca, dominada por uma súbita sensação de estar cometendo um sacrilégio. Como poderia simplesmente pôr o Corpo de Cristo na boca, como se fosse salgadinho num piquenique paroquial, depois de tantos anos, de décadas literais de frouxidão, se não de verdadeiro pecado? Ela nem rezara. Não dissera: "Senhor, não sou digna de Vos receber." Aqueles inconseqüentes anglicanos omitiam isso.

Um diácono aproximava-se com um cálice, inclinando-se para dar à mulher ao lado de Rebecca um gole do vinho, enquanto entoava: O Sangue de Cristo, a taça da salvação. Antes que ele chegasse diante de Rebecca, ela se levantou abruptamente, tomada pela violenta certeza de que não estava preparada, não mesmo, para a taça da salvação, para o sangue do Cordeiro.

Bob olhou-a, surpreso, então ergueu a mão para segurá-la pelo braço. Parecia achar que ela estava apenas perturbada quanto ao modo de proceder. Rebecca esquivou-se e fugiu, abrindo caminho entre as pessoas em fila para comungar. Correu pela nave central, saiu pela porta da igreja que levava ao pátio de estacionamento, onde finalmente parou, confusa. Não conseguia lembrar-se de como era o carro de Bob. Havia tantos carros de luxo no pátio lotado, que parecia uma feira de automóveis Mercedes.

Ela ainda segurava a hóstia, que estava estranhamente quente contra a palma da mão — um ponto de fogo, uma agulha ou um prego. Um estigma de ambivalência, pensou ela com amargo humor. A manhã de primavera estava morna e tinha uma beleza incongruente. Ela apreciaria mais a costumeira nebulosidade de São Francisco. Estava recordando o dia em que parara de acreditar em um Deus capaz de puni-la. Tinha 16 anos, finalmente podia ir à igreja dirigindo e convenceu a mãe a emprestar-lhe o segundo carro da família, um velho Ford, modelo Corcel, que mais tarde foi classificado como uma bomba que poderia explodir a qualquer momento, devido à localização do tanque de gasolina. Mas, em vez de ir à missa, comprou dois *doughnuts* de geléia, um copo grande de café e foi à praia. Comeu os dois *doughnuts* como um sentenciado à morte comeria sua última refeição, certa de que o Senhor a abateria com um raio por ter, tão calculadamente, usado a igreja como desculpa para dar uma escapada.

De modo espantoso, nada aconteceu. Ela comeu os doces, lambeu os dedos e tomou todo o café em pequenos goles. As ondas continuaram a quebrar-se na areia cinzenta de New Jersey e as gaivotas a fazer suas acrobacias no ar. Era apenas um lindo dia ensolarado como qualquer outro. Mas ela achou que Deus a decepcionara. O mínimo que Ele poderia fazer seria demonstrar algum interesse pelo sacrilégio que ela cometera. Poderia fazer com que outro carro batesse na traseira do Corcel, bem no lugar do tanque de gasolina impropriamente localizado. Uma bola de fogo. Isso mostraria a ela no que dava faltar à missa. Nada fatal, apenas uma sacudidela para chamar-lhe a atenção. Talvez ela saísse das chamas expiatórias um pouco queimada, mas purificada, inundada de uma fé inabalável.

Mary Martha saiu da igreja correndo, as pernas curtas movendo-se rapidamente, os olhos apertados contra a luz do Sol, contendo as lágrimas. Vendo Rebecca, foi em sua direção, já começando a chorar. Bob, um pouco atrás dela, tentava comicamente esconder seu embaraço e desgosto, compor o rosto de uma maneira que não prejudicasse o Relacionamento.

A hóstia transformara-se numa bolinha de massa pegajosa na mão de Rebecca, e ela não sabia o que fazer com aquilo. Não podia jogar o Corpo de Cristo no chão do pátio para que os pombos o comessem. Mary Martha e Bob aproximavam-se, forçando-a a tomar uma decisão; então ela lambeu a palma da mão disfarçadamente e engoliu a hóstia, que ficou grudada em sua garganta.

No carro, a caminho de casa, ouvindo Mary Martha chorar, Rebecca, para seu próprio espanto, começou a chorar também. Bob, desconcertado, gaguejou algumas frases e finalmente, meio desesperado, parou na Dairy Queen, onde comprou sorvete de baunilha salpicado com confeitos coloridos para os três. Foi um gesto tão meigo e tocante que Rebecca por pouco não disse que se casaria com ele, pois sua total humilhação fora, afinal, um recado de Deus. Mas recuperou o bom senso a tempo. Bob guardara o recibo da sorveteria. Ela nem lhe perguntou por quê. Não fazia diferença. Ela não poderia viver com um homem que marcava em seu livro de contabilidade despesas com sorvete.

Não que Bob fosse feio. Na verdade, havia quem o achasse bastante bonito, com todos os fios dos cabelos grossos sempre no lugar e olhos castanhos e esperançosos de cachorro perdido. Ele era inegavelmente um sujeito bonzinho. Era inteligente e podia ser espirituoso. Mas tinha queixo fraco e modos suaves demais. Poderia ser um ótimo amigo gay, pensara Rebecca uma vez. Na verdade, ela o tratava como a um amigo gay, com franca camaradagem, como se ele fosse uma de suas amigas. Mas Bob, apesar de seu jeito, não era gay. Quando saíam juntos para ir ao cinema ou jantar, ele a levava até a porta, na volta para casa, e ficava parado lá, permitindo que a pausa incômoda se tornasse quase insuportável, esperando, com dolorosa evidência, que ela lhe desse um beijo de boa-noite. Rebecca passara a beijá-lo no rosto, apenas para anular o significado do momento, mas, nos últimos tempos, Bob começara a tentar beijá-la na boca. Os movimentos de Rebecca, esquivando-se, e os dele, insistindo, haviam se tornado tão complicados quanto os de dois galos de briga. Os lábios deles já tinham se tocado. Como ele conseguira marcar esse ponto em sua luta pelo Relacionamento estava além da compreensão de Rebecca. Bob não tinha orgulho. Combinado com sua fundamental obtusidade, isso o tornava um pouco perigoso. As coisas nunca deveriam ter ido tão longe.

Ele lhe mostrou o anel em um lindo e ridiculamente caro restaurante italiano em North Beach. Naquele momento, um violinista e uma garçonete carregando um buquê de lírios aproximaram-se da mesa. Bob ajoelhou-se diante de Rebecca. Todas as pessoas no restaurante ficaram olhando para eles com ar indulgente, esperando para aplaudir. Não era possível explicar a elas que a cena era criação apenas de Bob. Rebecca sabia que nunca fizera nada que o encorajasse àquilo. Ao contrário, ignorara todas as insinuações dele, jamais um único "sim" escapara de seus lábios. Parecera-lhe inútil brincar com os sentimentos dele.

Ela estava, inevitavelmente, pensando em Rory, que, com seu dom para o improviso, a pedira em casamento no trem N-Judah numa tarde de terça-feira. Não tinha nem mesmo um anel de noivado para oferecer. Procurou nos bolsos algo que pudesse simbolizar seu amor eterno e deu a Rebecca a palheta com que tocava violão.

— Diga que fará de mim o homem mais feliz da Terra — pediu Bob, ajoelhado no chão, tornando público seu pensamento esperançoso.

Rebecca olhou-o e só pôde pensar em como ele era enfadonho e ridículo.

— Falaremos disso mais tarde, está bem? — murmurou.

Encorajado pelos olhares solidários das pessoas à sua volta, ele insistiu:

— Preciso de uma resposta agora, querida.

Começara a chamá-la de "querida" na terceira vez em que saíram juntos, logo depois do desastre na igreja. Ela parara de rejeitar o tratamento carinhoso no sétimo encontro. Claro que Bob fora o único que contara os encontros. Rebecca inclinou-se para a frente e ordenou em voz baixa, de modo que só ele pudesse ouvir:

— Volte agora mesmo para sua maldita cadeira, Bob. Não vou me casar com você.

Embora com evidente desapontamento, ele obedeceu. Naquilo Bob era bom, esse era seu ponto forte. Os outros no restaurante aplaudiram de modo hesitante. O violinista desavisado começou a tocar algo arranhado e romântico. O garçom, obedecendo à deixa, apareceu com champanhe.

— Talvez eu possa ser o primeiro a dar-lhes os meus mais sinceros parabéns — disse, usando um falso sotaque italiano.

No Lexus de Bob, a caminho de casa, Rebecca acendeu um cigarro. Ela se permitia fumar cinco Marlboros Lights por dia, considerando-os pequenos atos suicidas. Havia também uma certa dose de franca hostilidade naquele gesto, pois Bob tinha horror a cheiro de cigarro em seu carro. Ela desceu o vidro elétrico e deixou entrar uma lufada do frio ar noturno.

— Lamento muito — disse Bob.

— Eu também, Bob.

— Mas eu realmente pensei que...

— Sei que pensou. E isso foi por culpa minha, tanto quanto sua. Eu devia ter sido mais rude há mais tempo.

— Oh! acho que você foi bastante rude, vezes suficientes. Eu só não quis acreditar.

Rebecca olhou-o com admiração. Sempre imaginara se ele notava o modo como era tratado. O rádio do carro tocava algo sinfônico, estupefaciente, num volume anestésico. Bob escolhera uma estação de música erudita, como sempre. Mantinha o ambiente tão ortodoxo quanto o da sala de espera de um consultório dentário. Às vezes, ele fazia pequenos gestos de motorista com a mão livre, enquanto dirigia. Rebecca deu a última tragada, o hálito carregado de substâncias cancerígenas, e atirou o toco de cigarro pela janela. Segurando a fumaça nos pulmões, por um instante sentiu compaixão por Bob e por si mesma.

Deixe-me ficar aqui, pensou. Não me faça voltar para a agitação. Não me faça ser rude com você.

— O que acontece é que amo você — declarou Bob. — Pode me chamar de romântico incurável, mas preciso acreditar nisso.

Rebecca soltou a respiração. A noite carregou a fumaça. Ela apertou o botão e o vidro da janela subiu com um suave zumbido. Sobravalhe apenas um cigarro de sua cota diária de pequenas mortes, e ela não queria fumá-lo ali.

— É apenas um filme, Bob. Você não entende? É apenas um filme, e você perdeu o fio do roteiro. Gosto de você. Admiro sua... coragem, sua garra, sua tenaz boa vontade. E nesta altura da vida nem procuro mais do que isso.

— É claro que procura. Todo o mundo procura.

— Não. Vivi isso de romantismo com meu primeiro marido. Estou com 38 anos, tenho uma filha que ainda está aprendendo a ler e um emprego de que não gosto. Tenho uma hipoteca para pagar. Estou obtendo minha paz da meia-idade com a televisão. Amanhã será outro dia que terei de atravessar. Se você se comportasse, nós poderíamos continuar a ir ao cinema ou a jantar juntos de vez em quando, e eu não me sentiria tão mal. Não preciso de música de violino, Bob. Na verdade, acho isso tudo muito patético.

Bob ouviu o desabafo num silêncio em que havia um toque de amuo.

— Então, voltamos ao tempo da oitava série — comentou por fim.

— Você quer que sejamos apenas amigos. Tenho uma personalidade notável. Nada pessoal, mas o problema não sou eu, é você.

— Eu adoraria se não tivéssemos de regredir tanto, mas se voltar à oitava série está bom para você...

— O que estaria bom para *você*? Em que posso ser diferente? Estou disposto a mudar, Rebecca. Quero crescer. Farei qualquer coisa.

E ele faria, Rebecca sabia. Ela suspirou.

— Se você ficasse melhor do que é, Bob, eu morreria de culpa. Só me leve para casa.

Não conversaram mais durante o restante do percurso até o Sunset. Bob parou diante da casa dela, na Avenida 38, e pôs o carro em ponto morto. De modo acintoso, não desligou o motor e não fez menção de descer. Rebecca descobriu que a pirraça dele era um alívio. Isso tornaria tudo muito mais fácil.

— Bem, boa-noite — disse ela, achando as palavras inadequadas, pois esperava que ao menos compartilhassem alguma camaradagem a respeito do fiasco no restaurante.

Bob, porém, apenas encolheu os ombros.

— Boa-noite — respondeu secamente — sua birra tão óbvia quanto a de uma criança.

Manteve as mãos no volante e não olhou para Rebecca. Queria outro ato da peça. Queria pelo menos a dignidade de uma cena.

Rebecca deu de ombros e abriu a porta do carro, sentindo-se cruel. Desceu, fechou a porta suavemente para evitar alimentar a atmosfera melodramática batendo-a com força, e subiu os degraus até a porta da frente. Ao menos não haveria movimentos de galos de briga naquela noite, não haveria avanços e recuos, nem rendição a beijos roubados.

Os pneus do carro soltaram um guincho petulante quando Bob partiu. Rebecca abanou a cabeça, imaginando se haveria novamente alguém em sua vida, alguém que aparecesse, esgueirando-se entre prognósticos caricaturescos e o vazio. Ela sabia que estivera tentando fingir uma amizade com tanto empenho quanto Bob estivera tentando fingir um romance.

Pagou a babá e mandou-a para casa; então foi ver Mary Martha. A filha dormia profundamente. Rebecca resistiu ao impulso de sentar-se na beirada da cama e ficar olhando seu rostinho perfeito. Bastava-lhe ouvir o ressonar satisfeito da menina. No escuro, uma multidão de bichos de pelúcia amaciava o topo de todos os móveis do quarto. A fase de unicórnios de Mary Martha se prolongava. Às vezes, observando-a brincar, vendo o ar absorto em seu rosto enquanto fazia galopar seus mágicos animais, Rebecca sentia uma ternura feroz crescer em seu peito, colocava-se de prontidão para lutar contra o mundo. Tudo o que queria era proteger a alegria da filha com seus unicórnios. Sabia que querer preservar para sempre aquela inocência era como amar e querer preservar bolhas de sabão. No entanto, naquele momento, nada mais em sua vida a comovia tanto. Muitas vezes pensava que isso era um pouco triste, que ela, àquela altura, já deveria ter encontrado uma outra grande causa. Mas as grandes causas de sua juventude haviam se esvaído. Sua idéia do Grande Quadro deteriorara-se. Ela amava a filha, a bênção de um bom livro e um copo de vinho, depois que a onda de vazio do dia já se fora.

E um cigarro de vez em quando. Isso seria futilidade? Então ela talvez fosse. Rebecca saiu do quarto, fechou a porta e andou silenciosamente pelo corredor, movendo-se com a instintiva cautela que ainda não conseguira abandonar. Cinco anos após o divórcio, a casa continuava perigosa de maneira invisível, como um parquinho de crianças cuja terra escondesse minas não explodidas, restos de uma guerra que já terminara. Pequenas porções de Rory apareciam, devastadoras: um marca-páginas numa coletânea de contos de Glannery O'Connor; uma nota de vinte dólares escondida na gaveta, sob a bandeja de talheres, dinheiro reservado para dias difíceis; cartões de aniversário comprados e nunca enviados. Evidências de promessas não cumpridas, promessas abandonadas.

Ela atravessou a cozinha e foi para a varanda dos fundos. A concha marinha no topo da escada que levava ao quintal estava cheia de tocos de cigarro. Ela pretendia esvaziá-la, mas esquecia. Sentou-se na escada, apertou o casaco contra o corpo e acendeu o último Marlboro do dia. Acima dela, as estrelas pareciam esmaecidas num céu que as luzes da cidade empalideciam. O quintal escuro que se estendia além da escada falava de negligência. Ela teria mesmo de sair cedo da cama, num sábado de manhã, e arrancar pelo menos um pouco de mato.

Lá dentro, o telefone tocou; obedecendo àquele som, uma parte dela, enterrada e louca, emergiu imediatamente, como uma truta saltando para a isca. Como se pudesse ser Rory, como se tudo não houvesse passado de um engano. Como se os milhares de golpes de violação e descuido que haviam provocado a morte do casamento pudessem ser curados com o Band-Aid de um único telefonema.

Mas era Bob, naturalmente. Ela ouviu a voz dele na secretária eletrônica, já pedindo desculpas. Parecia que ele havia tido tempo para chegar a casa e pesquisar o problema em sua biblioteca dedicada ao Relacionamento. Ele explicou que entendera que não dera bastante espaço a ela, que não fora sensível às suas necessidades. Ele "forçara a barra".

A explicação prolongou-se: ele disse que esboçara uma solução também, entrando em detalhes martirizantes. Rebecca parou de ouvir e deu uma tragada profunda no cigarro. Mais quatro baforadas, talvez cinco, e ela amassaria o toco na concha — então a vida lhe pareceria mesquinha e triste outra vez. Era a perversa magia da nicotina que lhe dava aqueles curtos momentos de paz. Mas, fosse como fosse, era bom ficar sentada ali na escada, em silêncio, brincando com a palheta de violão que pendia de uma corrente de prata em seu pescoço, ouvindo os arbustos necessitados de poda farfalharem na brisa que soprava do mar.

Capítulo Dois

Na manhã de sábado, Rebecca acordou quando sonhava que engolira um diamante. A pedra era tão grande, que os médicos disseram que a mataria. Não era absolutamente digerível. Entretanto, alguém disse que se tratava de uma gema valiosíssima, e que não estava perdida, porque eles sabiam onde ela se encontrava.

— Ah! que grande consolo! — ironizou Rebecca, acordando em seguida.

O sonho fora tão vívido, que ela ainda sentia um caroço na barriga, uma sensação que se dissipou muito lentamente. Imaginou por um instante que seu corpo tentava lhe dizer que ela estava com câncer. Uma morte lenta, horrível, era tudo de que precisava no momento.

O quarto estava completamente claro, sinal de que dormira até mais tarde do que de costume. Àquela hora, normalmente Mary Martha teria entrado no quarto duas ou três vezes para falar de necessidades reais e imaginárias. A filha sofria com seu marasmo de fim de semana, Rebecca sabia. E sentia-se mal por isso. Não parava de prometer a si mesma que se levantaria cedo e enfrentaria o dia com disposição. Mas a semana parecia destruir todas as suas boas intenções. Toda manhã de sábado ela era a mesma massa informe deitada na cama.

Levantou-se, vestiu o desgastado roupão atoalhado e arrastou-se pelo corredor em direção ao banheiro, esperando a filha aparecer a qualquer momento. Mas não havia o menor sinal de Mary Martha. A televisão na sala de estar estava em silêncio, e no quarto da menina só havia a velha cena dos unicórnios e livros espalhados. Rebecca correu para a cozinha, também deserta.

— Mary Martha! — chamou, percebendo pânico em sua voz.

Não houve resposta. Ela estava indecisa, sem saber se começava a gritar ali mesmo na cozinha ou se corria para a rua gritando, quando notou a porta entreaberta. Foi até a janela e olhou para o quintal lá embaixo. Mary Martha estava sentada ao Sol, no primeiro degrau da escada, falando com Michael Christopher, que arrancava pés de mato ajoelhado no chão.

Com o alívio, o susto de Rebecca transformou-se em raiva, mas os dois lá embaixo formavam uma cena tão bonita, que ela não teve coragem de estragá-la. De onde estava, não conseguia compreender o que eles diziam, mas ouvia a música alegre da tagarelice de Mary Martha e o respeitoso tom de barítono da voz de Christopher. A discussão dos dois parecia animada. O novo inquilino mantivera-se reservado desde que se mudara para o apartamento. Se saía durante o dia, fazia isso depois que Rebecca ia para o trabalho. Pelo que ela imaginava, ele devia ficar em casa, rezando ou bebendo, fazendo sabe-se lá o que ex-monges faziam. Mas naquele momento ele parecia bastante normal, de jeans e camiseta. Os cabelos haviam crescido um pouco e a cabeça rapada de prisioneiro fugitivo tinha aparência mais suave. Ela notou que ele tirara a barba, deixando à mostra uma boca sensual e um queixo determinado. O rosto, sem a barba, era de uma vulnerabilidade surpreendente. Com aquela penugem cobrindo a cabeça e o longo pescoço, ele parecia um ganso estrangulado.

O telefone tocou. "Deve ser Bob novamente", pensou Rebecca, decidindo deixar a secretária eletrônica atender. Mas era a mãe dela. Rebecca saiu da janela e atendeu.

— Está se escondendo, é? — brincou Phoebe.

Aos 72 anos, era dona de uma voz maravilhosa, que soava como cristal, uma voz que apenas algumas velhinhas têm. Outra característica era a de sentir-se livre para não levar o mundo muito a sério, algo que Rebecca invejava.

— Bob me pediu em casamento ontem à noite, e estou achando que a história não vai parar por aí.

— Ah... Qual Bob ele está sendo agora?

— O da comida tailandesa.

Bob insistira em levá-las, Phoebe, Rebecca e Mary Martha, para jantar num restaurante na marina, no Dia das Mães. "Minhas meninas", fora como ele as chamara, pelo menos três vezes. Quase quebrara a espinha de tanto curvar-se, abrir portas e puxar cadeiras, mas a conversa fora monótona. Daquele passeio, o de que mais Rebecca se lembrava, além do deslumbramento de Mary Martha com o molho de amendoim, era da persistência de Bob em falar da ampla evolução social que haveria no século XXI, o que enchera o vazio intelectual como espuma de náilon preenchendo espaços numa embalagem. Phoebe, no fim da noite, apenas observara: "Ele parece bonzinho." Vindo de alguém capaz de complicadas análises como a mãe, aquilo equivalia a uma dispensa.

— Claro, o senhor Megaevolução 2000 — comentou Phoebe.

— Foi um desastre. O pedido dele foi uma superprodução.

— Bem, isso era previsível — observou Phoebe em um tom no qual não havia nenhuma solidariedade. — Espero que não tenha sido dura demais com ele.

— Fui o mais delicada que pude, diante das circunstâncias.

— Oh, Deus...

Rebecca riu.

— Suponho que você ache que eu deveria ter aceitado.

— E tornar-se a senhora Megaevolução? — a mãe replicou secamente. — Uma idéia assustadora.

— Ele deve estar lendo sobre outra coisa agora.

— Esqueça isso, Rebecca. Você não precisa contentar-se com mediocridade.

— Nem fiquei tentada — declarou Rebecca.

Mas ficara. Não por Bob, como ele era, mas pelo Bob que poderia ter sido com apenas alguns retoques aqui e ali e uma misteriosa infusão de química. Um Novo e Melhorado Bob. A partir desse pensamento, ela estivera a um passo de tentar dar esses retoques pessoalmente e apostar na ocorrência da misteriosa infusão. Chegara muito perto de um compromisso ruinoso nos últimos meses. Se Bob não tivesse, tão caracteristicamente, feito um pedido de casamento de ópera bufa, se tivesse falado com ela em particular, com um pouco de humildade e uma explicação digna de sua necessidade de companheirismo, de alguém com quem dividir a carga, se usasse um pouco de humor e franqueza e a pegasse em um daqueles dias em que ela não lavara a roupa e não fizera compras para a casa, em que não houvesse ninguém para ir buscar Mary Martha na creche, em que o carro tivesse começado a fazer um novo barulho engraçado... Bem, quem sabe?

Era fácil para Phoebe, que agarrara o amor de sua vida à moda clássica, aconselhar Rebecca a não se contentar com menos do que a excelência. Casara-se com o pai de Rebecca aos 19 anos e durante 42 fora uma mulher do lar, satisfeita e devotada. Quando John Martin morrera de um ataque cardíaco a caminho de casa, no trem N-Judah, que saía da estação Penn às cinco e dez da tarde, dez anos antes, Phoebe ficara arrasada. Isolara-se durante anos, perambulando pela velha casa, como ela dizia, bebendo demais e pintando aquarelas melancólicas. Então, cerca de cinco anos atrás, mudara-se para a Califórnia, ostensivamente para ficar perto da filha. Comprara uma casinha perto de Stinson Beach e começara a demonstrar um surpreendente gosto pela viuvez. Não perdia nenhum festival de Shakespeare, nenhuma exposição de orquídeas. Trabalhava meio expediente em uma pequena galeria de arte no centro da cidade e fez um novo grupo de amigos com idéias avançadas, pintores, escritores e separatistas de Bolinas.

O som do riso de Mary Martha subiu do quintal. Ela parecia quase alvoroçada demais. Rebecca aproximou-se da cafeteira para ligá-la.

— Como vai o ermitão? — perguntou Phoebe, mudando o assunto misericordiosamente.

Rebecca contara à mãe sobre o inquilino e, como era de esperar, ela ficara encantada com a idéia de um monge morando no andar de baixo.

— Parece que está saindo da concha um pouquinho. Agora mesmo está no quintal, travando uma batalha contra o mato. Mary Martha gosta muito dele.

— Pergunte-lhe se ele batiza crianças.

Rebecca riu.

— Por quê? Você está grávida?

— Eu, não. É para o bebê de Sherilou. Ela quer uma espécie de cerimônia, um toque de espiritualidade. Mas, se você quer saber, eu acho que seria melhor se houvesse um pai nessa história. Mas agora é tarde para isso.

Sherilou era um dos projetos de Phoebe, uma poetisa de trinta e poucos anos, que vivia de vales-refeição do programa de assistência social e era dada a discursos exaltados. As duas passavam muito tempo à mesa da cozinha de Rebecca, comendo biscoitos Oreo e dissecando o trabalho de Adrienne Rich.

— Duvido que o senhor Christopher trabalhe como padre autônomo — ponderou Rebecca. — Tenho a impressão de que ele deixou o mosteiro de modo meio esquisito.

— Só queremos umas poucas palavras apropriadas para a ocasião, algo que lembre um ritual. Não se trata de Sherilou querer renunciar a Satanás e suas obras ou algo parecido. A nossa é uma cultura fragmentada. Não precisamos do serviço completo.

— Acredito que o homem deseje ficar em paz, mãe.

— Claro, claro.

Phoebe fez uma pausa, e Rebecca podia imaginá-la, vivaz e esbelta, usando calça cinza-chumbo da Nordstrom e tênis, os curtos cabelos grisalhos, à janela de sua cozinha, olhando para o oceano Pacífico, batendo um pé no chão como um coelho, os pensamentos já voltados para outra coisa.

De fato, Phoebe anunciou:

— Preciso desligar. Prometi a Jack que o ajudaria a montar a exposição que será aberta hoje.

— Tudo bem. Eu te amo, mãe.

— Também te amo, querida. Vocês vão aparecer aqui neste fim de semana?

— Não podemos. Rory ficará com Mary Martha, pelo menos teoricamente. — Rebecca olhou para o relógio. Quase onze horas. Seu ex-marido, surfista profissional, tinha horários de vampiro e raramente aparecia antes de meio-dia para cobrar seu tempo de ser pai, a cada 15 dias. Levava Mary Martha para Ocean Beach e a deixava na areia o dia inteiro com a namorada do momento e um saco de batatas fritas, enquanto ia cavalgar ondas encrespadas. Mas Mary Martha o adorava. — Teremos de deixar para o próximo fim de semana, mãe.

— Acho que não há outro jeito, não é? Dê um beijo em Mary Martha por mim e diga-lhe que a vovó a ama.

— Certo.

— E fale com o monge a respeito do batismo. Acho que o fato de ele ser um desertor agradará a Sherilou.

— Ele não é um desertor, mamãe. É um homem triste, atravessando uma tremenda crise de meia-idade.

— Mais uma razão para envolvê-lo em algo significativo. Bem, preciso mesmo desligar. Beijos.

— Beijos — repetiu Rebecca.

Sorriu ao desligar o telefone. O café estava pronto. Serviu-se de uma xícara e voltou à janela. Christopher lutava com um pé de mato profundamente enraizado. Àquela altura limpara mais ou menos um metro quadrado do terreno. A terra escura parecia fresca e em carne viva, contra o amarelo queimado do resto do quintal. Mary Martha, de pijama, continuava sentada no primeiro degrau da escada, observando-o com perfeita concentração e, de vez em quando, fazendo um comentário ou dando uma sugestão.

Obedecendo a um impulso, Rebecca abriu a janela.

— Ei, Dom Quixote! Que tal uma xícara de café antes de acabar com esse moinho de vento? — ofereceu.

Christopher olhou para cima, surpreso e até um pouco alarmado, aparentemente despreparado para uma conversa com uma pessoa adulta.

— Oh, olá!

— Bom-dia. Quer café? — repetiu ela.

O monge do andar de baixo • *33*

— Café? — ecoou Christopher, como se não conhecesse a palavra. Rebecca riu.

— Não tomam café no mosteiro?

— Tomam litros e litros, mas o café de lá é o pior do mundo — informou Christopher.

— Bem, eu faço o melhor do mundo quando me empenho.

— Não quero incomodar.

— Não é incômodo nenhum, já está pronto.

Christopher hesitou, claramente procurando uma maneira gentil de recusar. Ficou tão parecido com um cervo ofuscado pelos faróis de um carro, que Rebecca sentiu compaixão por ele. Tudo o que o pobre homem queria era ficar sozinho.

— Espero que Mary Martha não o esteja aborrecendo — disse ela.

— *Mamãe!* — exclamou a menina, indignada. — Eu *não* estou aborrecendo o Christopher!

— Não está, não — confirmou ele.

— Tudo bem — concordou Rebecca, e fez uma pausa. — Mas me dirá, se mudar de idéia a respeito do café?

— Sem dúvida — assegurou ele com óbvio alívio, voltando à tarefa de arrancar mato.

Rebecca observou-o por mais um momento, então deu de ombros e fechou a janela. Afinal, havia coisas piores do que um inquilino reticente determinado a limpar o quintal. O último sujeito que ocupara o andar de baixo tocava bateria.

Caro irmão James,

Seria de boa educação eu lhe agradecer a sua mais recente carta; no entanto, continuo a achar que está enganado em seu zeloso desejo de comunicação. Parece dominado pela vontade de salvar minha alma. Mas eu lhe asseguro que tal esperança é vã. A palavra "monge" vem do termo grego antigo "monakhos", "solitário", e do moderno "monos", que significa "sozinho". Os primeiros monges foram homens que se retiraram para o deserto egípcio, desejando estar a sós com Deus. Essa perigosa solidão ainda é o centro da vocação monástica. (Em meu caso, não sei se ainda posso falar de vocação monástica, pois talvez eu tenha sido chamado para uma ruína mais simples.) As paredes de um mosteiro são, pelo menos em princípio, as fronteiras de um território árido, e cada monge é um homem que vive sozinho. Mas o que aprendemos no mosteiro, com o passar do tempo, é que as paredes são falsas — uma conveniência e uma mentira. Não há fronteiras. O deserto está em toda parte — é o que chamamos de mundo. E todo homem é sozinho.

Você receia que, por ter deixado Nossa Senhora de Betânia, eu tenha, de alguma forma, julgado irrelevante a vida que levei aí, e assim, por implicação, a vida que você está levando. Pode achar minha opinião sobre o assunto ainda mais desanimadora: que seja um erro até mesmo perguntar se a vida monástica é relevante. Não é mais relevante agora do que já foi. As verdades do deserto são verdades inúteis. Um homem que vive só é algo inútil. E é algo inútil falar sobre Deus.

Ainda acredito que foi para essa lúcida inutilidade que fui chamado. Mas posso muito bem estar sendo obstinado. Esperamos que a presença de Deus seja estrondosa, espetacular, monumental, mas é a nossa necessidade que é grande. A verdadeira presença escapa da nossa necessidade de espetáculo. Escapa do nosso desespero. Não como faz uma criança, mas às vezes a presença é uma criança. Ela desce os degraus carcomidos até onde você está ajoelhado e diz as coisas mais simples. Distrai-se com borboletas. Tem opiniões sobre unicórnios. Não parece se importar com o fato de você estar arruinado e perdido. Nem parece notar. Encontra uma minhoca no terreno abandonado e por um momento faz você sentir que sua vida não foi desperdiçada. Diga o nome de uma flor, e ela o fará sentir-se como se estivesse aprendendo a falar.

Que seu próprio caminho o leve, querido irmão James, para o grau de relevância que deseja alcançar, seja ele qual for.

Seu em Cristo,
  Michael Christopher

O monge do andar de baixo • 35

ary Martha entrou galopando um pouco antes de meio-
dia, corada e um tanto frenética. Anunciou que Mike,
como passara a chamar Michael Christopher, fora trabalhar. Arrumara um emprego no McDonald's. Isso era suspeito para
Rebecca, que achou aquilo uma fantasia de criança de seis anos a respeito de empregos ou algum tipo de mal-entendido. Christopher provavelmente dissera McDonnell Douglas ou Macintosh, embora
Rebecca não pudesse imaginar o que um ex-monge faria em empresas
como aquelas. Mas, fosse qual fosse a base factual da informação, era
bom saber que Christopher conseguira trabalho.

Rebecca fez Mary Martha entrar na banheira, apressou-a para
sair, vestiu-a com jeans e tênis, arrumou a mochila com uma muda de
roupa e um punhado de unicórnios e, ao meio-dia e meia, já estavam
à espera de Rory, que só apareceu depois da uma — mas isso, levando
tudo em consideração, não era o pior para Rebecca. Cada ocasião
daquelas significava uma aproximação de seu ex.

Rory chegou usando a parte de baixo da roupa de borracha que
usava para surfar, uma camiseta onde se lia *Maui Legends*, deixando
um rastro de areia e cheirando a fumaça de maconha. Depois de intermináveis batalhas, ele prometera a Rebecca que não ficaria chapado
na frente de Mary Martha e seguia a regra de acordo com sua interpretação construtivista, isto é, dava a última tragada no carro, antes de
entrar para pegar a filha. Rebecca hesitou, perguntando-se, como sempre, se deveria repreendê-lo por isso. O âmago da questão não era ele
ficar chapado quando estava com Mary Martha. Mas era difícil brigar
com ele com a menina por perto, e Rory já se revestira de imperturba-
bilidade e ostentava aquele ar de total displicência. E ela simplesmente não tinha mais energia para lutar contra aquilo. Talvez fosse isso,
afinal, o que a vida se tornava: uma série de impasses contra os quais
lutava-se antes até o ponto de exaustão.

— Voando alto, hein? — comentou ela, impotente, odiando-se.

— Sempre — confirmou Rory, sorrindo.

Ele a olhou nos olhos e quase, apenas quase, piscou, fazendo com
que a irritação dela subisse como uma onda traiçoeira; então curvou-se

para abarcar Mary Martha. Não tinha a beleza de um astro de rock, embora agisse como se tivesse, o que normalmente funcionava. Na verdade ele era meio engraçado, de uma desengonçada maneira irlandesa, com um sorriso torto e um rosto de pescador simpático, brilhantes olhos azuis e a expressão de perpétua precaução de cachorrinho novo. Tinha um corpo duro, quadrado, peito largo e pernas arqueadas. Mantivera a linha da cintura, queimando calorias nas águas frias do Pacífico, mas havia fios prateados em seus longos cabelos de um loiro aguado, que ele usava puxados para trás e amarrados do mesmo jeito monótono havia vinte anos. Seria do tipo que usa rabo-de-cavalo grisalho. Nunca pararia de brincar.

— Mike disse que posso plantar flores — disse Mary Martha a ele.

— Uau! Flores? Que maravilha! — exclamou Rory prontamente. — Quem é Mike?

— Nosso novo inquilino — respondeu Rebecca. — Consegui deixar o apartamento em ordem, finalmente.

— Ele é *monge* — informou Mary Martha.

— Nossa, um monge! Ele usa camisolão e sandálias?

A menina riu.

— Não, bobo.

— Ele não deixa você dormir a noite toda, recitando ladainhas?

— Nada disso!

— É uma pessoa muito agradável — interveio Rebecca, antes que as coisas fugissem de controle. — Muito comum. Um homem como outro qualquer. Faz seu próprio café, é reservado.

— Acho que era inevitável que você acabasse com um asceta, recuperando-se de mim.

— Não estou me recuperando de você, Rory. O que fiz foi só alugar o apartamento para esse homem.

— Claro — concordou ele, enfurecendo-a. Curvou-se novamente para Mary Martha. — Está pronta para ir, Número Um?

— Estou.

— Dizem que as ondas estão chegando a dois metros e meio de altura em Half Moon Bay. Vamos lá?

— Vamos!

— Então, que seja. Soltar amarras.

— Sim, capitão.

— Ela já almoçou e está levando um lanche na mochila, para mais tarde — informou Rebecca. — Também está levando protetor solar.

— Certo — disse Rory em tom condescendente.

Pegou a mochila, tomou Mary Martha pela mão, e os dois caminharam na direção da porta. Rebecca seguiu-os e observou-os descer a escada e andar até a decrépita van Rambler de Rory, com a longa prancha no bagageiro da capota e uma menor no suporte da traseira.

Vendo a filha partir com o pai, ela sempre se sentia como se a estivesse mandando para o mar num barco de papel. Rory traria Mary Martha no domingo à noite, e a menina teria se alimentado apenas com comida de lanchonetes, salgadinhos e doces, viria com as unhas pintadas com esmalte de alguma cor estranha, como verde — obra da atual namorada de Rory — estaria queimada de Sol, se o tempo estivesse bom, ou gelada até os ossos, se houvesse nevoeiro. No apartamento do pai, no Haight, a menina não teria nada para fazer, a não ser assistir a reprises de *Jornada nas Estrelas*. Rebecca sabia de algumas dessas coisas não apenas porque interrogava Mary Martha, que não via nada de errado no tempo que passava com o pai, mas também porque ela própria vivera desse jeito com Rory durante anos. Os dois haviam acalentado algumas aspirações artísticas e um vago senso de missão alimentado por drogas. Mas os sonhos compartilhados deram em nada.

Não que Rory fosse estúpido, embora gostasse de fingir que era. Tinha grande conhecimento de literatura e filosofia, sentia-se perfeitamente à vontade com Hesse e Camus, podia conversar sobre budismo e o Tao. Talvez se sentisse à vontade demais com Alan Watts. Mas, em essência, vivia para aquele momento puro em que uma onda erguia-o acima de tudo, a não ser do Zen do equilíbrio. Ele construíra sua vida ao redor disso, que chamava de liberdade. Parecia bastar a ele e parecera bastar também a Rebecca durante um tempo embaraçosamente longo demais. Se ela não tivesse Mary Martha, ainda poderia estar lá, sentada na ponta do cais de madeira, pintando suas fúteis aquarelas e tomando cerveja Budweiser direto da lata, soltando tolas exclamações toda vez que alguém anunciava ondas boas mais para dentro do mar. Talvez estivesse pintando as unhas de verde, vivendo um eterno momento, entre um cigarro de maconha e outro. Esperando Rory crescer.

Percebeu que estava acariciando a palheta de violão em seu peito. Soltou-a, envergonhada e irritada consigo mesma. Precisava guardar aquela maldita coisa numa gaveta. Sentada no banco do passageiro, Mary Martha acenou para ela. Rory virou a chave na ignição, o motor rugiu e parou.

— Ponha o cinto! — gritou Rebecca.

Mary Martha moveu a cabeça, concordando, e obedeceu. O motor da Rambler pegou finalmente. Rory engatou a primeira e acenou para Rebecca, num gesto levemente condescendente, que Mary Martha imitou. Vendo-os partir juntos, sentados lado a lado, Rebecca teve de admitir que os dois eram, inegavelmente, pai e filha. Mary Martha tinha os olhos, o tom de pele e o sorriso de Rory; tinha também o mesmo nariz, e algo da mesma malícia de duende perverso no olhar. Mas Rebecca tentava não notar demais essa semelhança, porque, se notasse, seu coração poderia partir-se.

A idéia de uma tarde livre era quase assustadora. Ela levara o trabalho do momento para casa, na sexta-feira, pretendendo usá-lo para deliberadamente arruinar o fim de semana, mas, no silêncio anormal que se instalara na casa depois da partida de Mary Martha, ela não encontrava ânimo para trabalhar. Talvez fosse porque vira Rory, ainda alardeando sua libertação dos arreios da responsabilidade. Sabia que ele ficaria atônito se ela lhe dissesse que passaria uma tarde de sábado diante do computador, a serviço de um salário. De certa forma, ela até admirava a vigorosa espontaneidade do ex-marido. Poderia dizer qualquer coisa desabonadora a respeito de Rory, mas ele sempre lhe dera coragem para brincar. Agora, às vezes ela se perguntava se perdera essa coragem porque ficara sem ele.

Além do balcão da cozinha, que ela vivia pensando em livrar de toda a quinquilharia que o atulhava — uma torradeira quebrada; uma tábua de cortar, lembrança do festival de surfe de Makaha de 1992, que Rory lhe dera, mas que não podia ser usada, porque a pintura descascava; um pote deformado, que Mary Martha fizera aos três anos de idade, cheio de colheres de pau —, a porta que levava à garagem estava entreaberta. Mary Martha estava aprendendo a levar o lixo para lá, mas ainda não dominara o manejo de maçanetas e fechaduras. Rebecca aproximou-se da porta e, depois de alguma hesitação, acabou de abri-la e desceu a escada. Às vezes a filha também punha o lixo na lata errada. Michael Christopher não parecia ser do tipo que gerava muito lixo, mas Rebecca gostava de manter as coisas separadas.

Na luz fraca, ela olhou em volta de si na garagem atravancada com utensílios inúteis e objetos de dúbio valor sentimental — bicicletas e ancinhos quebrados, remos de uma canoa perdida, caixas cujo conteúdo mergulhara na obscuridade havia muito tempo. Uma das velhas e escalavradas pranchas de surfe de Rory estava encostada na parede mais próxima de Rebecca. O espaço quadrado num canto dos fundos, que ela limpara para que Michael Christopher pudesse usar para suas coisas, era o único lugar vazio da garagem toda. O inquilino anterior enchera aquele espaço quase até o teto com amplificadores, tambores de bateria e caixas cheias de discos antigos, mas Christopher não pusera nada lá, e o austero quadrado de concreto à vista assemelhava-se vagamente a uma reprovação.

Mary Martha pusera o saco de lixo na lata certa, mas se esquecera de recolocar a tampa de plástico. Rebecca tampou a lata e dirigiu-se para a escada, mas parou no meio da garagem, onde um velho cavalete coberto por um lençol sobressaía na penumbra. Na pouca claridade, lembrava um túmulo.

Eles haviam sonhado em viver de seu talento: ela pintaria marinhas de Turner, céus de Caspar David Friedrich, e venderia seus quadros a turistas, enquanto Rory surfaria profissionalmente. Vagueariam juntos pela Terra, saltitando ao longo da fronteira entre o mar e a areia, parando em alguma feira de quinquilharias ou exposição de calçada para vender uma tela ou duas e participar de todos os eventos de surfe importantes. O plano dera certo por um tempo. Ela adquiriu uma especial habilidade para pintar barcos e céu ao pôr-do-sol seus quadros vendiam bem, e Rory, no auge da juventude, podia contar com o dinheiro de prêmios de competições para sustentá-los com sanduíches e cerveja e encher o tanque com gasolina. Mas, no fim, aquela vida agitada os esgotara. À medida que o trabalho de Rebecca se tornava mais sutil e estruturado, menos Turner e mais Cézanne, ela começou a rejeitar até finalmente abandonar aquelas gaivotas tipo Fernão Capelo deslizando no céu azul e as velas brancas dos barcos sob a Golden Gate que os turistas tanto apreciavam. E Rory, com o tempo, foi perdendo a paciência para aceitar a disciplina das competições. Então, começaram a trabalhar em restaurantes e como zeladores de prédios, e ele aumentava os ganhos passando droga. Enfrentaram problemas com senhorios e a polícia. Quando Rebecca ficou grávida de Mary Martha, o sonho de uma vida livre, artística, foi esmagado pela luta por sobrevivência, e com o nascimento da menina, o cavalete foi relegado permanentemente à garagem.

O cordão da lâmpada do teto havia arrebentado anos antes. Rebecca puxou uma cadeira de três pernas, subiu nela e esticou-se numa posição precária para acender a lâmpada. De volta à segurança do chão, tirou o lençol que cobria o cavalete, expondo a obra em andamento. Na fraca claridade da lâmpada de sessenta watts, um mar de sonho, cor de água-marinha, lançava uma onda perfeita na praia que se estendia até uma floresta. Além da arrebentação, elevava-se uma figura — não um surfista, não uma sereia, mas algo perdido à beira do mito. Na praia, uma mulher, tornada pequena pelo mar, o céu e a floresta, caminhava sozinha.

Mais telas empilhavam-se num canto próximo, e ainda havia outras espalhadas a esmo no meio da desordem da garagem, como a lenha meio queimada de uma fogueira de acampamento desmantelada a chutes: quadros mal começados ou quase terminados; outros apenas esboçados e abandonados, ou já prontos — um ocasional quase-sucesso jogado ali como para manter viva a esperança. O tempo deixara-os todos frios e cinzentos, cinzas mortas da arte que um dia fora vibrante.

O brilho do Sol pintado no quadro atraiu o olhar de Rebecca, mesmo na luz fraca. Ela captara alguma coisa ali, uma lâmina de fogo cortando o céu e o mar. Ficou tentada a desenterrar a paleta e as tintas do monte de detritos e descobrir o que poderia fazer com aquela brilhante sugestão. Mas aquilo só lhe daria frustração, ela sabia. Não tinha tempo nem para pintar as paredes do banheiro, muito menos retratar a delicadeza de algum efeito efêmero que ela vira na água anos antes. Jogou o lençol sobre a tela no cavalete e virou-se para a escada.

No fim, como previra, ela passou a tarde ao computador, tentando fazer a animação de um desenho: uma lâmpada que deveria cantar e dançar. A empresa de artes gráficas para a qual Rebecca trabalhava começara a prestar serviço para executivos de grandes empresas, e ali estava ela, desenvolvendo aquele projeto de relações públicas para a PG&E. Quantias relativamente grandes estavam em jogo e, de repente, os prazos para a entrega dos trabalhos tornaram-se de máxima importância. Na empresa falavam até em estabelecer um uniforme para os funcionários. Nunca houvera um uniforme. Durante anos, o fundador da empresa, Jeff Burgess, orgulhara-se de dirigir uma pequena operação desenvolvida por artistas que realizavam obras impecavelmente idealistas, como trabalho grátis para o abrigo de mulheres e as engenhosas homenagens para o Grateful Dead. Os objetivos da Imagens Utópicas sempre foram um mundo de beleza e uma semana de trabalho de três dias. Mas Jeff agora tinha dois filhos e uma casa em Potrero Hill, e todo o mundo estava trabalhando até nos fins de semana.

A lâmpada era para ser uma espécie de híbrido animado de Woody Guthrie e Fred Astaire, mas em estilo moderno, de acordo com as instruções que Rebecca recebera de Jeff. Algum gênio da PG&E estava querendo o impossível. A Imagens Utópicas atraía um tipo particular de executivos, pessoas que não mais usavam LSD mas que gostavam de lembrar que haviam usado. Parecia que uma lâmpada vestindo smoking, cantando *This Land is Your Land* e deslizando de uma floresta até as águas do Gulf Stream, sob o comando de um monopólio, mantinha acesa a chama dessa ilusão.

O problema agora era técnico. O novo programa de animação que eles estavam usando era de última geração, e Rebecca ainda não o dominara completamente. Ela batalhou com ele até quase o anoitecer, tomada por aquela frustração diferente, quase psicótica, causada por computadores. Ela não conseguia desligar o som. E a versão de *This Land is Your Land* naquela voz de esquilo tocava toda vez que ela tentava exibir uma seqüência de imagens. Telefonou a Jeff para implorar algum tipo de ajuda, mas ele não estava em casa ou não queria atender-lhe. Era mais provável que estivesse passeando, gozando a vida.

Ela desistiu, por fim; salvou tudo, inclusive a irritante seqüência em que o homenzinho-lâmpada caía de um muro, e tomou um longo banho para tentar desanuviar a mente. Quando saiu da banheira, o Sol estava se pondo. Vestiu um velho conjunto de moletom, sentindo o luxo do conforto desalinhado. Foi para a varanda dos fundos, levando um copo de vinho tinto e o maço de cigarros, e sentou-se no topo da escada. Só parara para fumar uma vez durante a tarde toda; então fumara logo dois cigarros, de modo que lhe restavam três da cota diária. Acendeu um e tragou a fumaça, ainda tentando se desligar do trabalho, ainda tentando tirar aquela voz de esquilo da cabeça.

O Sol, além dos telhados das casas térreas, estava meio palmo acima do Pacífico, brilhante e vivo num céu desbotado. Não havia um fiapo de névoa, nenhuma nuvem. Aquele fora um dos raros dias de agosto em que parecia ser verão em São Francisco.

Abaixo e à direita dela, a porta da garagem abriu-se devagarzinho e Michael Christopher espiou fora. Mesmo na sombra, era visível a curvatura de seus ombros, como se ele estivesse andando na chuva, e o cabelo secular ainda não cobrira totalmente o crânio redondo. Ele usava algo que parecia um uniforme de penitenciária ou uma fantasia de palhaço. Rebecca, então, percebeu que era o uniforme do McDonald's. Mary Martha não se enganara, afinal. Rebecca não sabia se aquilo a divertia ou a fazia sentir pena.

— Senti cheiro de fumaça de cigarro — disse ele em tom humilde.

— Oh, desculpe! O cheiro o incomoda?

Ele hesitou, aparentemente tímido, e Rebecca sentiu uma ameaça de pânico ao pensar que seus sonhos para o quintal não se realizariam.

— Não. Na verdade, até gostaria de lhe pedir um cigarro.

Rebecca riu, aliviada. De algum modo, era animador saber que seu vício era bastante atraente para vencer a melancolia dele. Christopher tomou o riso como aquiescência e começou a subir a escada. Ela pegou todo o equipamento, a concha que servia de cinzeiro, o maço de cigarros, o isqueiro e o copo de vinho e desceu a escada para encontrá-lo no meio do caminho, instintivamente protegendo seu refúgio no topo. Sentaram-se no quarto degrau de baixo para cima. Ela estendeu o maço para ele, batendo-o habilmente para fazer um Marlboro projetar-se para fora. Christopher pegou o cigarro e acendeu-o. Na luz da chama do isqueiro, ela notou mais uma vez como ele parecia jovem sem a barba. Ou talvez fosse o uniforme da McDonald's que o fizesse parecer um adolescente.

— Achei que monges não fumassem — comentou Rebecca.

— Ficaria assombrada se convivesse com eles. Alguns dos mais velhos são como chaminés, mas os mais novos fumam menos.

O cigarro de Rebecca queimara até o filtro. Ela amassou-o na concha e tirou outro do maço. Christopher, galantemente, pegou o isqueiro e acendeu-o, e ela inclinou-se para a chama.

— Quero lhe agradecer o que está fazendo no quintal — disse ela. — E por ter suportado Mary Martha a manhã toda.

— Suportado a menina? Ela é maravilhosa.

— Não tenha medo de impor limites. Ela precisa disso.

— E quem não precisa? — murmurou Christopher.

Rebecca olhou-o, sem saber direito o que ele queria dizer. Christopher notou e sorriu.

— Durante quase vinte anos, não fiz outra coisa a não ser viver dentro de limites. Agora estou me sentindo um pouco desorientado sem eles.

— Nossa, vinte anos! Nunca fiz nada na vida que durasse vinte anos.

— Não fui nenhum modelo de estabilidade. Às vezes me parece que tudo o que fiz foi continuar vestido com minha fantasia e participar das atividades.

— E agora arrumou uma fantasia diferente.

Ele sorriu com tristeza. Rebecca falara metaforicamente, não se referira ao uniforme da McDonald's. Ela riu, sem saber o que mais poderia fazer.

— Opa, desculpe.

— Tudo bem. Tive sorte de encontrar trabalho. Há uma enorme lacuna em meu currículo.

Ela o olhou rapidamente nos olhos. Na luz do crepúsculo, ele parecia, embora sutilmente, achar sua situação engraçada. Ela gostou ainda mais dele por isso. Aquele homem de mais de quarenta anos, reduzido a fritar hambúrgueres em troca de salário mínimo, conservava o senso de humor. E nisso havia uma espécie de nobreza.

— Por que deixou o mosteiro? — perguntou ela.

Christopher deu de ombros e levou o cigarro à boca.

— É uma longa história.

— Sei, você já disse.

Seguiu-se um longo silêncio. Christopher fumou o cigarro até o filtro e acendeu outro no toco do primeiro. Rebecca permaneceu calada, sentindo-se impotente, e a pausa tornou-se incômoda; então, dolorosa.

— Você disse que brigou com o abade — incentivou por fim, jogando as palavras no silêncio como uma bóia salva-vidas.

— O abade é um tolo — comentou Christopher. — Mas isso na verdade não teve nada que ver com minha saída.

A explicação soou um pouco falsa, a primeira sugestão de falsidade que Rebecca notava nele. Mas quem era ela para julgar? Sua própria vida fora construída sobre assuntos mal resolvidos.

— Suponho que seja como o rompimento de um casamento — observou ela depois de alguma hesitação.

— Acho que sim — concordou ele, sombriamente. — Parece que havia diferenças irreconciliáveis entre mim e Deus.

Ela imaginou que aquilo fosse uma piada, mas não ousou sorrir. Ficaram em silêncio novamente por um momento.

— Quando me separei de Rory, não conseguia parar de odiá-lo e a mim mesma, e isso durou anos — disse por fim Rebecca. — Como se uma pessoa precisasse fracassar para o amor fracassar também. — Abanou a cabeça com desalento. — Oh, Deus, estou entrando em águas profundas. Quando começo... Compreendo o que quer dizer e prometo que não farei mais perguntas.

— Não, e-eu gostei que perguntasse.

Ele estava sendo sincero, talvez com demasiada intensidade. Aquilo parecia perigosamente íntimo. Era muito mais do que ela esperara de uma conversa com seu novo inquilino. Rebecca percebeu que Christopher lembrava um garoto que ela conhecera no colegial: Fulmar Donaldson. Fulmar fora uma presença sombria e taciturna no fundo da classe de inglês do primeiro ano. Era um rapaz arredio, prematuramente filosófico, que sofria sob o fardo de não ser popular e almoçava sozinho no topo da arquibancada na extremidade do campo de futebol, mergulhado na leitura de *The Fountainhead*, ou *Franny and Zooey*. Um dia, depois da aula, sem nenhuma prévia indicação de interesse, ele se aproximara dela no corredor e a convidara para o baile da escola. Rebecca, espantada, aceitara, um pouco por compaixão e um pouco por curiosidade, sujeitando-se a uma longa noite de tensão. Fulmar dançava como se seu próprio corpo o surpreendesse. Sua conversa era, na melhor das hipóteses, intermitente. Ele passava do silêncio carregado para Kafka, que parecia julgar uma figura importante para a cena no salão. Durante a dança lenta, ao som de "Wild World", de Cat Stevens, Rebecca sentira-o tremer. Era como abraçar um animal ferido. As luzes coloridas relampejavam nas paredes, a música estrondeava, os outros pares dançavam à volta deles em vários graus de felicidade e acanhamento, e Fulmar simplesmente estremecia, indo além da timidez, quase paralisado. Mas continuou nobremente tentando ser um bom par para ela, de acordo com sua vaga compreensão desse papel. Fora uma espécie de heroísmo da parte dele, notou Rebecca, tê-la convidado para o baile — uma inutilidade carinhosa, uma arremetida de camicase para dentro de um território no qual ele não estava pronto para funcionar, um assalto ao moinho de vento de uma esperança de namoro.

Para acabar com o sofrimento dele, ela assumiu o comando da situação. Comprou duas latas de Coca-Cola na máquina que ficava no vestíbulo do salão, levou Fulmar para fora, guiou-o ao longo da escura pista de atletismo e escada acima, até o topo de uma arquibancada.

Sob as estrelas, longe da música e da multidão, no território conhecido dele, Fulmar se acalmou. Conversaram sobre filmes, livros e integridade. Ele falara com muita firmeza sobre integridade, achava que a sua era constantemente ameaçada por inimigos. Pensava do mesmo modo como dançava, debatendo-se mais do que o necessário e sem conseguir grande coisa. Mas era autêntico, cheio de paixão. Também foi muito firme sobre a verdade.

Levou-a para casa no Pontiac do pai e acompanhou-a até a porta. Antes que a mortalha de expectativas o paralisasse novamente, Rebecca tomou-lhe o rosto entre as mãos e beijou-o. Fulmar assustou-se, mas gostou. Ela ainda se lembrava de como ele se tornou simples por um momento, do modo como seus lábios suavizaram-se. Naquele ponto da vida, qualquer beijo era um acontecimento, e o coração de Rebecca bateu forte no peito. Ela ficou acordada metade da noite, tentando imaginar o que aquilo significava. Ia ser difícil explicar a suas amigas o que ela vira em Fulmar Donaldson. Seria uma espécie de martírio. Mas na escola, na segunda-feira, Fulmar não a olhou. Ela sabia que ele apenas estava com medo. Mas saber isso não mudava nada. Ele voltara para dentro da nuvem de si mesmo. E ela descobriu que ficara aliviada.

Christopher devia ter percebido que ela ficara apreensiva, pois retraiu-se. Os dois continuaram em silêncio por algum tempo, olhando para o último brilho do Sol desaparecido. Ao pé da escada, o retalho de terra que Christopher arrancara do domínio do mato estava coberto de sombras. Aquele pedaço nu parecia a Rebecca estranhamente um estrago, um erro.

Ela estendeu a mão para pegar o copo de vinho; então desistiu, refletindo que seria falta de educação beber sem oferecer a Christopher, e ela não queria oferecer, não queria aprofundar-se, não queria a responsabilidade de mais intimidade.

Com um gesto abrupto, ele amassou na concha o cigarro fumado pela metade e levantou-se.

— Vou entrar — anunciou, parecendo verdadeiramente triste.

Desceu a escada depressa, sem que Rebecca tivesse tempo de fazer alguma objeção. Ela observou-o desaparecer pela porta da garagem e

O monge do andar de baixo • 47

pensou que talvez se tivesse estragado, saindo com homens como Bob, incapazes de compreender seu estado de espírito. Havia algo de muito atraente na sensibilidade de Christopher para captar seus pensamentos, sem que ela precisasse dizer uma palavra. Ela, porém, não sentiu o impulso de correr atrás dele e desculpar-se do que fora, afinal, uma rudeza relativamente subliminar. Tudo o que ela fizera fora impor uma certa restrição.

O nevoeiro chegou durante a noite. Rebecca passou a manhã na cama, com o jornal de domingo e uma caneca de café, aconchegada e satisfeita, saboreando o contraste entre aquele conforto e o dia frio e escuro lá fora. Deixou a secretária eletrônica atender a dois telefonemas de Bob e três ligações sem recado, provavelmente dele também. Ele parecia irritado. Ela não podia culpá-lo, mas não estava com vontade de falar com ele. O pedido de casamento endurecera algo em seu íntimo. Ela dera um susto em si mesma deixando as coisas irem tão longe. Era óbvio que precisava de uma auto-suficiência mais profunda. Fugir das reclamações de Bob, recusando-se a falar com ele, parecia mais crueldade do que sinal de auto-suficiência, mas já era um começo.

Depois de um tardio café da manhã, ligou o computador para trabalhar sentindo-se nobre e compromissada com um tranqüilo profissionalismo, mas perdeu a serenidade quase instantaneamente. O programa continuava tão lento, complicado e irritante como sempre fora, e aquele projeto era idiota. Quando a máquina travou pela segunda vez, levando duas horas de trabalho inútil, Rebecca simplesmente desligou-a e foi sentar-se na escada dos fundos, fumando três dos cinco cigarros diários, um atrás do outro, sentindo-se irresponsável por expor-se a um câncer de pulmão, por arriscar-se a deixar Mary Martha órfã de mãe.

Acendeu o quarto cigarro no toco do terceiro. Ao pé da escada, o pedaço de chão que Christopher limpara agora parecia ingenuamente otimista sob o baixo céu cinzento. Ele deixara a espátula de arrancar mato ao lado da porta da garagem, como se a quisesse ter à mão quando voltasse a trabalhar, mas não saíra do apartamento a manhã toda. Talvez ela o houvesse assustado e desencorajado para sempre qualquer idéia que ele pudesse ter tido para melhorar o quintal.

Desceu a escada impulsivamente. Evitando o olhar vazio da janela do apartamento de Christopher, pegou a espátula e foi ajoelhar-se à beira da clareira de terra nua. Com o cigarro entre os lábios e sentindo-se um pouco ridícula, arrancou um pé de mato e jogou-o em cima dos outros na pilha deixada por Christopher. O efeito daquilo no mar de ervas daninhas foi desprezível. Daquele ponto de vista, o pequeno quintal parecia vasto. Rebecca apagou o cigarro no chão e atacou outra erva.

Trabalhou por quase duas horas, quebrou duas unhas e achou que não estava fazendo grande progresso, mas quando entrou em casa para tomar banho sentia-se contente. Talvez fosse no íntimo uma camponesa, pensou. Uma alma simples, fazendo trabalho simples: ver uma erva, arrancá-la. Christopher não aparecera, mas dava algum prazer a Rebecca saber que ele veria que a clareira que começara a abrir aumentara misteriosamente, como obra de gnomos. Ela se sentia absurdamente orgulhosa daquele quadrado de terra exposta.

Mary Martha chegou à noite, vazando areia por todos os bolsos, refugiada na combinação de euforia e perversa reserva que freqüentemente ostentava quando Rory a levava de volta para casa. Rebecca suspeitava que o ex-marido lhe concedia alguma liberdade inadequada e que a fazia prometer guardar segredo a respeito. Era de enfurecer, mas ela não sabia o que fazer sobre isso.

Deu banho na filha e preparou o jantar, que a menina apenas beliscou. Rory, como sempre, ganhara a batalha de domingo no tocante à alimentação. A comida de Rebecca não podia competir com salgadinhos aquecidos no microondas. Depois as duas enrodilharam-se no sofá para ver *Jornada nas Estrelas: Voyager*. O episódio pareceu durar muito mais do que a hora costumeira, mas Rebecca descobrira que aturar as aventuras espaciais era uma ótima maneira de restabelecer o contato harmonioso com a filha.

O monge do andar de baixo • 49

— Papai sempre vê discos voadores passando por cima do mar — contou Mary Martha durante o primeiro comercial.

— Não diga — disse Rebecca.

Esse provavelmente não era o modo melhor de lidar com uma questão tão complexa, mas seria pior se ela dissesse à menina que o pai dela era um doido que vivia drogado. Além disso, Rebecca sabia que estava em desvantagem no campo da crença. Rory pelo menos acreditava em discos voadores. Que tipo de sustento espiritual *ela* estava dando à filha? Que certezas cósmicas? O morno catolicismo de sua infância era agora mais uma dor de cabeça permanente do que uma fonte de força. Durante anos comera da mesa da espiritualidade californiana e fora embora com fome. Considerava um fardo sua frustrada necessidade de fervor espiritual, e uma dor surda seu desejo por algo profundo. Às vezes, fumando o último cigarro do dia, olhando as estrelas, ela sentia por um momento que a vida era suportável. Mas não podia oferecer isso a uma alma de criança, dizendo: *Algum dia, querida, com bastante vinho e nicotina, você se sentirá satisfeita simplesmente por ter sobrevivido a mais um dia. Então, talvez, até consiga ser feliz por um breve momento.* Na verdade, isso não devia ser oferecido a ninguém. Mas era só o que Rebecca tinha para dar.

A charmosa tripulação da nave *Voyager* sobreviveu à luta de mais um dia. Os créditos rolaram na tela e as chamadas começaram, anunciando que na próxima semana a batalha seria ainda mais árdua. Rebecca pôs Mary Martha na cama e leu para ela um pouco do livro *A casa da esquina Pooh*. A menina ajeitou-se e ouviu encantada, como sempre, sem nenhuma indicação de que precisava de intrigas intergalácticas para interessar-se por uma história, e algo dentro de Rebecca começou a relaxar. A cada 15 dias, Mary Martha chegava a casa como se fosse uma estranha. Rebecca ficava tensa por ter de competir com o mar sedutor, um céu cheio de alienígenas e um cardápio de lanchonete para recuperar a confiança da filha. Mas sempre chegava o momento em que o mundo real de sua intimidade com Mary Martha voltava a se firmar, quando o carinho e o aconchego venciam a disputa. Ela não precisava cantar e dançar, produzir efeitos especiais ou comunicar-se com mundos distantes. Tudo o que tinha de fazer era manter aceso o fogo do lar e esperar. Tudo o que tinha de fazer era amar.

A menina fechou os olhos, e a respiração tornou-se lenta e regular. Rebecca continuou sentada na beira da cama, sem pressa de deixar a filha. Não, ela não se renderia àquele mundo agitado sem lutar. Também tinha algo a oferecer. Tinha o que havia de melhor.

PARTE II

Muitas vezes, nas ruas mais movimentadas do mundo,
Muitas vezes, no rumor da guerra,
Eleva-se um desejo inexprimível
Que sobrevem ao conhecimento de nossa vida sepultada...

MATTHEW ARNOLD, *The buried life*

Capítulo Três

A sede da Imagens Utópicas ficava a cinco quarteirões ao sul da Market Street, num armazém parcialmente adaptado, abaixo da rodovia, numa viela que nunca via a luz do Sol.

Na manhã de segunda-feira, um pouco depois de oito e meia, Rebecca desceu do ônibus 45 carregando um enorme copo de café Starbucks, usando as roupas costumeiras — calça de lycra e camisa pretas, tênis e um largo suéter preto — o traje informal ainda permitido aos artistas da empresa. Como acontecia toda segunda-feira, ela via a semana à sua frente como um peso morto que precisava carregar. Sentia-se embaraçada por ser uma criatura tão igual às outras. Jurara, ainda muito jovem, que nunca odiaria as segundas-feiras.

— Jeff já chegou? — perguntou à recepcionista, Moira Donnell, que estava ocupada lendo uma revista e comendo um pãozinho.

Com a boca cheia, Moira apenas abanou a cabeça, respondendo "não", e continuou a ler sua *Marie Claire*. Encarregada da recepção, tinha mais ou menos 25 anos, cabelos castanhos e olhos verdes — quase linda. Ela era a funcionária mais bem vestida da empresa e impressionava com aquele seu jeito determinado de quem tinha muito o que fazer. Naquele dia estava usando um terninho azul-marinho que habilmente minimizava os efeitos de uma leve tendência para ganhar peso. Moira periodicamente engordava e emagrecia os mesmos cinco quilos, como a Lua. Um outro pãozinho no saco sobre a mesa sugeria que a atual fase crescente ainda não chegara ao auge.

— Quando Jeff chegar, pode lhe dizer que preciso falar com ele? — pediu Rebecca, acrescentando: — Desesperadamente.

Num gesto heróico, Moira engoliu o que mastigava para responder:
— Claro.

A capa da revista prometia 288 maneiras espetaculares de manter uma bela aparência no verão, um método de quatro semanas para ter um corpo pronto para a praia e um guia para as mulheres conseguirem o que quisessem no sexo, no amor e nas finanças. Rebecca tentou lembrar-se da última vez em que achou seu corpo "pronto para a praia" ou até mesmo em que teve a esperança de entrar em forma em quatro semanas. Como sua atitude em relação às segundas-feiras, aquilo também lhe parecia uma derrota moral que ainda a incomodava.

— Como foi seu fim de semana? — perguntou.

O rosto de Moira iluminou-se.

— Foi ótimo! E o seu?

— Ótimo — ecoou Rebecca em tom azedo, e as duas riram.

O contraste entre a vida supostamente fascinante de Moira e a insípida de Rebecca era motivo de uma constante brincadeira para elas. No entanto, Rebecca não trocaria de lugar com a moça, nem mesmo por um instante. Moira ainda tinha muito sofrimento pela frente, seguindo aquele guia de como conseguir tudo o que desejasse da vida. Mas havia algo comovente em sua fé.

Moira voltou a comer seu pãozinho e Rebecca afastou-se, passando pela samambaia de grandes folhas pendentes e subindo a escada que levava às salas de trabalho. Quase todas estavam desertas àquela hora, mas Bonnie Carlisle, sentada à sua mesa, já começara a trabalhar. Rebecca parou para olhar pela porta entreaberta.

— Buuu!

— Odeio o EasyDraw — declarou Bonnie, sem se virar.

Rebecca riu.

— Eu também.

O monge do andar de baixo • 55

Bonnie girou a cadeira. Era uma mulher sólida, da idade de Rebecca, com inteligentes olhos azuis, cabelos cor de areia e um áspero senso de humor. Seu rosto sempre parecia um pouco choroso, como o de um palhaço triste, e havia algo como uma aura de enfastiada sabedoria à volta dela. Mas sua risada era magnífica. E ela era a melhor amiga de Rebecca ali na Imagens Utópicas.

— Vou agarrar Jeff assim que ele chegar e exigir que me ajude — disse Rebecca.

— Não se eu o agarrar primeiro.

— Foi uma loucura. Passei metade de meu fim de semana arrancando os cabelos.

— Só metade?

Observaram o monitor do computador de Bonnie com ar sombrio. Depois de alguns instantes, entrou o protetor de tela, mostrando uma série de figuras de Geórgia O'Keeffe. Bonnie pegou a caneca de café, uma gigantesca coisa de plástico, com um "49ers" pintado de um lado.

— Fora isso, senhora Lincoln, como foi o seu fim de semana? — perguntou.

Rebecca deu de ombros e encostou-se na borda da mesa.

— Silencioso. Rory levou Mary Martha. E o seu, como foi?

— O ponto alto foi o passeio na praia com Bruiser. Ele quase pegou uma gaivota.

Bruiser era o pastor alemão de Bonnie, seu "companheiro de muito tempo", como ela dizia.

— Acho que as gaivotas gostam de brincar com Bruiser — comentou Rebecca.

— É, mas aquela me pareceu verdadeiramente assustada.

Rebecca sorriu. Refletiu que aquele era o momento para contar à amiga que Bob a pedira em casamento e compartilhar com ela uma boa risada, quando descrevesse os ridículos detalhes, mas descobriu que não queria contar. Durante semanas Bonnie dissera o que Bob faria e foi exatamente o que aconteceu, embora ela não tivesse previsto a música de violino. Mais constrangedor ainda, Bonnie deixara claro que achava que Rebecca poderia escolher alguém pior do que

Bob e torcia discretamente para que ela assumisse um compromisso com o que chamava de realismo. Tratar o pedido de Bob com muito escárnio ou descaso seria como dar um tapa no rosto de Bonnie.

Por outro lado, era ainda mais esquisito não contar.

— Bob me pediu em casamento na sexta-feira.

— Não! Você está brincando!

— Não estou. Ele pediu, mesmo.

Bonnie, vendo para qual lado o vento estava soprando, esforçou-se por apoiar a recusa.

— Ah, partindo corações, sua malvada.

— Você tem direito a um "eu avisei".

— E avisei, não foi? Você não ficou tentada a aceitar? Nem um pouquinho?

— Não. A coisa toda foi um triunfo da fé naquilo que se quer que seja verdade.

— Ainda não vejo o que há de errado com o sujeito, sinceramente.

— Nada. Bob está acima de qualquer censura. Eu é que não estou no mercado.

— Ah, claro.

— É verdade. Não consigo mais *namorar*. Não consigo *ter um relacionamento*. É tudo dramático e elaborado demais. Prefiro ficar em casa, de pijama, assistindo à televisão. Prefiro ler um bom livro. Prefiro... diabos, não sei. Prefiro arrancar mato do meu quintal.

Bonnie riu zombeteiramente.

— É mesmo, esqueci como você é apaixonada por jardinagem.

— Fique sabendo que passei várias horas trabalhando no quintal, ontem.

— E sexo?

— Achei que não seria decente, com tantos vizinhos que poderiam ver.

— Estou falando sobre o resto de sua vida.

Rebecca deu de ombros.

— Meu novo inquilino não fez sexo durante vinte anos e apesar disso parece bastante feliz. Bem, não. Para ser franca, ele parece profundamente infeliz, mas eu diria que se trata de uma infelicidade cheia de paz.

— O monge?

— É. Ele está trabalhando na McDonald's, muito tranqüilamente.

— Parece um ótimo exemplo para que se escolha o celibato.

— A questão é que não há nada de errado com Bob. Não há nada de errado com os homens. Não havia nada de errado com Rory, que Deus o abençoe. Mas prefiro apenas amizade. Prefiro a franqueza e a liberdade, boas gargalhadas compartilhadas, não a eterna cautela, a constante e humilhante preocupação com a situação do relacionamento. É cansativo, não é? Responda: existe um único homem na Terra com quem se possa *conversar*?

— Bem, vendo as coisas assim... — Bonnie riu. — Mas por que manipular os acontecimentos?

— Eu própria entraria para um convento, se não fosse Mary Martha... e se meu relacionamento com Deus fosse melhor.

— Acho que você está blefando.

— Você não é feliz vivendo apenas com Bruiser?

— Eu amo meu cachorro profundamente, Becca. Tenho uma vida ótima, graças a Deus. Mas não podemos nos enganar. Sou uma mulher que está envelhecendo solteira, em companhia de um cão, tirando o melhor que posso de tudo o que acontece.

— E eu sou uma mulher que está envelhecendo como mãe sozinha.

— Dispensando pedidos de casamento a torto e a direito.

— A torto, por enquanto. — As duas riram. — Então, você acha que fiz besteira, não é? Eu deveria ter agarrado o príncipe quase encantado?

— Oh, nossa, Rebecca! Ninguém mais acredita em contos de fadas. A não ser, talvez, você.

Rebecca pestanejou, magoada.

— Ei, estou tão completamente desiludida quanto qualquer outra mulher.

Bonnie deu de ombros, impassível. Ficaram caladas por alguns segundos, observando as flores de O'Keeffe passando uma depois da outra na tela do computador — lírios como lábios, lírios voluptuosos e lírios em forma de estômago.

— Diabos — resmungou Bonnie por fim, cedendo. — Bob é apenas um homem. Não faz sentido esquentar a cabeça por causa dessa história.

— Exatamente — concordou Rebecca, aliviada.

— Comi uma caixa inteira de bombons nesse fim de semana. Um atrás do outro, como uma máquina.

— Eu estourei minha cota de cigarros no sábado e no domingo. E não lavei a roupa da semana.

Bonnie mexeu no mouse e o protetor de tela dissolveu-se no EasyDraw.

— E hoje é segunda-feira — disse. — Dá para acreditar nessa merda?

Jeff Burgess chegou um pouco depois das dez, ouriçado e autoritário. Nos últimos tempos estava saindo muito com clientes para tomar um drinque ou jantar, e quando ia à empresa tentava compensar suas ausências agindo de maneira que dava a impressão de urgência. Rebecca se lembrava de uma época em que maconha, pobreza e uma overdose de idealismo dos anos sessenta faziam Jeff parecer um homem relaxado demais, mas com o passar dos anos, à medida que suas responsabilidades foram se acumulando, seu perfeccionismo latente emergira. Ele tentava constantemente camuflar essa tendência, contendo-se no meio de um ataque de zelo para dizer: "Bem, não é o fim do mundo." Mas o resultado disso foi que, entre os empregados da Imagens Utópicas, "não é o fim do mundo" tornara-se um sinônimo jocoso de qualquer coisa tremendamente importante.

Rebecca tentou pará-lo em sua primeira passagem pelo corredor, mas ele afastou-a furiosamente com um gesto e correu para cuidar de uma crise mais urgente. Ela voltou para sua sala e esperou. Vinte minutos depois, ele passou de novo pelo corredor, e ela conseguiu fazê-lo parar.

— Dou-lhe trinta segundos — avisou Jeff, parado na porta.

Parecia um garoto que fora obrigado a vestir-se com elegância para um casamento, com os ralos cabelos castanhos caindo sobre o colarinho, calça cinzenta larga, sapatos pretos de amarrar, uma camisa branca e uma gravata amarela Jerry Garcia, toda retorcida. Rebecca supôs que a gravata estivesse lá para fazer algum tipo de declaração. Cultivando suas pequenas incongruências, Jeff achava que conseguira integrar pensamento hippie com capitalismo, mas basicamente era agora apenas um empresário em ascensão, precisando fazer a barba e cortar o cabelo. Era um sujeito bom que tentara mudar o mundo e fracassara.

— Esse programa de animação é horrível — declarou Rebecca. — Só consigo que faça figuras muito estilizadas e toque *This Land is Your Land*.

— É o mais novo, e dizem que é o melhor.

— Acho que eu me sairia melhor com o velho.

Jeff suspirou.

— Vamos ver o que você fez até agora.

Soltou o batente da porta, que estivera segurando como para impedir-se de sair voando para tratar de outro assunto mais importante, e andou até a mesa. Rebecca fez correr as seqüências do homenzinho-lâmpada até chegar à música cantada com aquela vozinha que a enlouquecia.

Jeff franziu a testa.

— Foi essa a trilha sonora que escolhemos?

— Você queria incongruência.

— E o que é aquilo que ele está usando?

— Um smoking — respondeu Rebecca, e, vendo a expressão vazia de Jeff, explicou: — Fred Astaire. Você e Marty Perlman da PG&E ficaram extasiados com a idéia. Atração que atravessa gerações.

Com ar desgostoso, Jeff observou a estranha animação.

— Acho que você ainda não conseguiu. A lâmpada dançante... é alegria, entende? É preciso transmitir leveza.

— Consegui isso nos esboços. Só não consigo fazer a máquina manter essa qualidade.

— Perlman vai ter um ataque quando vir isso aí.

— Bem, acho que não devemos mostrar a ele.

— Ele vai ter de ver alguma coisa até a próxima segunda-feira. Ainda não nos contrataram para esse projeto, você sabe.

Rebecca sentia o cheiro do medo de Jeff — cheiro de suor, metálico, misturado ao perfume de sua colônia. Era a colônia errada também: ele tinha o cheiro de alguém tentando cheirar como outra pessoa. Ela dormira com Jeff durante um mês e meio, cinco anos atrás, logo depois de seu divórcio e cerca de um ano antes de ele se casar com uma das outras artistas. Todo o mundo na empresa dormia com todo o mundo naquele tempo. Perto de Jeff, agora, mergulhada em seu cheiro estranho, percebendo como ele estava perto do pânico, Rebecca tentou recordar seus momentos de intimidade com ele e não conseguiu lembrar-se de nada. Também não sentiu nenhuma tristeza. Acontecera e acabara. Tudo o que ela sentia era uma leve, quase relutante, compaixão.

— Acho que, se trabalhar como louca, posso criar uns trinta segundos de boa dança até segunda-feira — comentou.

— Bem, não é o fim do mundo — declarou Jeff. — Mas conseguir trinta segundos seria ótimo.

Rebecca desligou o computador e trabalhou o resto da tarde com lápis e papel, como sempre fazia quando encalhava em um projeto. Era tão gostoso que parecia trapaça, como se estivesse na sexta série, numa aula de estudos sociais, e ficasse desenhando em seu caderno em vez de ler o texto sobre impostos.

Algo realmente interessante estava emergindo dos esboços, uma relativa sutileza. Por mais absurdo que fosse, ela achou que o homem-lâmpada ansiava pela graça dos movimentos da dança. Um desejo totalmente irrealizado, o que era a comédia e o drama do personagem. Ele tinha a forma de uma lâmpada, afinal. Era um desenho animado à mercê de música ruim, a serviço de uma empresa. No entanto desejava ardentemente dançar.

Isso já acontecera com ela antes, em projetos igualmente idiotas. Assim que aceitava a premissa e parava de combatê-la, as pequenas alegrias do trabalho apareciam. No trem, voltando para casa, ela se pegou cantarolando. Mary Martha tivera um bom dia na creche, e as duas caminharam juntas para casa, de mãos dadas, falando de animais e objetos cujos nomes começavam com a letra "P". A luzinha da secretária eletrônica estava piscando quando elas entraram em casa, mas

O monge do andar de baixo • *61*

nem mesmo outra ladainha queixosa de Bob poderia abalar o bom humor de Rebecca. Naquela mensagem, ele assegurava que se rendera, que estava pronto para aceitar apenas amizade.

Parada junto à janela da cozinha, ela ouviu a mensagem com atenção parcial. A tarde era balsâmica. O Sol ainda brilhava, iluminando um glorioso dia de verão. Ela viu que Michael Christopher trabalhara mais um pouco no quintal. A clareira agora cobria um quarto do terreno, expandindo-se em arco. Era quase sobrenatural aquele trabalho anônimo, invisível. O emaranhado de mato e arbustos mortos fora para Rebecca um símbolo da mediocridade e da inércia de sua vida durante tanto tempo, que ela chegara a extrair dele uma espécie de conforto. Aquele era o diabo que ela conhecia. Acreditara que para mudar a situação precisaria de um heróico esforço moral, de uma força de vontade que nunca lhe parecera possível sustentar. Agora a mudança estava ocorrendo quase a despeito dela. Mas a transformação teria algum valor, se não fora ela quem a promovera? Seria aquela renovação inesperada uma espécie de graça que pedia uma agradecida aquiescência, ou apenas mais uma abdicação de sua parte?

Bob finalmente parou de falar bobagens. Em resumo, parecia que estava disposto a ser qualquer coisa que ela quisesse que ele fosse, o que era muito triste. Rebecca apagou a mensagem e colocou uma travessa de filés de peixe congelados no forno, para delícia de Mary Martha. Houve a costumeira discussão sobre legumes, e as duas entraram em acordo acerca das ervilhas. Depois do jantar, elas se acomodaram no sofá de dois lugares na sala e assistiram a *A Pequena Sereia* provavelmente pela qüinquagésima vez. O telefone tocou na metade do filme e Rebecca deixou a secretária receber o recado, mas correu para a cozinha e atendeu quando ouviu a voz da mãe.

— Está tudo acertado para sábado — anunciou Phoebe.

— O que é que está acertado?

— O batizado. Sherilou está animadíssima com a idéia. Eu disse a ela que poderíamos fazer a cerimônia na praia atrás de minha casa. Traje esporte, naturalmente, embora qualquer coisa sirva quando somos tocados pelo Espírito. Podemos fazer um churrasco e passar uma tarde agradável.

— Talvez eu não possa ir. Estou trabalhando num projeto difícil e o prazo expira segunda-feira.

— Oh, Becca, francamente! Não acredito que queira deixar seu trabalho interferir demais em sua vida espiritual.

— Acho que se trata da vida espiritual de Sherilou.

— Ainda assim...

Rebecca riu. Nunca entendera bem o que a mãe queria dizer com "ainda assim", mas a expressão tivera um peso incontestável desde sua infância.

— Talvez possamos ir até aí à tarde. Mary Martha adora essa praia.

— Claro que adora. E estou certa de que o irmão Fulano de Tal também vai gostar.

— O quê?

— Seu amigo, o monge. Fará bem a ele, sair um pouco de casa.

— Oh, mãe, diga que você não fez isso!

— Não fiz o quê? — replicou Phoebe com aquela soberba, uma serenidade um tanto inconsciente que parecia ajudá-la a enfrentar qualquer coisa.

— Não planejou tudo isso contando com a participação do senhor Christopher, não é?

— Bem, Sherilou adorou a idéia. — Phoebe fez uma pausa. — Está querendo me dizer que não falou com ele?

— Claro que não falei!

— Eu me lembro claramente de que você disse que ia falar com ele sobre o batizado.

— E eu me lembro claramente de que eu disse "de jeito nenhum".

— Muito estranho. Mas não se preocupe, ainda há bastante tempo.

— Bastante tempo para quê?

— Ora, para falar com o homem! Tenho certeza de que, quando você explicar a situação a ele, uma mãe solteira que se afastou da religião, uma criança inocente sem a estrutura do sacramento e assim por diante...

O monge do andar de baixo • *63*

— Não tenho a mínima intenção de explicar essa situação a ele.

— É uma coisa de nada, Rebecca. Arrisque. Ele é perfeitamente capaz de dizer "não".

— Concordo. O homem nem toma café, mãe.

— Não se pode torcer o braço de uma pessoa para forçá-la a fazer o que não quer. Ou o Espírito age sobre ela ou não.

Rebecca refletiu sobre isso, mal-humorada, sentindo que fora atacada de flanco.

— Isso tudo me parece muito excêntrico, mãe.

— Fale com ele. É melhor uma intenção excêntrica do que nenhuma intenção — recitou Phoebe animadamente.

Rebecca não tinha muita certeza sobre isso, mas a mãe criara um tipo de segunda ocupação baseada nessa idéia desde que se mudara para a Califórnia.

— Acho que as conversas embaraçosas que tive com meu inquilino são suficientes.

— Então, talvez eu mesma fale com ele.

— Ele não é uma pessoa sociável, mãe. É um tipo de ermitão em recuperação. Na verdade, acho que é um misantropo.

— Só precisa sair de casa um pouco mais.

Não havia como continuar conversando com Phoebe depois que ela decidia algo. Desligaram logo em seguida, sem fazer nenhum progresso.

Rebecca continuou na cozinha por longos momentos, consciente, como acontecia freqüentemente agora, do silêncio abaixo de seus pés, do profundo, quase palpável silêncio no qual Christopher vivia. Sabia que havia apenas um breve momento entre ela e uma situação que a envergonharia, pois a mãe já devia estar ligando para o serviço de informações em busca do número de telefone de Christopher, que ainda não constava da lista.

Sua dedução estava certa. Um instante depois ela ouviu um telefone tocar no andar de baixo. Passos apressados. Então a voz abafada de Christopher soou através das tábuas do assoalho da cozinha. A conversa ao telefone durou vários minutos. Rebecca não conseguia entender nada do que Christopher dizia, mas os longos silêncios dele eram bastante elucidativos. Phoebe estava defendendo sua causa implacavelmente. Mas por diversas vezes o riso caloroso de Christopher surpreendeu Rebecca. Ela se sentiu absurdamente grata pelo bom humor de seu inquilino. Aquilo parecia um milagre de compaixão.

Por fim, os murmúrios indulgentes de Christopher cessaram. O costumeiro silêncio, aprofundado agora pelo contraste da interrupção, alojou-se no andar de baixo. Um pouco depois Rebecca captou um cheiro de fumaça de cigarro subindo do quintal.

Sorriu, inesperadamente animada. Quase sempre fumava depois de conversar ao telefone com Phoebe. Saiu para a varanda dos fundos. Nas sombras lá embaixo, Christopher estava sentado no degrau da porta da garagem, uma forma escura curvada ao redor de um ponto de luminoso alaranjado. Ele se ergueu quando percebeu a presença dela e, por um instante, pareceu que ia fugir.

— Senti cheiro de cigarro — disse ela para acalmá-lo.

Christopher relaxou um pouco e riu timidamente.

— Acho que lhe devo um.

— E eu vim cobrar.

Ela desceu a escada, subitamente consciente de que usava a mais larga de suas calças de malha, estava descalça e despenteada. O relacionamento com alguém que morava no andar de baixo era diferente. Certas formalidades eram inevitavelmente dispensadas.

Christopher estendeu-lhe o maço e ela pegou um cigarro. Ele fumava os antiquados Marlboro Reds, como os garotos da escola. Ela deu uma tragada nervosa e quase engasgou com a fumaça mais forte, e isso também era típico de uma garota de escola. O degrau na porta da garagem era curto demais para os dois se sentarem lado a lado, então ficaram em pé, um tanto constrangidos, sem saber como se portar. Os cabelos de Christopher, começando a ficar compridos o bastante para parecerem felpudos, estavam úmidos de uma ducha recente, e ele usava calças jeans desbotadas e uma camiseta. Sem dúvida, terminara seu dia de trabalho, mas Rebecca decidiu não lhe perguntar como estava indo no emprego. Poderia parecer que ela estava querendo humilhá-lo.

— Acabei de ter a mais notável das conversas com sua mãe — contou ele.

Ela o olhou com simpatia. Como era bom falar com um homem que sabia amenizar as coisas.

— Era o que eu temia. O que posso dizer, a não ser que lamento? As intenções dela são boas, mas...

— Oh, não, está tudo bem. Ela é uma pessoa extraordinária.

— Que modo gentil de se expressar.

— Não, estou sendo sincero. Ela é muito corajosa. Muito... *amorosa*.

Christopher abaixou-se para esmagar o cigarro no concreto do chão; então endireitou-se, ainda segurando o toco por não ter onde colocá-lo. Os olhos dos dois encontraram-se brevemente, e eles sorriram, achando graça no tolo dilema.

— Deixo uma concha na escada para usar como cinzeiro — informou Rebecca.

— Obrigado.

Ele atravessou o pátio e pôs o toco de cigarro na concha. Ela o seguiu incoerentemente, percebendo que estava rezando: *Por favor, meu Deus, não me deixe passar vergonha. Faça com que eu encontre um jeito gracioso de lidar com isto.*

Christopher virou-se. Sobressaltou-se ao vê-la tão perto.

— Mais uma vez, tudo o que posso dizer é que lamento. Do fundo do coração. Minha mãe é uma força da natureza. Ela enfia algo na cabeça e...

— Ela fez uma defesa interessante da idéia de um batismo que foge às regras. Até citou as Escrituras.

— Ela participava da equipe de debates na universidade católica, não tem medo nem vergonha. Ela poderia defender de modo interessante o batismo de iguanas.

Christopher riu. O riso transformou seu rosto normalmente soturno, e Rebecca pegou-se sorrindo para ele.

— Bem, gostei de sua mãe. Ela me lembrou um pouco o abade Hackley.

— Pensei que o abade fosse um tolo.

Surpreso, Christopher pestanejou, mas recobrou-se e afirmou:

— E é. Mas é um tolo bem-intencionado. Tenho de admirar essa qualidade. Ele sempre achou que eu poderia ser mais ativo no mundo.

Alguma coisa no jeito como ele disse "no mundo" irritou Rebecca. Era um tom que insinuava desdém, cheio de superioridade.

— Existe uma alternativa? — perguntou ela um pouco agressivamente.

Christopher olhou-a, confuso.

— Alternativa para quê?

— Ser ativo "no mundo".

— Espero que sim — respondeu ele tão ardorosamente, que ela ficou desarmada.

Ficaram em silêncio por um longo momento, uma pausa que agora Rebecca reconhecia como uma característica das conversas com Christopher. Eram conversas que tinham um modo irritante de encalhar em assuntos invisíveis. Em assuntos sobre Deus. Era fácil esquecer que ele era monge até a conversa desandar daquele jeito. Depois, então, ficava difícil lembrar que ele era mais alguma coisa além de monge. De certa forma, ele era igual a Rory, dado a desaparecer em seu elemento. Rory ia para o mar quando as coisas ficavam difíceis; Christopher recolhia-se em um silêncio impenetrável.

Por fim, para mudar de assunto, ela comentou:

— Espero que não tenha sido terrivelmente difícil dizer "não" a minha mãe.

Ele a olhou timidamente.

— Para dizer a verdade, foi impossível. — Riu da expressão horrorizada de Rebecca. — Está tudo bem, acredito que me darão folga no sábado.

— Você é bom demais. Não posso permitir que desperdice seu sábado com uma cerimônia esquisita, com uma idosa maluca, suas amigas excêntricas e sua filha velhusca...

— Velhusca? Está longe disso — disse Christopher, interrompendo-a.

O tom sincero da voz dele a fez vibrar. Ela o fitou nos olhos, incerta sobre o que dizer. Não pensara nele como um ser sexuado até aquele momento, e isso era um pouco perturbador.

O monge do andar de baixo • *67*

— Seja como for, ainda acho que é pedir demais da bondade de um homem — persistiu. — Vai passar a tarde inteira envolvido com uma bobagem puramente neopagã. Vamos encarar os fatos, isso é *o mundo*.

— Sua mãe me disse que vão fazer cachorros-quentes.

Rebecca riu, surpresa ao ver como aquela distinta energia masculina lhe agradava. Um monge com senso de humor e capaz de um pouco de trapaça. Ela ainda ia demorar para se acostumar àquilo.

Nesse instante, a porta lá em cima abriu-se, e Mary Martha apareceu na varanda em seu pijama com estampa da Pequena Sereia.

— O filme acabou, mamãe.

— Rebobine, subirei num minuto — disse Rebecca.

— Você não devia fumar tanto, mãe. Fumar faz mal.

Rebecca olhou para Christopher, que sorriu e deu de ombros solidariamente; então amassou o cigarro na concha.

— Oi, Mike — cumprimentou a menina, sedutora.

— Oi, Mary Martha.

Ela corou de prazer, girou nos calcanhares e correu para dentro.

— Suponho então que nos veremos no sábado — comentou Rebecca em tom resignado, querendo fazê-lo entender que não era responsável pela provação que o esperava.

— É, no sábado — confirmou ele num tom quase perfeito de ligeira camaradagem.

Capítulo Quatro

Caro irmão James,

Vejo que meu maior receio se concretizou e que você está me considerando uma espécie de projeto. Não tenho absolutamente nenhuma contribuição para dar ao diálogo que você sugere a respeito da "importância da prece". Parece que ainda não consegui deixar isso bem claro. Minha vida, no que se refere à oração, encalhou. Estou perdido, desanimado, desmoralizado; minha percepção do que você chama de "amorosa e vivificante presença de Deus" reduziu-se a cacos. Isso é um tormento para mim, mas não é motivo para um intercâmbio bem-comportado e elevado. Talvez você esteja me confundindo com uma daquelas pessoas decentes que participam de seus retiros de fim de semana.

Temo que também tenha compreendido mal minhas observações sobre a irrelevância da vida monástica. Sem dúvida, errei, regozijando-me com o paradoxo. É verdade, como você diz, que o mundo precisa de homens que não precisam dele. Decidi ser um desses homens. Infelizmente, caí em um abismo de desprezo por mim mesmo.

Quanto ao meu "desespero", que você tanto gostaria de abrandar, só Deus sabe como a besta continua feroz. Não sou boa companhia.

Sou amargo, solitário, e estou engordando. Agora que meus cabelos cresceram neste crânio tosado durante tantos anos, descobri que estou ficando calvo. Existe um tipo de biscoito na doceria da esquina ao qual não consigo resistir. Talvez me torne um alcoólatra, talvez compre um aparelho de televisão e mergulhe no sonho americano. Leio histórias policiais nos intervalos do trabalho, com tanta avidez como antigamente lia A prática da presença de Deus *do irmão Lawrence, e nunca fumei tanto em toda a minha vida. Minha mente é uma nesga de campo árido coberto de pó rodopiante. Meu coração encolheu e ficou do tamanho de uma ervilha seca. Mas tudo isso é meu drama particular. O vazio da prece é mais profundo do que o mero desespero. Preparando-nos para um amor que não podemos conceber, Deus tira de nós todas as noções menores de amor, uma por uma.*

Nunca viu isso, irmão James, na austera eficiência de sua meditação industrial? Nunca viu, nem mesmo uma vez, toda a sua benevolência transformar-se em pó? Eu lhe digo que, enquanto não vir, todas as suas orações serão menos do que nada. São opressivas engrenagens de ganância. O amor não é combustível para a maquinaria comum.

Vamos falar com simplicidade, se pudermos — de homem para homem. Para mim, de nada valem seus bem-intencionados esforços para ativar minha fé. Confio mais nessa derrota que Deus me impingiu do que em qualquer verdade consoladora que você possa me oferecer. Não sei o que poderá emergir dos destroços em que transformei a vida que eu tencionava oferecer humildemente a Deus. É óbvio que não fui suficientemente humilde. Ninguém nos fala dos perigos da prece, mas ela é um mar profundo, e acredito que haja muitos perdidos em seus abismos. Ponha-me na conta dos perdidos, irmão James. Se suas preces produziram realmente os frutos de misericórdia que você proclama, pelo amor de Deus, poupe-me o sofrimento de mais admoestações.

Seu em Cristo (como você insiste em dizer),
  Michael Christopher

O sábado amanheceu pouco promissor, com o céu baixo emitindo uma luz relutante. Rebecca acordou cedo e ficou na cama com o edredom puxado até o queixo, torcendo como uma criança para que o nevoeiro se dissipasse. Esperava ansiosa pela tarde na praia, e isso a surpreendia. Não era de seu feitio entusiasmarse tanto com algo. Descobriu então que estava pensando em Michael Christopher. Estava imaginando-se com ele na praia Stinson. Haviam se afastado dos outros, levando um cobertor e vinho. O ar da tarde era morno e silencioso, e os dois riam e conversavam sem constrangimento. Não tinham pressa de chegar a um determinado lugar; apenas sentiam-se contentes por estarem juntos. Encontraram um lugar perfeito, aninhado no côncavo de uma duna, e ali Christopher estendeu o cobertor com um gesto floreado de cavalheiro. Sentaram-se no cobertor lado a lado, sentindo-se à vontade: a garrafa de vinho foi aberta, os copos de cristal captaram um raio de sol e brilharam como a luz sobre o mar.

— Tenho me sentido muito só. — Rebecca imaginou-se confessando isso.

Em sua fantasia, Christopher não se mostrou arredio, acanhado ou pomposo. Não tentou dissertar sobre a dor e a perda, nem explicar sentimentos ou prometer que tudo dali por diante seria diferente. Apenas fixou os deliciosos olhos castanhos nos dela e disse:

— Também me sinto só.

Ela percebeu, pelo ângulo do corpo dele, que Christopher em breve a beijaria, mas havia bastante tempo para isso. Havia tempo para tudo. Aquele fim de tarde iria durar para sempre, e tudo o que eles dissessem e fizessem seria simples, bom e verdadeiro.

Caindo em si, Rebecca sacudiu a cabeça, envergonhada. Esses devaneios de mocinha eram tolos, fazia anos que ela não se entregava a eles. E, sem falar no ridículo da fantasia, o homem era *monge*. Não havia para onde ir com Michael Christopher. Ele já estava envolvido. Com Deus. E, embora parecesse um sentimento não retribuído, de certa forma isso era o pior de tudo. Uma ex-esposa ou uma amante de 23 anos pelo menos teriam a virtude da realidade, das falibilidades normais, mas não havia como competir com um relacionamento não consumado com a imaterial Origem do Ser. Deus nunca acordaria de manhã com bafo de sono, espinha no nariz, empurrando Christopher com os joelhos, após uma briga na véspera. Deus nunca se esqueceria de comprar cereais para o café da manhã, não lavaria por descuido uma meia vermelha com uma carga de roupa branca. O Senhor não entupia o vaso sanitário, não queimava as torradas ou se lamentava ao calcular o imposto de renda. Mais importante do que tudo, talvez, Deus não tinha uma filha para atrapalhar, nem uma mãe intrometida, nem ex-marido. Deus não era mercadoria avariada, cercada de bagagem danificada. Ele era amor, fosse o que fosse que isso significasse. Deus renovava tudo.

E ela apenas estava ficando mais velha. Mesmo presumindo que Christopher tivesse em sua vida lugar para mais alguém além de Deus, havia a questão da crença. Sem dúvida ele haveria de querer alguém que conseguisse rezar sem precisar conter o riso. Rebecca fechou os olhos e tentou, mas não conseguiu nada. Pensou que talvez precisasse começar com um decente Ato de Contrição, acessando os pecados acumulados durante décadas, mas só conseguiu lembrar-se bem dos versos do hino à Virgem Maria com ritmo de ladainha.

Oh, meu Deus, estou profundamente arrependida por tê-Lo ofendido...

Mas não estava arrependida, pelo menos não o bastante. Fizera o melhor que pudera. E quem era Deus, na verdade, para sentir-se ofendido, quando, no noticiário da noite, todas aquelas crianças etíopes que Ele criara estavam revirando o pó em busca de grãos de trigo, as costelas ameaçando perfurar a pele como dedos acusadores?

Abrindo os olhos resignadamente, ela piscou na luz cinzenta e mundana de sábado. A verdade era que Christopher só iria à festa porque Phoebe torcera-lhe o braço até fazê-lo concordar. Rebecca refletiu que não precisava decidir sobre a natureza do universo nem sobre seu relacionamento com a Divindade naquela manhã, muito menos fantasiar sessões de sexo na praia. Tudo o que precisava fazer era atravessar mais um dia complicado.

Ela deliciou Mary Martha fazendo panquecas para o café da manhã. Enquanto cozinhava, cantarolava *Cantando na chuva*. Ficara acordada até muito tarde na noite anterior, assistindo a filmes antigos de Gene Kelly, tentando copiar alguns movimentos de dança para o homem-lâmpada, e agora estava se sentindo com pés leves de bailarina. Até ensaiou uns passos de sapateado para Mary Martha ver, quando levou as panquecas para a mesa.

— De novo! — exclamou a menina.

Rebecca atendeu ao pedido, sacudindo-se em seu roupão de banho e arrastando as pantufas esfarrapadas, terminando com um floreio. Era quase loucura o modo como ela estava se sentindo bem, apesar de sua decadência religiosa, e como estava animada com a idéia de sair de casa.

Fez salada de batatas e sanduíches de presunto, encheu uma geladeira de isopor com refrigerantes diet e algumas latas de Bud Light para si e outras de Sam Adams para o caso de Michael Christopher gostar de cerveja de verdade. Hesitou na hora de se vestir, quase se decidindo por um short curtíssimo que comprara num momento de insanidade uma vez em que saíra com Bonnie, e que nunca tivera oportunidade de usar. Ainda tinha pernas para isso, pensou Rebecca desafiadoramente. Mas, claro, era o inexplicável otimismo daquela manhã falando. Acabou optando por um short azul-marinho que mostrava as coxas na medida certa para ser insinuante. Vestiu o top de um biquíni verde — afinal, era praia — e pôs por cima uma camiseta da creche Bee-Well, para o caso de perder a coragem e decidir portar-se como uma senhora recatada.

Irritou-se com os cabelos, mas por fim amarrou-os num rabo-de-cavalo. Mexeu em cremes, pós e pincéis, antes de decidir que maquilagem, por mais leve que fosse, não funcionava em uma praia, com a luz clara do dia. Vaporizou Obsession no ar, pretendendo passar no meio da nuvem perfumada, mas esquivou-se no último instante. Quando todo o processo acabou, era quase meio-dia, e ela parecia exatamente o que era: uma mãe sozinha, de camiseta, short e tênis. Uma mulher lançada na mediocridade. Olhando-se no espelho, abanou a cabeça com resignação e foi chamar Mary Martha.

Lá fora, o nevoeiro começara a ficar mais ralo. O azul do céu parecia particularmente vivo, quase espantoso, como às vezes acontecia depois de névoa pesada: um azul como o retorno da saúde depois de uma longa doença. O dia ia ser lindo, afinal. Rebecca começou a arrumar as embalagens de comida e o isopor no carro, mantendo-se atenta à porta do apartamento de hóspedes. Não demorou muito para Michael Christopher aparecer, piscando como um animal desacostumado à luz do Sol. Usava seu casaco acabei-de-sair-de-um-mosteiro, preto, calças também pretas e incongruentes sapatos de modelo social, marrons e volumosos, parecidos com antigos calçados ortopédicos e que claramente não lhe caíam bem.

Mary Martha correu para encontrá-lo, e ele abaixou-se para dar-lhe um abraço. Depois endireitou-se e dirigiu um sorriso tímido a Rebecca.

— *Lindos* sapatos — disse ela sorrindo, sentindo que o melhor era abrir logo o jogo.

Christopher fez uma careta, reconhecendo que o que tinha nos pés era realmente grotesco.

— Um presente. Na verdade, uma esmola.

— Hã?

— De uma senhora muito boa que ia ao mosteiro fazer retiros. Ela acabou de saber que saí de lá e está me cobrindo de gentilezas.

— Muita bondade dela — disse Rebecca, surpresa ao sentir uma pequena pontada de ciúme.

— Eu preferiria ser ignorado.

Rebecca percebeu que estava um pouco acanhada perto de Christopher, como se ele soubesse de suas fantasias. Era como se algo significativo, mas não discutido, tivesse acontecido entre os dois desde a última vez em que se haviam visto, e ela se sentia meio fora de sincronia.

— Então, está pronto para a extravagância? — perguntou em tom alegre.

— Não muito.

— Esse é o espírito da coisa — disse ela. — Para o vale da morte cavalgaram os seiscentos.

Christopher concordou, com ar melancólico.

— Onde está seu calção de banho? — indagou Mary Martha. — E sua toalha?

— Eu não vou nadar — explicou ele.

— Mas você devia levar pelo menos um short. Nós vamos à *praia*!

— Deixe-o em paz, Mary Martha — advertiu Rebecca. Então, para Christopher, continuou em tom de desculpa: — O pai dela é surfista. Ela tem idéias bastante estritas a respeito da cultura praiana.

— Ah, claro, o pai dela — ecoou ele, aparentemente agitado. A situação tornou-se um pouco mais desconfortável. — Bem, talvez eu deva levar um...

— Não. Não pode deixar que ela o tiranize.

Mas Christopher hesitava. Os olhos deles se encontraram, e por um instante ela o viu como ele era — um homem irremediavelmente fora de seu elemento, um homem cujo senso de normalidade fora golpeado. Ele estava com medo. Vinte anos de rituais e renúncia haviam feito dele um homem indefeso, à mercê de crianças de seis anos, incapaz de decidir se levava ou não traje de banho para uma festa na praia.

Rebecca tocou-o no braço.

— Está tudo bem. Não é o fim do mundo.

Ele sorriu, agradecido.

— Para dizer a verdade, eu não tenho calção de banho.

Mary Martha ficou chocada. Rebecca riu e virou-se para acabar de pôr as coisas no carro.

Partiram alguns minutos depois, atravessando o parque e a ponte Golden Gate. A baía estava juncada de velas brancas. Mary Martha falava animadamente com Christopher, afastando qualquer possibilidade de uma conversa entre ele e Rebecca. Ele se mantinha meio virado no banco do carona, as longas pernas dobradas num ângulo cômico, respondendo gravemente às perguntas e comentários da menina, atencioso, sem condescendência. De vez em quando, olhava para Rebecca e dava de ombros com um sorriso de "O que se há de fazer?", como se desculpando de não poder manter uma conversa adulta. Ainda parecia infeliz, um homem mantendo a elegância a caminho da forca. Mas toda vez que seus olhos se encontravam com os de Rebecca ela sentia uma leve agitação. Havia algo como uma promessa naqueles olhares, uma sugestão de alguma futura privacidade.

O monge do andar de baixo • 75

Viajaram ao longo da costa, subiram acima do nível do mar pelas sinuosas estradas da montanha Tamalpais, atravessando terrenos rochosos e campos que o fim de verão coloria de castanho, e por fim desceram pela outra encosta, entrando no amontoado de lojas, cabanas e galerias de arte de Stinson Beach. Phoebe morava ao norte da cidade, numa estrada de cascalho entre pinheiros e ciprestes raquíticos, depois de uma placa que dizia: "Proibida a entrada de vendedores e pedintes", cheia de buracos de bala, e várias cabanas em duvidoso estado de conservação. A casa de Phoebe, um chalé de sequóia e cedro, ficava no fim da estrada, que era um beco sem saída, e erguia-se numa elevação com nada atrás, a não ser o oceano. A entrada de carros e o arenoso pátio de frente já estavam lotados. Rebecca notou o Lexus prateado de Bob Schofield, que sobressaía entre as peruas VW e os Toyotas de terceira mão como um terno Armani num bar de vaqueiros. Ele ligara para ela no trabalho, na sexta-feira à tarde, para convidá-la a sair "de um modo puramente platônico", e ela fora obrigada a dizer que Phoebe iria oferecer uma festa. Ele mesmo se convidara. Assim que desligara, Rebecca correra à procura de Bonnie Carlisle e lhe implorara que fosse à festa também, para dar-lhe apoio moral, mas agora não estava vendo o Prizm branco da amiga em lugar nenhum.

Rebecca estacionou o maltratado Honda, que combinava perfeitamente com o restante dos veículos, o mais longe possível do carro de Bob.

— Mais uma vez, por que estamos fazendo isto? — perguntou Christopher, quando ela desligou o motor.

Ela riu.

— Pelo que me consta, porque minha mãe lembra seu abade.

— Uma razão bem idiota, não é?

— Foi o que eu disse na ocasião.

Christopher suspirou, resignado. Ficaram no carro por um longo momento, com nenhum dos dois querendo tomar a iniciativa de sair, mas Rebecca por fim abriu a porta, pensando que era animador chegar a uma festa com alguém que queria ainda menos do que ela estar ali. Em geral, ocupava a ponta relutante do espectro social. Sentia-se quase maternal em relação a Christopher em seu receio, como se estivesse cuidando de um adolescente nervoso.

Ele estendeu as pernas com evidente má vontade, saiu do carro e tirou a caixa de isopor do porta-malas. Mary Martha quis carregar a cesta de piquenique e andou na direção da casa ao lado de Christopher, cambaleando com o peso de seu fardo.

A porta da frente estava aberta. Bob Marley lamentava-se no caro aparelho de som de Phoebe. A sala estava lotada de pessoas que tomavam vinho nos finíssimos copos de haste longa e comiam canapés servidos em bandejas de prata. Na praia, além do pátio de trás, onde se juntava uma multidão semelhante, um quarteto de jazz armava sua aparelhagem. Mesmo em uma festa de batismo na praia, pensou Rebecca, prevalecia o estilo elegante de sua mãe.

Christopher parou perto da lareira. Rebecca notou alarmada que ele olhava para um quadro acima do aparador, uma vista panorâmica de Point Reyes vista da montanha Vision. Ela pintara o quadro logo depois que se mudara para a Califórnia e cometera o erro de dá-lo a Phoebe, que agora insistia em dizer a todos que o admiravam que era obra de sua filha.

— "RM" é você? — perguntou Christopher, como Rebecca, de alguma maneira, previra.

Ela moveu a cabeça afirmativamente, mas sem nenhum entusiasmo. Não que achasse o quadro muito ruim. Suas cores acrílicas daquele tempo agora pareciam-lhe um pouco berrantes, mas ela adorava a cimitarra verde da península, a incongruente suavidade da terra avançando para um mar de aço prateado. Gostava do céu espelhado, como prata azul, e das montanhas apenas sugeridas através de fiapos de nuvens cor de alfazema.

Christopher observou a pintura em silêncio; então olhou novamente para Rebecca. Ela captou seu olhar com um repentino calor na barriga, um quase palpável peso de novo interesse, visceral e assustadoramente íntimo, como se ele houvesse deslizado a mão por baixo da camiseta que ela usava.

— Você não me disse que pintava — comentou ele em tom de reprovação.

Rebecca riu, tentando minimizar a desconcertante qualidade do momento.

— Não pinto mais — explicou, e quando ele fez menção de objetar, continuou depressa: — É complicado. Venha, vamos procurar minha mãe.

Christopher hesitou, claramente inclinado a continuar com o assunto, mas acabou dando de ombros em rendição e deixou que ela o guiasse na direção da cozinha.

Phoebe estava à mesa de madeira no centro do cômodo, com as mangas de seu suntuoso vestido cor de abóbora arregaçadas, cortando carne e legumes para um *shish kebab*, conversando sobre Paris com um pintor argentino.

— Rebecca! — exclamou. — Querida! Que bom que pôde vir! Oh! Mary Martha, você, uma linda joaninha, carregando um peso tão grande!

Mary Martha corou de prazer e permitiu que a avó lhe tirasse a cesta das mãos e a cobrisse de beijos. Por fim, Phoebe endireitou-se e sorriu para Christopher.

— E este deve ser nosso monge caprichoso. Devo chamá-lo de padre Christopher? Oh, não, isso é muito formal, não é? Irmão?

— *Mãe...* — começou Rebecca em tom ameaçador, mas Christopher apenas sorriu.

— Pode me chamar de Mike — esclareceu ele.

— É isso aí. Mike. Pode pôr a caixa de isopor perto da porta dos fundos, Mike. A cerimônia vai começar daqui a meia hora mais ou menos. Será um pouco complicado, mas fique perto de mim, e eu lhe darei a deixa para entrar em cena. Compare isso a um tipo de sessão de jazz, onde você faz o acompanhamento, tocando o baixo. Espero que tenha trazido seus apetrechos de magia.

— Mãe!

— Não se aflija, querida, é só brincadeira.

— Fazíamos a mesma coisa antes da missa — contou Christopher, com um rosto perfeitamente sério.

Ele gostava de Phoebe, até relaxara visivelmente. Rebecca notou e por alguma razão ficou aborrecida. Sabia que estava sendo perversa, mas gostava mais de vê-lo acanhado.

— Agora você precisa conhecer a convidada de honra — anunciou Phoebe. — Onde ela se meteu? Ah, lá está. Sherilou! *Sheriloooou*!

Tomou Christopher pelo braço e sem nenhuma cerimônia puxou-o, levando-o para a sala. Rebecca foi atrás, um pouco apreensiva. Sherilou, a estrela do espetáculo, estava sentada na escada para o andar superior, recebendo admiradores com o bebê no colo. Usava uma túnica azul informe, de intenção dúbia, que em parte sugeria sentimentalismo pós-parto e em parte fazia dela uma Virgem Maria de Marin County. Era uma mulher relaxada, de trinta e poucos anos, com cabelos que pareciam uma vassoura, dentes necessitados de tratamento e um certo ar de quem fora injustiçada. O bebê, uma menininha, de feições que eram um reflexo suavizado do rosto grosseiro de Sherilou, vestia um angelical vestido branco com gola de renda.

— Sherilou, querida, nosso batista chegou — chilreou Phoebe daquele jeito que só ela sabia fazer.

A moça olhou duvidosa para Christopher.

— Você é padre?

— Sou — admitiu ele, para surpresa de Rebecca.

Ela se acostumara ao modo de ele nunca perder uma oportunidade de negar sua antiga situação. Mas, aparentemente, agora ele não estava pensando em sua antiga situação. Havia uma firmeza nele que ela nunca vira, uma sutil dignidade.

— Espero que não vá falar de coisas ruins, de pecado e fogo do inferno — disse Sherilou. — Não quero que isso acabe numa espécie de "viagem" venerável.

Ele deu de ombros.

— Vamos esperar e ver como o Espírito age.

Sherilou examinou-o com o ar de suspeita de um esquilo examinando uma noz diferente.

— O Espírito agirá para o bem, Sherilou — disse Phoebe apressadamente. — Quase tive de quebrar o braço do coitado para convencê-lo a vir; então, não o assuste.

— Vejo a água como um elemento feminino — declarou Sherilou.

O monge do andar de baixo • 79

Ninguém parecia disposto a contestá-la. Houve um silêncio desconfortável, e Christopher curvou-se para a criancinha, que prontamente agarrou seu dedo. Sorriram um para o outro.

— Ela é linda — disse ele. — Como se chama?

— Hope — respondeu Sherilou.

— Hope, esperança. Outro nome não seria tão perfeito. — Christopher teria se endireitado, se o bebê não continuasse a segurar seu dedo; então ele continuou curvado.

— Esperança, a meiga irmã de Fé e Caridade — comentou Phoebe, com seu jeito prestativo, ecumênico.

Sherilou sorriu, contente, orgulhosa e também tímida, a despeito da pose, e acariciou o macio cabelo da garotinha.

— A última coisa a sair da caixa de Pandora — observou.

Alguns instantes depois, Phoebe arrastou Christopher para longe a fim de dar-lhe mais informações sobre a cerimônia. Rebecca saiu para a varanda à procura de Mary Martha e finalmente a viu no quintal, junto do lindo laguinho, dando biscoitos às carpas. A menina parecia muito satisfeita, assim como os peixes. Rebecca serviu-se de uma garrafa de cerveja da caixa de isopor na varanda dos fundos e foi até a grade. Na praia lá embaixo, o conjunto de jazz entrara em ação, e várias churrasqueiras estavam acesas. Algumas pessoas rodeavam cestas de piquenique cheias de pães de hambúrguer, assado de feijão, salada de frutas, picles, temperos e três tipos de quiche, fazendo seus pratos. Além de toda essa atividade, o oceano cintilava ao sol da tarde.

Enquanto contemplava o Pacífico, ela viu Bob Schofield subindo da praia para a casa como um dos homens do destacamento policial no filme *Butch Cassidy e Sundance Kid*, numa nuvem determinada de pó no horizonte, aproximando-se implacavelmente. Pensou em fugir, em correr para dentro, mais decidiu que aquele momento era tão bom quanto outro qualquer para lidar com ele. Bob era inevitável em seu jeito modesto.

— Rebecca! — exclamou ele quando parou ao lado dela, ofegante e suado.

— Oi, Bob.

— Que festa, hein? Sua mãe é uma feiticeira.

— Se é — concordou Rebecca.

— Posso pegar uma cerveja para você?

Ela mostrou a garrafa que segurava.

— Ah, tudo bem — resmungou, e foi buscar uma cerveja para si, andando com pose estudada em seu short cáqui ultralargo e tênis Nike sem cadarços.

Com aquela camiseta Tommy Hilfiger, o boné virado para trás e óculos escuros de aviador, era o sonho de um publicitário: um homem de quarenta anos tentando parecer um rapaz de 18 baseado em comerciais de televisão. Até carregava um *frisbee*, o que devia fazer aos 18 anos para tentar parecer um adolescente, o que de fato era.

— Então... — disse ele com um sorriso, enquanto abria a garrafa e a erguia num brinde informal.

O tom dele estava carregado demais de "enfim sós, querida", mas Rebecca não podia deixar aquela garrafa erguida à sua frente. Ela bateu na Heineken com sua Bud Light, esperando que parecesse um gesto de mera cordialidade. Pelo canto dos olhos, viu Michael Christopher vindo na direção deles e pensou que ele não poderia ter escolhido um momento pior.

Ele percebeu, pois parecia agitado quando se aproximou. Parou a alguns passos de distância, hesitante, obviamente inclinado a deixá-la sozinha com Bob.

— Oh, Mike! — exclamou ela depressa. Era a primeira vez que o chamava pelo nome, e sua voz soou estranha e falsa, até mesmo presunçosa. — Acho que não conhece meu amigo Bob Schofield. Bob, esse é Michael Christopher.

Bob estendeu a mão de maneira calorosamente máscula, mantendo o corpo alinhado ao de Rebecca, insistindo em deixar evidente que os dois formavam um par.

— Oi, Mike, prazer em conhecê-lo.

Christopher fez um gesto de cabeça formal e permitiu que sua mão fosse apertada e sacudida. Tinha a expressão de um homem que entrara em um banheiro feminino por engano e que só queria sair o mais rápido possível.

O monge do andar de baixo • *81*

— Mike está morando no meu apartamento de hóspedes — informou Rebecca.

Nesse momento, com espanto, notou como o seu relacionamento com Christopher parecia frágil, explicado daquele modo. Desviou-se para a esquerda, querendo escapar da aura territorial de Bob.

— Ah, muito bem. — Bob sorriu amplamente. Com habilidade, conseguira encurralar Rebecca contra a grade. — Parabéns.

— Obrigado — agradeceu Christopher, e calou-se por falta de qualquer outra coisa para dizer.

Estava tudo errado. Rebecca pensou em derramar sua cerveja na cabeça de Bob, mas Christopher provavelmente tomaria aquilo como uma briga de namorados e iria embora para dar-lhes a oportunidade de se reconciliar. Aquilo era um episódio de série cômica de televisão, e ela estava sem saída.

Uma trompa soou — meio trêmula a princípio; depois, com mais confiança. A tribo estava se reunindo para a cerimônia. Quando as pessoas começaram a descer para a praia, Christopher disse com evidente alívio:

— Bom, acho melhor eu ir para o meu lugar.

— Claro — concordou Rebecca, mas ele já se afastava mancando com seus sapatos burlescos.

— Bom sujeito — comentou Bob, e isso queria dizer que ele não percebera nenhuma ameaça em Christopher. — Mas onde foi que ele arrumou aquele paletó?

— Acho gracioso — declarou Rebecca.

Os convidados para o batizado haviam se reunido junto a um riacho largo e raso que descia das montanhas e atravessava a praia logo acima da casa de Phoebe. Quando Rebecca e Bob chegaram, as pessoas estavam se dando as mãos para formar um círculo amplo. Rebecca encontrou Mary Martha e pegou a mãozinha dela. Não pôde evitar que Bob se postasse do outro lado. Além do círculo, na areia da margem do riacho, estava Christopher, ladeado por

Sherilou e Phoebe, com ar sombrio e absorto. Seu modo de manter as costas curvas parecia estranho ao ar livre, como se o próprio céu pudesse ser baixo para ele.

Quando os convidados acabaram de formar o círculo, uma mulher ruiva usando uma longa túnica preta sem mangas invocou os espíritos dos quatro pontos cardeais e liderou o grupo num cântico. Depois houve uma espécie de dança em que as pessoas em fila passavam umas pelas outras, indo até o centro do círculo e voltando novamente para fora. Em certo momento durante a dança, o bebê de Sherilou começou a chorar, mas não havia como parar a gigantesca serpente depois que ela entrava em movimento, e o ritual continuou, com todo o mundo cantando algo sobre a deusa do verão, enquanto a criancinha gritava sem cessar.

Rebecca olhou para o bebê, quando pela terceira vez passou por Sherilou. O rostinho de Hope estava vermelho, e havia marcas de batom de cores diferentes em suas faces, deixadas por beijos que haviam tentado acalmá-la. Mas a tentativa não funcionara.

Por fim, a dança terminou, e o círculo tornou a formar-se na margem do riacho. Hope continuou a chorar, para desconforto de todos. A mestra-de-cerimônias disse algumas palavras animadoras sobre amor, alegria e comunidade, fazendo em seguida um sinal para Sherilou, que recitou algo sobre a água ser um elemento feminino, antes de virar-se para Christopher e entregar-lhe a garotinha. E Hope parou de chorar.

No silêncio repentino e surpreendente, Rebecca sentiu arrepios nos braços. Assistira a um milagre. Era essa a sensação que milagres provocavam. O tempo todo ela achara que seria necessário um milagre para que aquele batizado acontecesse.

— Como está escrito no livro do profeta Isaías, a voz que clama no deserto diz: *Preparai o caminho do Senhor*. — Christopher começara em tom forte e simples, totalmente ereto, mas levado por um instinto de ator. — *Endireitai no ermo vereda a nosso Deus*.

— Amém — entoou alguém.

Um murmúrio de confirmação percorreu a multidão. Algo acontecera, e todos haviam percebido. Algo mágico.

— *Todo vale será aterrado, e nivelados todos os montes e outeiros; o que é tortuoso será retificado, e os lugares escabrosos, aplanados... e toda a carne a verá, pois a boca do Senhor o disse.*

Uma brisa suave fez balançar os galhos dos ciprestes. De repente Rebecca tomou consciência do marulho lânguido das ondas. Uma gaivota cruzou o céu, branco brilhante contra o azul. Tudo parecia estar se movendo em câmara lenta, em profunda, perfeita tranqüilidade.

Christopher olhou todos por um momento, virou-se para o riacho com a criança nos braços e com passos firmes entrou na água. Isso pareceu pegar todo o mundo de surpresa. Phoebe, como madrinha, hesitou um instante, pensando talvez no vestido, depois o seguiu. Sherilou foi prontamente atrás dela, molhando a pesada túnica azul-noite até o meio das pernas.

Quando Christopher entregou o bebê a Phoebe, houve uma hesitação geral, como se aquilo não estivesse no roteiro — o círculo oscilou; então rompeu-se, e todo o mundo correu para o riacho e entrou, rindo e soltando exclamações de surpresa e alegria. Rebecca parou na margem, indecisa, mas Mary Martha pulou para dentro da água com gritinhos de prazer. Bob vacilava, claramente preocupado com seus tênis Nike, e isso facilitou a decisão de Rebecca. Enquanto ele tirava os tênis, ela pulou na água.

A agitação foi cessando aos poucos. Christopher, à vontade na correnteza clara e fria, pegou um pouco de água nas mãos em concha e delicadamente derramou-a na cabeça da criancinha.

— Eu te batizo, Hope, em nome do Pai, do Filho e do Espírito Santo.

— E da Mãe! — exclamou Sherilou.

Depois de um breve momento de hesitação, Christopher ecoou em tom agradável:

— E da Mãe.

Pegou mais um pouco de água e molhou o rosto do bebê, aproveitando para limpar as marcas de batom em suas bochechas.

— Amém — murmurou, finalizando o ritual.

— Abençoada seja — disse Sherilou.

— Abençoada seja — repetiram todos, e começaram a aplaudir.

Sherilou pegou a filhinha dos braços de Phoebe e chefiou o tumultuoso êxodo do riacho. Christopher e Phoebe foram os últimos a sair, sorrindo um para o outro como duas crianças que haviam feito alguma travessura. O conjunto de jazz rompeu em uma versão reggae de *Forever Young*, e todo o mundo começou a andar na direção da comida e da bebida — os sapatos encharcados chiando, enquanto a sacerdotisa ruiva recitava rapidamente seu agradecimento aos espíritos dos quatro pontos cardeais e os dispensava.

No meio da alegria geral, Rebecca pegou-se observando Christopher. O espírito que o possuíra durante a cerimônia, fosse qual fosse, partira. Ele agora estava rindo e brincando, tirando a água dos sapatos como todo o resto do grupo, ao mesmo tempo em que aceitava uma Budweiser oferecida por Phoebe. Já estava encurvado de novo, ridiculamente, um homem de quase um metro e noventa de altura querendo passar-se por alguém de um metro e setenta e cinco. Mas era difícil afastar a impressão que o batismo causara em Rebecca. Ela nunca conhecera um homem que em público dissesse que "toda a carne veria a salvação de Deus".

N a corrida por comida e bebida que se seguiu à cerimônia, Rebecca fez o melhor que pôde para manter-se numa órbita independente, mas Bob mais uma vez provou ser inabalável: equilibrou habilmente dois pratos na fila para os hambúrgueres, foi buscar cerveja após cerveja, atravessou a areia escaldante ao notar a necessidade de protetor solar. Sua conversa foi impecável, sem um único deslize. A quatro metros e meio de distância, parecia que não havia casal mais feliz em toda a praia. Christopher devia estar se deixando enganar pelas aparências, porque estava escrupulosamente evitando se aproximar deles. Tirara o paletó e os sapatos, arregaçara as pernas das calças e estava ajoelhado na beira da água com Mary Martha, os dois envolvidos no ambicioso projeto de erguer um castelo de areia.

Num momento em que Bob foi buscar refrigerantes, Rebecca percebeu que Phoebe se aproximara por trás e que estava agachada ao

O monge do andar de baixo • *85*

lado de sua cadeira. Seguindo seu olhar na direção de Christopher e da menina, a mãe sorriu.

— Ele sabe tratar Mary Martha — comentou.

— Graças a Deus.

Phoebe riu.

— Quanto fervor! — Tomou um gole de seu vinho e lançou um olhar furtivo para Rebecca. — E ele sabe como tratar você também.

— Mãe, não comece.

— Só estou dizendo que ele sabe cuidar de pessoas, mais nada.

— Tem certeza de que é só isso?

— Claro, a menos que ele volte para o mosteiro.

— Meu Deus, mãe.

Phoebe suspirou, como perdendo a paciência.

— Se Christopher estivesse saindo de um casamento de vinte anos, eu ficaria pensando na esposa dele, Rebecca. Seria um fator. É isso que estou querendo dizer.

— O homem é meu inquilino, mãe. Veio aqui hoje porque *você* o convidou. Está sendo educado. *Eu* estou sendo educada. Todos nós estamos sendo nauseantemente educados. É só isso que está acontecendo. Pouco me importa se Deus tornará a agarrá-lo ou não.

Havia uma expressão divertida no rosto de Phoebe, e Rebecca deu-se conta de que protestara demais. Não conseguia esconder nada da mãe. Mas Phoebe deu de ombros e misericordiosamente prometeu calar-se, fazendo um gesto como se passasse um zíper na boca.

As duas ficaram em silêncio por algum tempo. O ruído monótono das ondas impedia Rebecca de ouvir o que a filha e Christopher diziam, mas era possível ver que Mary Martha estava brincando de toque-toque com ele. A menina vivia errando as falas, mas isso nunca afetava o efeito hilariante da brincadeira. "Toque-toque. Quem é? A banana. Banana de quê? Banana. Você ficou contente por eu não ter dito 'laranja'?"

— Vou lá oferecer algo de comer ao nosso convidado — disse Phoebe por fim. — E salvá-lo do velho toque-toque.

— Espere mais um pouco — pediu Rebecca.

— Phoebe olhou-a nos olhos.

— Ah, está bem! — Hesitou, então acrescentou: — Ele gosta de você, Becca.

— Veremos — replicou Rebecca cautelosamente.

— Acho que veremos, sim — disse Phoebe, aparentemente satisfeita com isso, antes de se erguer e ir juntar-se ao restante dos convidados.

Bonnie Carlisle apareceu com seu pastor alemão meia hora depois, e encontrou Rebecca amuada na cadeira de praia que Bob providenciara, assistindo ao jogo de voleibol que acontecia à sua esquerda, rodeada por duas garrafas vazias de cerveja e cinco tocos de cigarro que formavam um padrão intricado na areia, como um sinal de desastre em código Morse. Bob fora novamente em busca de mais sustento. Parecia acreditar que a tarde estava indo muito bem.

Bonnie, toda jovial, com um chapéu de palha de aba mole, enormes óculos de sol cor-de-rosa e um maiô inteiriço roxo, da Victoria's Secret — um modelo que aumentava o busto e diminuía os quadris —, acomodou-se na cadeira de Bob. Soltou Bruiser da guia e com satisfação observou-o correr em perseguição da mais próxima ave marinha, uma gaivota de aparência esperta que não o deixou chegar a menos de cinqüenta metros de distância.

— Você está *muito* atrasada — censurou Rebecca.

— É? E o que foi que perdi?

— Um milagre legítimo durante o batismo: o Silêncio da Criança. Dois milagres, eu diria, se contar que todos esses pagãos de Marin County molharam os pés.

Bonnie começou a espalhar protetor solar nos braços.

— E Bob?

— O Espírito apossou-se dele, como do restante de nós, mas ele parou para tirar os tênis.

— Quero saber se ele está se comportando.

— Comportando-se como Bob.

— Oh, Becca, você é sempre dura demais com o pobre sujeito.

Bob apareceu nesse momento, com duas garrafas de cerveja.

— Oi!

— Oi — arrulhou Bonnie, dando-lhe seu melhor sorriso de Scarlett O'Hara e passando um pouco de protetor solar entre os seios.

O monge do andar de baixo • *87*

— Bob, você se lembra de Bonnie Carlisle, não é? — perguntou Rebecca, notando que ele seguia a cena do protetor solar com interesse. — Conheceu-a em meu escritório na empresa. Ela é minha melhor amiga.

— Naturalmente que me lembro — afirmou Bob. — É um prazer tornar a vê-la, Bonnie.

— Tomei sua cadeira? — indagou Bonnie, e por pouco não pestanejou sedutoramente.

— Não, de modo algum —respondeu ele com cavalheirismo.

— Sente-se aqui — ofereceu Rebecca, levantando-se. — Eu já ia mesmo dar uma olhada em Mary Martha.

— Ah... — murmurou Bob, mas ela já passara por ele, afastando-se.

Um passo, dois passos. A cada passo ficava mais fácil. Era algo cruel, mas não estar apaixonada por Bob sempre parecia crueldade. Ela não se permitiu olhar para trás até chegar à beira da água. Bob resignara-se diante do golpe e dera a segunda cerveja a Bonnie. Bruiser voltara, e Bonnie estava fazendo as apresentações. Bob dava a impressão de estar com medo do cachorro, que descobrira seu *frisbee* e mostrava claramente que queria brincar.

Christopher e Mary Martha estavam ajoelhados junto do fosso de sua cidadela, puxando areia molhada e colocando-a na muralha, assentando-a com leves tapas, tão distraídos, que não perceberam a aproximação de Rebecca. Ela parou a alguns passos de distância, lamentando não ter uma máquina fotográfica. Ver os dois juntos daquele modo era quase perfeito demais, era um prazer diferente, como tomar chocolate pela manhã. Ali estavam todos os momentos que deviam ter acontecido e não aconteceram. Mas era também um pouco doloroso.

Mary Martha foi a primeira a vê-la.

— Mamãe! Veja nosso castelo!

— É lindo, meu bem.

— É *estupendo* — reforçou a menina.

Rebecca riu. Aquela palavra era nova no vocabulário de sua filha. Ela devia tê-la aprendido com Christopher.

— É de fato estupendo.

— A maré está subindo, mas não conseguiu passar por cima de nossas muralhas!

— Ainda — salientou Christopher, gentilmente.

Rebecca gostou daquele jeito de ele acalmar um pouco a empolgação de uma criança de seis anos.

— Ainda — ecoou Mary Martha.

— Bem, quando isso acontecer, vamos buscar algo para vocês comerem.

Como aproveitando a deixa, uma onda arrebentou a menos de dois metros do castelo, e a água velozmente o alcançou, derrubou as muralhas e ensopou Mary Martha e Christopher até a cintura. Quando a água recuou, deixando o fosso entupido de areia e as ruínas do castelo cobertas de espuma, Mary Martha franziu o rosto, indecisa, sem saber se ria ou chorava.

— Nossa! Acho que entrou um peixe em meu bolso! — resmungou Christopher, olhando as calças molhadas com fingido desgosto.

Mary Martha decidiu aceitar bem o desastre e começou a rir.

— Eu *mandei* você usar um short — observou com empáfia.

Os três andaram na direção das mesas do bufê, um pouco conscientes de que formavam uma unidade. Até Mary Martha pareceu sentir o peso das aparências. Não sabia a mão de quem segurar, agarrava-se à de Christopher por um instante, depois pegava a de Rebecca, como alguém experimentando chapéus na frente de um espelho. Houve um momento em que segurou a mão dos dois ao mesmo tempo, e por alguns passos eles se moveram como uma esquisita criatura de seis pernas, um animal mítico, uma família americana saída de um comercial de carro, até que a menina ficou impaciente e correu na frente. Christopher e Rebecca entreolharam-se, reconhecendo a estranheza da situação.

— Ela não está acostumada a ficar no meio de tantos adultos — explicou Rebecca.

— Para dizer a verdade, nem eu — confessou Christopher.

Rebecca riu, comovida pelo tom de desamparo e franqueza na voz dele. Refletiu que lhe oferecera uma saída, uma oportunidade de negar

O monge do andar de baixo • *89*

a intimidade implícita da situação, e que ele não a aproveitara. Ela, porém, não queria exagerar aquilo.

Mary Martha já estava pondo molho de tomate em seu hambúrguer, quando eles chegaram às mesas. Christopher postou-se ao lado dela, preparando um cachorro-quente com todos os condimentos disponíveis e empilhando salada de batatas e assado de feijão em seu prato de papelão. Tudo muito americano. Rebecca, que já comera com Bob, contentou-se com mais uma cerveja.

Phoebe, fazendo as honras da casa numa grande manta estendida ali perto, chamou-os com um gesto. Sherilou, embaixo de um guarda-sol, com o vestido aberto, amamentava languidamente o bebê. Rebecca esperara poder sentar-se perto de Christopher, mas Phoebe ofereceu a ele o lugar à sua direita, e Mary Martha acomodou-se imediatamente do outro lado. Rebecca sentou-se à frente deles, junto de um homem chamado Bart, que a cumprimentou afavelmente.

Todo o mundo riu das calças ensopadas de Christopher. Mary Martha apontou para as ainda impressionantes ruínas do castelo de areia e ficou devidamente lisonjeada com o deslumbramento dos adultos. Rebecca viu que a filha tinha o rosto todo sujo de molho de tomate e que segurava um refrigerante com alto índice de cafeína. A garota estava tão alvoroçada com toda a atenção que recebia, que não havia como contê-la, e não demoraria muito para que acontecesse uma cena entre as duas. Mas parecia impossível interromper o movimento daquela engrenagem.

Phoebe e Christopher conversavam sobre uma coisa e outra, tecendo um educado fio de conversa. Discutiram a posição do papa a respeito do controle de natalidade, a teologia da libertação, a qualidade ruim da maioria dos cânticos católicos. Rebecca começou a sentir-se oprimida, presa num buraco sob a impenetrável superfície da gentileza. E descobriu que estava um pouco tonta. Tomara uma cerveja antes da cerimônia, duas depois, enquanto aturava Bob, e com aquela que tinha na mão o nível de álcool em seu sangue já era quase de embriaguez. Como Mary Martha, ela estava perto de se tornar incontrolável.

— E, então, o que você faz? — perguntou Bart.

Era um homem carnudo, agradável, um ex-analista de mercado, que se transformara em mestre de ioga, envergando calças de algodão de um tom duvidoso de violeta, e túnica da mesma cor.

— Sou artista gráfica.

— Fascinante.

No outro lado da manta, Mary Martha estava puxando o braço de Christopher, interrompendo a conversa dele com Phoebe, tentando convencê-lo a fazer outro castelo de areia com ela.

— Mary Martha, deixe Christopher ficar um pouco com os adultos — ordenou Rebecca.

— Está tudo bem — afirmou Christopher.

Mas foi inútil.

— Não, não está nada bem. Isso é grosseria, petulância, e ela devia saber que... Mary Martha, pare!

— Eu só quero construir outro castelo!

— Eu vou fazer um castelo com você — ofereceu-se Bart, com surpreendente gentileza.

— Não! Eu quero o *Mike*!

— Acho que você precisa descansar um pouco, Mary Martha — declarou Rebecca.

— Eu não quero descansar! — gritou a menina. — Só quero...

Rebecca levantou-se e pegou-a com firmeza pela mão. Mary Martha começou a gritar em protesto. Quase arrastando-a para longe, como uma desativadora de bombas lidando com uma prestes a explodir, Rebecca só podia sentir gratidão pelo barulho do mar, que abafava um pouco os gritos da menina. Sentia-se monstruosa e exposta, o pesadelo de mãe perversa tornando-se real. O ar de maldisfarçado assombro de Christopher foi o que mais doeu. Aquela era uma das principais razões pelas quais ela não conseguira ter um relacionamento decente com um homem desde que se separara de Rory. O motivo de ela a princípio ter ficado tão ridiculamente contente com a extraordinária tolerância de Bob. Ela carregava uma bagagem, e quem a quisesse teria de aceitar essa bagagem de 26 quilos, que de vez em quando chorava e tinha ataques de teimosia.

Levou a filha na direção de uma elevação rochosa a mais ou menos cem metros de distância. Mary Martha continuou chorando, mas, sem platéia, seus soluços foram perdendo a convicção. Quando chegaram às rochas, ela já se acalmara o bastante para Rebecca poder limpar-lhe o rosto borrado de lágrimas e molho de tomate; então as duas sentaram-se em uma pedra e ficaram olhando para o mar. A seus pés, a maré alta marulhava nas pedras buriladas pela rebentação. Olhando um pouco além, Rebecca viu o que lhe pareceu uma rocha no meio das ondas, mas então notou que a rocha tinha olhos.

— Veja, Mary Martha, uma foca!

A menina, não querendo ceder tão facilmente, lançou um olhar relutante para onde a mãe apontava — então soltou uma exclamação de alegria. A foca olhava para elas, lustrosa e bochechuda.

À direita delas, a festa continuava. A rede de voleibol fora recolhida, e as pessoas estavam dançando, lançando sombras exóticas na encosta de arenito. Quando a luz dourada do dia começou a se tornar rosada, acenderam uma fogueira. Phoebe, Christopher e companhia continuavam conversando, sentados na manta. A conversa parecia ter ficado séria. Sherilou gesticulava energicamente com a mão livre, defendendo alguma opinião, enquanto o bebê dormia em seu colo. Mais abaixo, Bob Schofield rendera-se ao inevitável e jogava *frisbee* com Bonnie e Bruiser. Em dado momento, Bob lançou o disco o mais longe que pôde, e o cachorro disparou para pegá-lo. O brinquedo ficou suspenso no ar sobrenaturalmente, girando em seu infinito momento. Um segundo antes de o disco cair, Bruiser deu um salto, apanhou-o e voltou trotando para Bob e Bonnie. Os dois, rindo, fizeram um gesto de vitória, um batendo na palma da mão do outro. Rebecca observava, atônita. Nunca vira Bob rir daquele jeito. Mas o fato é que nunca quisera ver. Era comprometimento demais divertir-se tanto com outra pessoa.

Mary Martha fungou e enxugou o nariz no braço. Parecia recuperada do ataque. Acenou para a foca, que gritou para elas.

— Ela disse "oi"! — exclamou a menina. — Não é estupendo?

— Sem dúvida — concordou Rebecca, resignada a contentar-se com as pequenas alegrias da vida.

Começaram a viagem de volta para São Francisco ao escurecer, justamente quando a festa estava tomando novo fôlego. Phoebe, incandescente de entusiasmo com o sucesso de sua produção, fez tudo o que pôde para persuadi-los a ficar, mas Rebecca foi irredutível. As complicações do dia haviam tido um efeito expiatório: ela estava sentindo a dolorosa leveza de sua rendição ao destino. Tudo o que desejava era pôr a filha na cama, ela própria desmaiar e acordar no dia seguinte para a escravidão, para voltar a tentar fazer o homem-lâmpada dançar. Queria que sua minúscula vida prosseguisse sem ilusões.

— Você pode ficar, se quiser — disse a Christopher, quando Phoebe tornou a insistir, e ele pareceu hesitar. — Não terá nenhuma dificuldade em pegar uma carona para voltar à cidade.

— Estou tão pronto para ir embora quanto você — assegurou ele, apelando claramente para a anterior camaradagem.

Mas Rebecca não saberia dizer se ele estava sendo sincero ou meramente educado. Ele passara o dia sendo indiscriminadamente gentil com todo o mundo, e agora estava sendo gentil com ela. Isso a fez sentir que estava sendo fantasiosa. Se fossem casados, pensou, estariam prestes a ter uma daquelas brigas purificadoras de atmosfera que muitos casais tinham depois de uma festa. Mas não eram, e ela estava irracionalmente mal-humorada.

Mary Martha logo adormeceu no banco traseiro. Rebecca concentrou-se em dirigir. Estava sóbria agora, e seria péssimo, se não estivesse. As paisagens espetaculares da rodovia costeira desapareciam na escuridão a menos de 15 metros além da linha amarela e da barreira de segurança. A luz dos faróis varria inutilmente o espaço em cada curva, ora amortecida pela encosta dos rochedos, ora dissolvendo-se no negro vazio sobre o mar. Christopher mantinha-se em silêncio, e Rebecca imaginou se ele estaria preocupado com seu modo de dirigir. Ela não tinha nada para dizer, e aquele era o momento pelo qual esperara o dia todo. Mas era assim que era, e ela se sentia uma idiota por ter fantasiado tantas coisas.

— Então, gostou da festa? — perguntou.

— Gostei tanto que fiquei exausto.

Ela riu, surpresa e contente. Não fora uma resposta meramente educada.

— E você? — quis saber Christopher.

— Ah! eu sempre tento me divertir em ocasiões como essa, e sempre falho miseravelmente. Então me odeio por ser tão incapaz de me divertir. Por fim, quando tenho sorte, me conformo por ser como sou. Depois vou para casa.

— Parece divertido — comentou ele sem um traço de sarcasmo, e os dois riram. — Na verdade, é como a vida religiosa.

— Você parecia *mesmo* estar se divertindo. E conduziu a cerimônia muito bem.

Christopher ficou sério.

— Ah, bem... a cerimônia...

— Achei comovente — persistiu Rebecca.

Ele deu um grunhido e virou-se para a janela. Fizeram mais uma curva, e por um instante a luz dos faróis perdeu-se no vazio antes de voltar para a reconfortante solidez da rodovia. Rebecca teve uma fugidia impressão de sentir o Deus de Christopher lá fora, em algum lugar, como o mar, invisível e perigoso — uma imensidão coberta por trevas, à distância apenas de uma longa queda.

— Receio que tenha sido um erro eu ter vindo — disse ele por fim.

— Ora, vamos...

— É verdade. Fui precipitado demais em acreditar que Deus me chamara para fora do deserto para um novo ministério. Não tenho um ego muito inflado? De repente, tive algo para *fazer*, algo sacerdotal. Foi fácil acreditar por um momento que não desperdicei os últimos vinte anos. Foi como se eu pudesse trocar minha experiência monástica por algo bom, com um novo significado, como se houvesse conseguido trocar dólares por ienes com a taxa de câmbio a meu favor.

Rebecca refletiu que a tarde na praia estava ganhando dimensões insuspeitadas. Dirigiu algum tempo em silêncio, sem saber o que dizer. Christopher manteve-se casmurro pelas três próximas curvas da estrada; então suspirou pesadamente contra a janela, embaçando o vidro num círculo irregular.

— Meu Deus, talvez Hackley tivesse razão — comentou.

— Seu abade?

— É. Quando eu saí, ele disse que eu estava fugindo de mim mesmo, e que isso era covardia.

— Não vejo como alguém pode fugir de si mesmo — observou Rebecca. — Mosteiro, apartamento alugado, mansão no alto de uma colina, é sempre a mesma coisa, certo? É como diz a sabedoria de pára-choques de caminhão: "Aonde você for, encontrará você."

Christopher não disse nada.

— Com exceção de Oakland, naturalmente — acrescentou Rebecca, tentando fazê-lo sorrir.

A brincadeira não surtiu efeito. Christopher estava distraído demais com o fio de seus próprios pensamentos.

— O mais engraçado de tudo é que o abade Hackley adoraria tudo o que aconteceu hoje à tarde. Novos sacramentos para um rebanho disperso. Improvisação dentro do Evangelho. Ele estava sempre tentando me jogar no mundo com as mangas arregaçadas para fazer o trabalho de Deus.

— E isso é ruim?

Ele a olhou com ar pesaroso.

— Para uma pessoa como Hackley, não é. Ele era um dínamo, capaz de manter seis bolas no ar, rodando um bambolê no pescoço. Era a verdadeira abelha diligente do Senhor. A atividade fazia o homem *florescer*, ele precisava dela. Precisava estar rodeado de atividade, alimentava-se de movimento. Mas para alguém como eu...

A voz dele morreu. Rebecca fez uma curva fechada no topo da montanha e pôde ver as estrelas brilhando sobre o mar antes que a luz dos faróis batesse novamente no paredão rochoso, quando começaram a descer.

— Para alguém como você... — pressionou.

Christopher deu de ombros, repentinamente distante.

— Eu não era aquele tipo de monge.

— Que tipo de monge você era?

Ele respirou fundo e hesitou, parecendo disposto a responder, mas então abanou a cabeça e tornou a virar o rosto para a janela.

No banco de trás, Mary Martha ressonava suavemente, remexia-se no sono, aquietava-se outra vez. Rebecca deixou o silêncio tornar-se agudo, esperando que Christopher voltasse a falar. Quando teve certeza de que ele não diria mais nada, arriscou:

— Está sendo duro demais consigo mesmo, Mike. Foi um batismo lindo.

Ele bufou, dispensando o elogio.

— Foi, sim — insistiu ele. — Uma peça de teatro. Uma peça leve. E eu fui apenas um ator secundário grotesco, o homem que nem é uma coisa, nem outra.

— "Toda a carne verá a salvação de Deus" é coisa leve?

Com um suspiro, como se resignando a dar uma dolorosa explicação, ele se voltou para encará-la.

— Tanto João Batista como Isaías foram contundentes em suas mensagens: "Arrependei-vos, raça de víboras, porque logo o joio será separado do trigo." Um batismo verdadeiro começa com essa insistência sobre a necessidade de arrependimento, uma confissão de pecados. Mas eu não tive coragem de provocar uma cena. Estava muito ocupado, sendo o padre Mike, o inofensivo padre Nova Era.

— Está pedindo demais. A coisa toda foi adorável. A intenção de todo mundo era fazer algo bonito para Sherilou e a criança. Ninguém queria mais do que isso.

— Eu queria — declarou Christopher. — Mas foi tolice, essa é a *questão*.

Ela tornou a se lembrar de Fulmar Donaldson, cabisbaixo na arquibancada da escola depois do fiasco da dança: toda aquela esbanjada intensidade, voltada para o lado metafísico. Mas ela também se sentia humilde. Christopher não era o único que sufocara quase toda a alegria de uma tarde comum, desejando milagres.

Ficaram em silêncio durante um longo momento. A estrada afastou-se do mar e começou a subir outra montanha, na direção de Mill Valley. Rebecca queria pegar a mão dele. Ainda havia tempo. Queria dizer-lhe que todas as pessoas tinham desapontamentos quase o tempo todo, e não apenas porque não conseguiam ser profetas. Mas a verdade era que, numa estrada como aquela, ela precisava dirigir com ambas as mãos. Além disso, não sabia por onde começar, com todas aquelas coisas sobre Deus que Christopher tinha na cabeça.

— Acho que é um erro esperar demais de uma festa de praia — disse ela finalmente, ouvindo a própria mãe naquele fácil e animado resumo da situação.

Christopher grunhiu qualquer coisa, concordando, e isso foi pior do que o silêncio. Rebecca quis ter tido força para conter a língua. Mas parecia fatídico ela não conseguir acertar, quando falava com Christopher. Desceram a montanha, serpenteando entre escuras plantações de eucalipto. Logo começaram a aparecer postes de iluminação, casas nos dois lados da estrada, e a noite pareceu algo de menor importância.

PARTE III

Eu giro em volta de Deus, em volta da torre primordial.
Giro há milhares de anos
E ainda não sei: sou um falcão,
Uma tempestade, uma linda canção?

RILKE, *O livro das horas*

Capítulo Cinco

Caro irmão James,

Sou obrigado a admirar sua coragem em persistir com suas cartas palradoras. Não tenho sido bastante mal-educado?

Você está decidido a discutir o papel de um monge no mundo moderno, a necessidade de contemplação no meio de frenética secularidade, o exemplo de uma vida de oração, como costumávamos fazer tão prazerosamente. Mas não consegue entender que não sou mais o ávido aluno dos santos que você conheceu em Nossa Senhora de Betânia. Sou apenas mais um cara que apanhou da vida e está batalhando para pagar o aluguel de um feio apartamento de dois cômodos. Trabalho numa lanchonete McDonald's, irmão James. Quatro dias por semana, fico em pé, grelhando Big Macs. Meu supervisor, que tem 22 anos de idade, parece satisfeito com meu trabalho. Meus colegas são todos adolescentes, preocupados com garotas e drogas e com medo de morrerem na escola, num tiroteio entre gangues. Eles me olham como se eu fosse uma aberração, embora me tratem com extrema gentileza. Volto para casa, um apartamento ao lado de uma garagem e onde não há nada, a não ser um sofá e um telefone. Minha janela *dá para o quintal, onde passo horas muito agradáveis, limpando o terreno e plantando flores. Acho que estou apaixonado pela dona do apartamento, e isso me parece simplesmente triste.*

Enquanto isso, você se ocupa com seus projetos sagrados. Como o abade Hackley, você quer fazer com que "o mundo receba uma transfusão de revitalizante espírito monástico, oferecendo-lhe os frutos da contemplação", como maçãs em uma cesta. Mas com certeza está preparado para encarar a ironia dessa ambição sua e de nosso reverendo abade. Como monges enclausurados, vocês dois renunciaram ao mundo e lutam para livrar-se de suas redes; no entanto, sentem-se compelidos a declarar que sua renúncia é lucrativa e que os frutos são comerciáveis. Como conseguem isso, se mantêm um olho na medida do amor e da paz? Não é algo tedioso? O árduo trabalho de suas orações parece-me muito insignificante.

Seja como for, meus melhores momentos em Nossa Senhora de Betânia ocorreram quando todas as nossas revitalizantes atividades monásticas pareciam irrelevantes e remotas, como um delírio de febre, e um perfeito silêncio caía sobre mim. Penso que tudo o que fiz realmente no que se refere a oração foi conservar esse silêncio, enquanto minha grandiosa carreira religiosa esfacelava-se à minha volta, enquanto o abade Hackley estalava o chicote das boas obras acima de minha cabeça, e o coro cantava sem parar, proclamando a glória de Deus. Penso que nunca fui a parte alguma, a não ser às profundezas daquele silêncio, o que equivale a lugar nenhum.

Mesmo agora, de vez em quando, a graça desse silêncio me envolve, durante minha débil prece da manhã, e tudo parece estar bem. Fico parado, com nada se movendo dentro de mim e, de modo abençoado, nada querendo se mover. É uma tranqüilidade tão completa, que chamá-la de alegria seria uma distorção. É paz. Nada mais existe — nenhum rumo, nenhum desejo, nenhum esclarecimento particular sobre meu lugar no mundo. Somente paz.

Não sei como poderia oferecer essa paz ao mundo, irmão James. É uma paz que nos vem apenas quando morremos para o mundo. Pregados na rude cruz de nossas inevitáveis imperfeições, indefesos e abandonados, vemos o mundo nos fugir, por mais que nos esforcemos por segurá-lo, então, vem essa paz. Diga isso em seus seminários, proclame essas palavras do alto da montanha: Deus é o prego que se crava em nossa mão para que soltemos o mundo. Ele é uma escuridão insondável. Ele não é aquilo que desejamos ouvir.

Bem, preciso ir para o trabalho. Estamos com uma grande promoção esta semana: dois Quarteirões com queijo por apenas um dólar e noventa e nove centavos. Você ficaria assombrado, se visse a multidão que isso atrai.

Seu em Cristo,
Michael Christopher

Durante mais de duas semanas depois da festa na praia, Rebecca não viu Christopher uma única vez. As melhorias no quintal continuavam, apareceram canteiros de violetas e petúnias, assim como uma borda em volta do terreno, de alfazema e sapatinhos-de-vênus. O caminho ao longo da cerca dos fundos era uma explosão de papoulas, uma gloriosa exuberância vermelha. Ela, porém, nunca via seu inquilino trabalhando no jardim. Às vezes, tarde da noite, sentia cheiro de fumaça de cigarro, mas nunca conseguia ver Christopher lá fora. Demorava-se na varanda, fumando os últimos cigarros do dia, esperando que ele aparecesse pelo menos para dizer "oi", o que apararia as arestas do mal-estar entre eles. Mas Christopher enfurnara-se novamente em sua toca como um rato assustado.

Rebecca culpava-se. Tinha certeza de que ele de alguma forma adivinhara suas fantasias, mesmo que elas não se houvessem desenvolvido completamente. Era óbvio que ele não queria intimidade mundana: já estava comprometido, embora morbidamente, com Deus. Na melhor das hipóteses, estava se recuperando de uma desilusão.

Ela percebeu que começara a pensar nele como "Mike". Desconcertante. Havia sido mais fácil quando ele fora para ela apenas um monge pé-rapado, no máximo um objeto de divertida compaixão, ou

Christopher, o sujeito que alugara o apartamento de hóspedes, um rótulo sem graça para uma pessoa relativamente estranha. Mas "Mike" era alguém de quem ela sentia a falta.

Mas havia pouco tempo para reflexões melancólicas. Ela de repente entrara em uma roda-viva no trabalho. Na segunda-feira após o batismo, usando seu melhor terninho, o vermelho, conseguira sair-se bem ao exibir o desenho animado do homem-lâmpada para o representante da PG&E. Com 23 segundos de filme medíocre, baseara a defesa de seu trabalho nos desenhos esboçados em papel e enfatizara a natureza de rascunho da animação. O pior momento foi quando o representante, Marty Perlman, parecendo um pouco perturbado, enquanto *This Land is Your Land* soava de modo irritante, e o homem-lâmpada sacudia-se desengonçadamente em sua valsa, começou inconscientemente a bater no bolso das calças. Rebecca baixara o volume imediatamente, sugerira um intervalo para fumar e levara Marty para o pátio de serviço.

— Estou em dúvida sobre a trilha sonora — confessou ele quando já haviam acendido seus cigarros.

Era um homenzinho com angelicais cabelos loiros encaracolados e uma leve gagueira, que usava gravatas Stanford. Aquela trilha sonora, Rebecca sabia, fora idéia dele.

— Eu a mantive até agora só para não aborrecer Jeff — informou ela descaradamente.

— Parecia muito mais... não sei... mais hippie, quando estávamos desenvolvendo a idéia.

— Pode ser que a idéia tenha sido ambiciosa demais, mas acho que ainda podemos criar um personagem adorável.

— Penso que Jeff não abrirá mão da incongruência.

— Foda-se a incongruência — resmungou Rebecca.

Perlman olhou-a nos olhos e sorriu de maneira indecisa. Ela ficou imaginando se exagerara. Mas, quando voltaram para a sala de reuniões, Perlman disse que achava que podiam levar o projeto adiante, mudando uma coisa aqui, outra ali. Por exemplo, talvez pudessem usar outra música.

— Mas eu pensei que você gostasse da incongruência — comentou Jeff, deixando transparecer seu alívio.

— Foda-se a incongruência — declarou Perlman, rindo. — Estou pensando em *Cantando na Chuva*.

Enquanto isso, Bob Schofield e Bonnie Carlisle tinham começado a namorar. Bonnie estava sendo discreta, mas não conseguia esconder sua felicidade. O novo acontecimento não fora uma total surpresa depois do modo como os dois haviam se divertido juntos na praia Stinson. Mesmo assim, no princípio a situação fora um pouco desconfortável para Rebecca, porque forçosamente a fazia lembrar sua falsidade nos meses em que estivera saindo com Bob, as reclamações exasperadas que despejara sobre Bonnie.

Além desse desconforto, Rebecca às vezes era atormentada por momentos de melancolia, lampejos agridoces como a luz do outono. Não era que Bob houvesse se tornado repentinamente mais atraente por estar saindo com Bonnie. A situação não era tão vergonhosa assim. Mas o fato de os dois terem se tornado um par tornava a idéia de um compromisso saudável mais real. Eles estavam seguindo ao pé da letra as normas dos livros de Bob sobre relacionamento, e o recurso parecia funcionar maravilhosamente. A tranqüila sanidade de Bonnie no relacionamento era uma revelação, assim como sua... *satisfação*. Ela não estava sendo presunçosa, mas havia demasiada humildade em sua atitude e demasiado respeito. Bonnie tratava Bob como se ele fosse algo precioso, via o melhor lado dele, sem deixar de ver e perdoar o lado pior. Isso fazia Rebecca achar que ela própria estivesse arruinada, que fosse incapaz de manter um relacionamento verdadeiro. Que pedia demais e dava muito pouco. Em sua mente, um relacionamento verdadeiro só podia acontecer em um lugar onde Bob nunca estivera. Ela ficara à espera, muitas vezes cheia de esperança. Bem ali no centro de tudo, silenciosa e imóvel, esperando ser encontrada, enquanto Bob partira para algum lugar distante, um lugar barulhento e frenético. Se ele fosse capaz de *parar* — ela sempre pensara —, ou pelo menos de diminuir um pouco o ritmo... Bonnie não pedira a ele que parasse. Imobilidade não fazia parte do que eles dois estavam fazendo, algo muito cheio de entusiasmo. Talvez amor verdadeiro fosse aquilo, aquela disposição para entrar no lugar movimentado e ruidoso habitado por outra pessoa e encontrar ali todo o conforto possível.

O sucesso da apresentação à PG&E causou um leve pânico entre todo o pessoal envolvido no projeto. Jeff aparentemente resignara-se a perder o negócio por causa da horrível animação, e sua fé renovada expressou-se em alucinada pressa. Houve rápidas conferências e reuniões, fluxogramas foram rabiscados em quadros-negros, e esboços das seqüências do desenho animado pregados em painéis de cortiça. Vários e-mails urgentes foram enviados a todo o mundo na empresa. E houve mais conversa sobre a implantação de um uniforme para os funcionários, uma notícia que foi recebida com perigoso desagrado pelos artistas gráficos e técnicos.

Para tornar a atmosfera ainda mais complicada, o casamento de Jeff parecia estar desabando. Ele saíra de sua casa em Potero Hill e fora morar num apartamento perto do Civic Center. Dissera a Rebecca que ele e a mulher estavam "simplesmente dando um tempo", mas no fim de uma tarde de quarta-feira ele foi para a sala dela com uma garrafa aberta de uísque Glenlivet e duas canecas e falou de suas mágoas de modo bastante sugestivo para que ela compreendesse que ele estava discretamente fazendo-lhe uma proposta, dizendo que estava pronto para expor-se a mágoas novas. Rebecca conhecia Charlotte, a esposa dele — uma mulher talentosa e petulante de Minnesota, que fora trabalhar na Imagens Utópicas quase na mesma época em que ela. Charlotte era a artista com quem Jeff começara a dormir depois de Rebecca, naquele tempo em que todos pareciam estar fazendo rodízio de sexo. Agora ele talvez estivesse considerando as oportunidades perdidas e querendo fazer o caminho de volta. Mais tarde, naquele mesmo dia, depois que disse a Jeff, o mais delicadamente que pôde, que tudo aquilo era uma confusão muito grande para ela, Rebecca viu-o na recepção, sentado na borda da mesa de Moira Donnell, com a mesma garrafa de uísque, o nível do líquido muito mais baixo, balançando uma perna no ar e desfiando suas mágoas com o mesmo ar de melancólica esperteza. Moira, na fase de esbelteza, parecia que ia morder a isca. Perdera o vale-tudo que imperara no tempo do início da empresa, portanto não devia saber que podia simplesmente ser a nova Charlotte.

Quando o primeiro prazo para o fim do projeto ficou mais próximo, o trabalho tornou-se mais exigente. Rebecca atrasou-se para pegar Mary Martha na creche vários dias seguidos. Quando o telefone em sua sala tocou, na sexta-feira, às quinze para as seis da tarde, ela suspirou, pensando que fosse novamente a pobre coitada da diretora da creche Bee-Well.

— Rebecca Martin — atendeu.

— Becca, não fique brava comigo...

Mesmo que ela não houvesse reconhecido a voz, só havia uma pessoa em sua vida que começava uma conversa daquela maneira. Àquela altura, seu ex-marido já deveria ter aprendido a não ser tão idiota. Mas, claro, aquilo era parte do motivo de ele ser seu ex.

— Rory, seja o que for, não tenho tempo para falar com você agora.

— O caso é sério, Becca. Estou na cadeia.

— O quê?!

— Sessenta miseráveis gramas — explicou Rory. — E foi o cara que me procurou. Uma cilada nojenta.

— E o que é que você quer de mim, Rory?

— A fiança é de mil e quinhentos dólares.

— A senhorita Unhas Verdes não pode lhe arrumar o dinheiro?

— Não posso telefonar para ela e pedir algo assim. Ela é, sabe... delicada.

— Quer dizer dura, sem um centavo. Não confiável. E sempre um pouco chapada demais.

— Uma das coisas que sempre adorei em você, Becca, é essa sua capacidade de mudar de assunto.

Rebecca olhou para o relógio. Se saísse naquele minuto, e tudo corresse bem com o ônibus e o trem, ela chegaria à creche para pegar Mary Martha com meia hora de atraso. Mas era difícil imaginar-se olhando para a filha, depois de deixar o pai dela mofando na cadeia. E mais difícil ainda seria contar à menina onde Rory estava, quando ele não fosse buscá-la no dia seguinte para passar o fim de semana com ela.

— Você está na cadeia municipal? — perguntou, resignada.

— A apenas alguns quarteirões de distância. Fico lhe devendo, mas você sabe que sou bom pagador...

— Oh, meu Deus, Rory, se eu fosse fazer as contas... Eles aceitam Master Card?

— Desde que esteja dentro de seu limite de crédito.

— Vou ter de dar uns telefonemas, pedir para alguém ir buscar Mary Martha, fechar...

Ele riu.

— Calma. Não vou a lugar nenhum.

O riso machucou. Rebecca notou, no tom displicente de Rory, como ele tinha certeza de que podia contar com ela.

— Não, claro que não vai — retrucou.

Bateu o telefone, pegou a agenda e começou a folheá-la em busca de alguém que pudesse ir buscar Mary Martha na creche. Sentia o ressentimento entalado na garganta, um osso de raiva impotente. Trabalhava muito para viver de modo limpo, para fazer tudo direito por Mary Martha, mas de que valia isso? Bastava um telefonema de Rory para ela ser arrastada de volta para o mundo sujo dele. Como se o amor fosse um cheque em branco que ela assinara tantos anos atrás.

Telefonou para a babá a quem sempre recorria, mas a mocinha ia sair com o namorado. A babá de reserva não estava em casa, nem a número três. Bonnie Carlisle também não. Sem dúvida saíra com Bob, vivendo o relacionamento com um homem por quem ela nunca precisaria pagar fiança.

Nem mesmo Phoebe estava em casa. Era noite de sexta-feira, todo o mundo tinha uma vida para aproveitar.

Rebecca ficou olhando para o telefone por um momento, sabendo que teria de ligar para Michael Christopher. Era o mesmo que estragar algo precioso. Ela vinha saboreando por antecipação sua próxima conversa com ele. Os longos dias de silêncio anormal haviam sido uma espécie de tempero, e ela estava ansiosa por experimentar o resultado. Telefonar para ele daquele jeito, por uma necessidade tão prosaica, transformava a sutileza em carne moída.

No entanto, não havia outra opção.

Ele atendeu ao segundo toque.

— Alô.

— Hã... Mike?

— Rebecca!

Foi consolador ele ter reconhecido a voz dela e parecer tão genuinamente contente. Rebecca ouviu música ao fundo, uma missa de Bach, que devia estar sendo tocada em um aparelho de som portátil. O coitado vivia na última bolha de tranqüilidade que restava no hemisfério ocidental, e ela ia estourá-la.

— Mike, desculpe-me de estar perturbando...

— Não, não! Foi bom você ter ligado. Na verdade, tenho pensado em telefonar para você.

— É mesmo? Por quê?

— Bem... só para lhe agradecer o adorável passeio no último fim de semana e dizer como me diverti.

Rebecca não pôde deixar de rir.

— Isso foi há duas semanas, Mike. Quase três.

— É, eu sei, mas...

— Além disso, se me lembro bem, você acabou se sentindo como se houvesse cometido um erro tremendo. Tive a impressão de que estava satisfeito por ter escapado daquilo com vida e de que tudo o que queria depois era ser deixado em paz.

Ele ficou em silêncio, e ela amaldiçoou-se por ter uma língua tão solta.

— Mas é verdade que tenho pensado em ligar para você — insistiu ele. — Ou pelo menos em dar umas voltas no quintal sugestivamente, fumando um cigarro.

Era óbvio que ele tirara um tempo para se recuperar. Era solitário, e seu senso de tempo para contatos sociais, falho. Mas era muito bom saber que ele pensara nela, embora superficialmente.

— Isso só me faz sentir pior por lhe telefonar para pedir um imenso favor — disse ela, queixosa.

— Um favor?

Ela hesitou ao perceber um tom repentinamente reservado na voz dele, mas decidiu ir em frente.

— Estou presa aqui no centro, lidando com uma crise, e não vou poder pegar Mary Martha na creche. Telefonei para todo o mundo que conheço, mas...

— Hã-hã — murmurou ele vagamente.

— Eu não ligaria para você, se não estivesse num beco sem saída.

Mike ficou em silêncio durante um tempo bastante longo para que ela pensasse em lhe dizer para esquecer tudo, que fora uma idéia estúpida. Mas, então, ele disse com sinceridade passável:

— Claro, naturalmente. Será um prazer.

— A creche fica a apenas dois quarteirões de casa, na rua Trinta e Oito, logo depois da Irving — explicou, envergonhada por sentir-se tão aliviada. — Dá para fazer o caminho de ida e volta em dez minutos. Vou ligar para lá e avisar que você irá buscar Mary Martha. Ela vai ficar radiante, acha você maravilhoso.

— Bem, eu acho que maravilhosa é ela.

Era tudo tão generoso e tipo "ame seu próximo"! Ela gostaria mais se pudesse ter uma conversa desagradável com ele a respeito do que aquelas duas semanas de silêncio haviam significado. Isso, sim, seria um relacionamento. Aquilo que estavam tendo era um simples arranjo entre mãe e babá, e mesmo assim ele só concordara após uma hesitação verdadeiramente enervante, quando ela o imprensara contra a parede.

No entanto, parecia que ela precisava mais de alguém que cuidasse de Mary Martha, mesmo com alguma relutância, do que de um relacionamento.

— Muito obrigada! — agradeceu. — Você é um salva-vidas. É um *santo*.

Mike riu, aceitando a extravagância com tanta naturalidade que ela ficou tranqüilizada.

— Dificilmente.

O monge do andar de baixo • *109*

— Irei para casa o mais rápido possível, mas se você puder cozinhar um pacote de macarrão com queijo para ela, ou algo assim...

— Pode contar comigo — assegurou ele.

Rebecca passou-lhe o endereço da creche e tornou a agradecer antes de desligar. Então, ligou para a paciente diretora da Bee-Well para lhe dizer que um cavaleiro salvador estava a caminho. A resposta da mulher foi seca, num tom que dizia: Você é uma péssima mãe. Ela disse que Mary Martha estava indo muito bem, como se quisesse salientar o heróico ajuste da menina a uma vida de horrível negligência.

Rebecca aparou os golpes e conseguiu suportar a conversa até o fim, mas tão logo desligou o telefone começou a chorar. Chorou por quase dez minutos, o que lhe pareceu um tremendo luxo, levando em conta tudo o que ainda tinha de fazer.

Andou cinco longos quarteirões da rua Bryant até a cadeia municipal, abrindo caminho no movimento remanescente da hora do rush. A happy hour de sexta-feira estava indo a todo o vapor, mas logo os bares deram lugar a lojas de colchões, lojas com as portas fechadas por tábuas e lojinhas baratas de telefones celulares, o resto anguloso da rua Bryant entre as entradas para a rodovia, um pouco demais ao sul para que alguém se sentisse tranqüilo, mesmo à luz do dia. Rebecca caminhava rapidamente, sem olhar para os lados, tentando aparentar que levava um revólver na bolsa. Sabia que fora estupidez não tomar um táxi. Mas estava tão furiosa, quando saíra para a rua, que se sentira à prova de balas.

As espeluncas dos financiadores de fiança, alardeando seus serviços em berrante néon, anunciavam a aproximação do território da lei. O pátio ao redor do Palácio da Justiça estava lotado de viaturas policiais. Ali também o frenesi do fim de semana já começara: juntamente com homens uniformizados e armados, pessoas em apuros iam e vinham, apressadas como se estivessem cuidando de negócios. E pessoas envolvidas com pessoas em apuros, pensou Rebecca. Pessoas como ela, pessoas que não estavam vestidas de acordo com a situação

— qual seria a roupa adequada para aquilo? —, todas transitando de um lado para o outro na grande democracia da encrenca.

Ela entrou no prédio, passou pelo detector de metais e andou sem rumo pelo saguão por alguns segundos, até ver a grande placa que a orientou. O balcão no qual as fianças eram pagas era notavelmente parecido com o balcão de devoluções e trocas de uma loja de departamentos. Rebecca esperara um toque de humor negro, algum comentário sobre aquela transação aberrante, uma piscadela cúmplice, pelo menos, a respeito da esquisitice daquela noite de sexta-feira. Ela achou que devia dizer ao homem atrás do balcão que não dormia com a pessoa para quem estava pagando a fiança, que o relacionamento deles era coisa do passado, acabara há muito tempo. Claro, ela um dia amara Rory, mas o que isso *significava*? Havia uma porção de sutilezas e qualificações sobre as quais ela podia falar.

Mas o funcionário que recebeu o dinheiro parecia não só entediado como mal-humorado, e ela refreou a língua. Ele passou o cartão de crédito pela leitora, digitou alguns dados no computador, de um jeito seco e aflito, e acionou a tecla "Enter". Ela assinou o comprovante. A impressora ao lado do homem matraqueou e cuspiu uma folha de papel, e ele grampeou nela a segunda via do comprovante.

— Só isso? — perguntou ela, quando o homem entregou-lhe o recibo.

Aquilo fora como uma sessão no consultório dentário que transcorrera de modo fácil demais.

— É só — confirmou ele. — A sala de espera é à esquerda.

— Não é necessário ao menos comunicar-se com alguém e informar que...

— É tudo computadorizado. Próximo!

Rebecca refletiu sobre a fragilidade daqueles impulsos eletrônicos, do absurdo de algo tão sutil movimentar as mandíbulas da máquina da justiça, fazendo-a abrir a boca. Contudo, o traço de senso de dever e de compaixão que a levara até lá parecia ainda mais frágil. Era apenas um eco da estática residual do big bang, imperceptível aos instrumentos normais. No entanto, Rory confiara naquele tênue eco. Era fé? Implícita confiança em uma ligação genuína? Ou simplesmente astúcia?

O monge do andar de baixo • *111*

Sentada na sala de espera com meia dúzia de outras mulheres infelizes, segurando o recibo, Rebecca imaginou o pior. Ela estava nas garras de uma reação compulsiva. Toda a sua vida consistia em uma série de reações compulsivas. Ela era apenas um grande joelho esperando ser batido por um martelo de borracha.

Quando Rory apareceu, cerca de 45 minutos depois, ridículo na bermuda larga, exibindo seu sorriso tranqüilo, carregando o relógio e a carteira em um saco de plástico, ela chegara a um estado de fúria.

— Pensei que você houvesse decidido me deixar apodrecer lá dentro — disse ele em tom de brincadeira.

— Acredite que, se não fosse por Mary Martha...

— Você é um anjo, Becca.

— Mas com certeza os anjos fazem esse tipo de coisa sem querer matar a pessoa que estão ajudando.

Rory apenas riu, o que a deixou com mais raiva ainda.

A inocência infinita dos olhos azuis era intocável. Um dia ela vira alegria animal naquele puro azul. Agora, tudo o que ela podia pensar era que a camiseta dele estava suja.

— Acabou? — perguntou ela. — Você precisa assinar algum papel?

— Não, tudo já foi feito. Fiquei surpreso com a falta de burocracia. Não há cópia de nada! Acho que, se pudéssemos invadir o computador deles e apagar um ou dois arquivos, poderíamos fazer toda essa coisa desaparecer.

— Para você, tudo isso não passa de uma grande brincadeira, não é?

— Não vejo de que adiantaria ficar angustiado, se é o que você está sugerindo.

— Não, eu sei que não vê — concedeu Rebecca em tom cansado, reconhecendo a inutilidade de sua raiva.

O relógio na parede, atrás de uma grade, marcava oito e quarenta e cinco. Com um pouco de sorte com o ônibus e o trem, ela estaria em casa por volta das dez. Começou a andar para a saída, e Rory foi atrás. Embora a contragosto, estava consciente da graça física dele. Ela havia adorado o estado de equilíbrio sem esforço de Rory, ainda muito depois de começar a suspeitar de que ele nunca amadureceria.

Fora como acreditar em Deus porque um pôr-do-sol era lindo. Uma fé tão desprezível não podia durar muito. Mas mesmo agora, muito depois de ela ter compreendido como era pequena a compensação dessa graça, o lânguido andar de animal de Rory suavizava alguma coisa em seu íntimo.

Na calçada, ela foi na direção da rua Nove, com Rory ainda a seu lado. No ponto de ônibus, acendeu um cigarro.

— Você precisa parar com isso — observou ele.

— Não é hora de falarmos de modos de vida, Rory.

Ele deu de ombros e rendeu-se. Ficaram em silêncio. Rory queria mais alguma coisa, Rebecca notou, embora não conseguisse imaginar o que poderia ser. Sentia-se vazia.

Quando o ônibus 19-Polk apareceu na distância, ela voltou-se para ele.

— Não vou contar nada disso a Mary Martha — prometeu.

Acertara. Rory mostrou-se aliviado.

— Nossa, obrigado, Becca.

— Pelo bem dela, não pelo seu. Mas não sei o que vou dizer a ela, se você for condenado e preso.

— Não vou voltar. Esse negócio não vai colar. Foi uma cilada.

O ônibus parou no ponto. Rebecca jogou o cigarro no chão e amassou-o com um pé.

— Que seja. Boa-noite, Rory.

Ele tocou-a no braço.

— Um milhão de vezes, obrigado, Rebecca. Não vou me esquecer disso. Sou seu devedor.

Ela sabia que para ele aquilo tinha algum valor. Imaginou como ele iria para casa. Mas Rory nunca se apertava. Já ligara para sua delicada namorada, provavelmente. Ela iria buscá-lo, e depois os dois teriam uma apaixonada sessão de sexo. Seria lindo, como o pôr-do-sol. Não lhes custaria nada.

— Não precisa agradecer — respondeu Rebecca.

Embarcou no ônibus. Amor verdadeiro custava muito mais. E se havia alguma coisa que Rory lhe ensinara, era reduzir os gastos.

O monge do andar de baixo • *113*

A casa estava estranhamente escura e silenciosa quando Rebecca chegou. Ela quase sempre a encontrava iluminada e barulhenta. As babás adolescentes acomodavam-se no sofá deixando todas as lâmpadas acesas, e o que dirigia suas vidas era o guia de televisão. Mas não havia ninguém na sala, e o televisor estava desligado.

Nervosa, Rebecca atravessou a sala e viu com alívio que havia luz na cozinha. Do corredor às escuras, viu Michael Christopher sentado à mesa, lendo um livro. Parou instintivamente, não querendo perturbá-lo. Emoldurada pela porta que levava à cozinha, a cena tinha uma qualidade intemporal. Poderia ter sido pintada por Vermeer, um luminoso momento doméstico de contemplação. Mike usava jeans e uma camisa xadrez de lenhador, verde-mar e azul, com as mangas enroladas até os cotovelos. Na luz crua da única lâmpada no teto ficavam visíveis os pêlos finos e dourados dos braços. O rosto anguloso mostrava a brandura da concentração. Ele virou uma folha, e o leve ruído tornou o silêncio ainda mais real. O modo como ele aninhava a surrada brochura nas mãos grandes e rústicas fez Rebecca pensar em preces.

Na sala soava o tiquetaque do relógio antigo que só funcionava intermitentemente. Ela não queria se mover nem muito menos falar. O esforço de produzir qualquer som parecia-lhe insuportável. Tudo o que ela queria era que o silêncio continuasse.

Uma tábua do assoalho rangeu sob seus pés. Mike ergueu os olhos com indulgente gentileza, sem dúvida esperando Mary Martha aparecer. Rebecca caminhou para a luz e sorriu, receosa de que ele pensasse que ela o estivera espionando. Mas ele apenas sorriu de volta, um simples sorriso de boas-vindas. O livro era um romance de Joseph Wambaugh, o que ela achou engraçado. Como sempre acontecia em relação a Mike, ela experimentou a sensação de que a intimidade entre os dois corria à frente deles, como um cão correndo na praia à frente do dono — muito natural e fácil.

— Nem ouvi você entrar — disse ele.

— Você parecia tão sossegado que detestei a idéia de perturbá-lo. Correu tudo bem por aqui? Mary Martha não deu muito trabalho?

— Mary Martha foi boazinha. Nós dois nos divertimos muito. E sua crise?

— Acho que exagerei um pouco, falando em crise. Meu ex-marido foi preso.

Mike sorriu melancolicamente.

— A meu ver foi uma crise.

— Foi mais um grande aborrecimento. Faz anos que nos separamos.

— Mas continuam sendo amigos?

— Não sei se a palavra certa seria "amigos". Um ex torna-se um outro filho. Pelo menos, é o que acontece com Rory. Não posso evitar me sentir responsável pelas falhas em sua criação. E o que mais pesa: ele é pai de Mary Martha. Paguei a fiança para tirá-lo da cadeia e mandei-o de volta para sua vidinha alegre.

— Então, foi isso.

— Bem, isso e mais algumas horas de raiva impotente me parecem mais do que suficientes para uma noite. — Rebecca pôs a pasta sobre a mesa, tirou o casaco e pendurou-o nas costas de uma cadeira. — Preciso ir ver Mary Martha. Ela demorou para dormir?

— Quis que eu lesse alguma coisa de *A casa da esquina Pooh,* e li, até ela adormecer.

— Essa é minha menina.

Mike erguera-se, aparentemente pretendendo ir embora. Rebecca hesitou. Àquela altura, teria pago à babá, despachando-a em seguida. Mas, em primeiro lugar, não quisera fazer de Mike uma babá, e não conseguia imaginar-se dando-lhe uma nota de dez dólares.

— Ficaria chocado, se eu lhe oferecesse um copo de vinho? — perguntou.

Mike riu.

— Por que ficaria chocado?

O modo como o riso iluminava o rosto dele sempre a surpreendia. Ela percebeu que esquecia algo de suma importância a respeito de Mike, quando ele não estava rindo. A natural melancolia das feições permitia que a imagem que ela fazia dele se cobrisse de tristeza. Desse modo, ela suspeitava de que ele fosse um homem de julgamentos secretos, mórbido, hipócrita, tudo o que havia de pior na religiosidade inflexível. Então, ele ria: era como se uma luz se acendesse, e ela o visse com clareza.

O monge do andar de baixo • *115*

— Sabe, como faz tanto tempo que é monge e tudo o mais...

— Na verdade, é quase impossível chocar um monge. Faz parte da função. Em Nossa Senhora de Betânia, os monges estão longe de ser abstêmios. O mosteiro tem seu próprio vinhedo. Há até alguns que ficam bastante bêbados.

— Monges bêbados?

— Oh, sim, bêbados como gambás. Bêbados de cair.

— Agora *eu* é que estou chocada.

Rebecca descobriu que estava flertando com ele, o que era loucura. E ele estava flertando com ela. Não estava? Claro que sim. Não que o flerte fosse dar em alguma coisa. Mas serviria para ela e Bonnie darem boas risadas.

— Bem, vou dar uma olhada em Mary Martha. Há uma garrafa de vinho aberta na geladeira, e os copos ficam no armário da esquerda — instruiu ela, mas acrescentando rapidamente, pensando que poderia ter compreendido mal a atitude dele: — A menos que você queira ir embora.

Ele sorriu de modo nada ambíguo.

— Não. Eu gostaria muito de tomar vinho com você.

— Espero que goste de rosado.

— Os monges beberrões tomam esse.

Mary Martha estava adormecida, o que era bom sinal. Quando ela não gostava de uma babá, ficava acordada até Rebecca chegar a casa, cercada de unicórnios, com a luz do teto do quarto acesa e falando baixinho consigo mesma. Mas naquela noite havia apenas a luz suave da lâmpada do abajur. Rebecca viu que, além de estar com os olhos fechados, a filha respirava compassadamente. Com as sobrancelhas um pouco franzidas, como se estivesse concentrada em alguma coisa, no sono a menina parecia-se ainda mais com Rory. Sempre se pareceria com Rory, pensou Rebecca, imaginando se aquilo nunca pararia de doer.

Quando ela voltou à cozinha, Mike estava sentado à mesa, com dois copos de vinho generosamente cheios arrumados à sua frente como uma natureza-morta, e a garrafa ao alcance da mão. Ela imaginou se aquilo queria dizer que ele não pretendia parar depois do primeiro copo. Se ela houvesse servido o vinho, poria a garrafa outra vez na geladeira e pensaria a respeito de um segundo copo mais tarde. Afinal, já era tarde. E se eles tivessem assunto de conversa apenas para o tempo de tomarem um copo? Ela ficara cautelosa: desconfiava de conversas que duravam meio copo, depois de todos aqueles meses passados com Bob.

Sentou-se e estendeu a mão, pegando um copo. Mike imitou-a e pegou o outro. Pararam hesitantes, com os copos erguidos. Mas mesmo a pausa sugeria um tipo sutil de progresso. Bob já haveria exclamado: "A nós!" Rebecca notou que sua exaustão acabara. O longo dia e todas as complicações pareciam muito distantes. Havia apenas aquele momento simples e interessante, aquele homem de quem ela gostava. O homem a quem estava apenas começando a conhecer.

— Para desejar que ex-maridos fiquem fora da cadeia? — sugeriu Mike maliciosamente.

Rebecca riu e quase concordou. Era o tipo de brinde que ela e Bonnie poderiam fazer, sarcástico e divertido, por terem sobrevivido a mais um dia. Mas então segurou-se.

— Não. Vamos beber em homenagem a algo novo.

Ele inclinou a cabeça, concordando.

— Está bem. Um brinde a algo novo.

— Ao...

Ela hesitou. Sentia aquela antiga e perigosa indefinição dentro de si, um repentino aperto de desejo, cego, feroz e voraz, desejo de alguma delícia impossível. De uma música que ela nunca ouvira, mas que sabia que existia, que poderia ouvir, se fizesse um esforço. De um amor que não terminava. Da surpresa da bondade. Mas tudo parecia errado, desajeitado, ardente demais.

Os copos continuavam erguidos. Mike parecia não ter pressa. Ela se sentiu grata por isso. Trocaram um olhar tranqüilo, e Rebecca descobriu que não tinha nada para dizer.

— Oh, meu Deus, eu não sei! — exclamou ela e riu. — A um bom momento que acontece de vez em quando, contra toda a probabilidade.

— A bons momentos que acontecem — ecoou Mike, e bateu seu copo no dela.

Tomaram alguns goles em silêncio. Mais uma vez, Rebecca pensou em como era fácil estar com Mike. Ele não era igual a Fulmar Donaldson, absolutamente. Prestava atenção, estava realmente presente. Um adulto.

— Tenho vontade de lhe fazer perguntas sobre o mosteiro — disse ela. — Quero fazer isso desde que você se mudou para cá, mas nem sei como começar.

— Ah, o mosteiro... — Ele ficou olhando para o vinho. — Também não sei como começar.

— Quantos anos você tinha quando foi para lá?

— Vinte e três.

— Vinte e três — repetiu Rebecca, tentando imaginá-lo com aquela idade.

Um jovem, mas não mais um garoto. Alguém que tivera algum tempo para viver, algum tempo para pecar. Isso queria dizer que tivera tempo para fazer sexo, pensou ela, divertida com a própria idéia.

— Minha vida universitária foi um entra-e-sai — contou Mike. — Supostamente cursava Filosofia, mas ficava deixando o curso para ir em busca de um sentido. — Abanou a cabeça, sorrindo. — Eu era capaz de dizer isto com o rosto perfeitamente sério: "O que está fazendo, filho, agora que jogou fora a bolsa de estudos?" E eu respondia: "Bem, estou buscando um sentido." Era um rapaz sonhador, talvez um pouco mimado. Filosofia acadêmica não tinha nada que ver com o que eu realmente queria. Eu queria a Verdade com "V" maiúsculo. Ficava assombrado com o sofrimento que há no mundo. E tive um amor infeliz, um relacionamento longo que não deu certo, e isso afrouxou ainda mais as amarras de meu barco. Suponho que estivesse muito influenciado por Kierkegaard. Para encurtar a história, passei um fim de semana no monastério Nossa Senhora de Betânia, em Mendocino County, e tive uma grande experiência mística. Assim, a partir daí, uma coisa levou a outra.

— Então, Deus pegou você no pulo.

Mike riu, claramente apanhado de surpresa.

— É um jeito de ver a situação. Naquele tempo eu acreditava que conseguira enxergar através dos valores vazios do mundo moderno e extinguir minhas ilusões.

— E agora?

— Os valores do mundo ainda me parecem vazios, no todo. Mas comecei a suspeitar que minhas ilusões são inextinguíveis.

Foi a vez de Rebecca rir.

— E seu amor trágico? Você alguma vez tornou a entrar em contato com sua amada?

O olhar de Mike ergueu-se para um ponto perto do teto, no canto mais distante da cozinha.

— Na verdade, sim. Escrevi a ela várias vezes, do mosteiro, durante meu período de experiência. — Os olhos dele perseguiram lembranças durante um longo momento, e Rebecca esperou respeitosamente. Por fim, Mike tornou a olhar para ela e abanou a cabeça, como desculpando-se de um deslize. — Ela respondia, muito educadamente. Acho que minhas cartas eram insuportáveis, cheias de citações de Thomas Merton sobre a ascensão para Deus e a graça maravilhosa que salvara um frangalho como eu. Examinando a questão do ponto de vista da moça, o que eu mais estava exaltando era o fato de ter sido salvo de minha vida com ela. Nunca ela deu a mínima importância a meu tumulto metafísico, via minha busca espiritual como uma espécie de neurose. Mas ainda assim me amava. Isso era incompreensível para mim. Eu achava que meu tumulto metafísico fosse *eu*.

— Como foi que finalmente sua história com ela acabou?

— A última vez em que a vi foi quando ela compareceu à cerimônia de minha aceitação na ordem como noviço. Lembro-me de que estava excepcionalmente bonita. Ela se dera ao trabalho de embelezar-se. É estranho, mas penso que naquele ponto nós dois ainda tínhamos uma chance. Ou talvez fosse apenas minha fome de drama, meu jeito de aguçar a aresta de minha renúncia.

— Você se sentiu dividido, vendo-a lá?

— Não. Senti uma total serenidade. Vê-la não me abalou. Lembro-me de que fiquei observando-a, quando ela andou para o carro, saben-

O monge do andar de baixo • *119*

do que estava vendo aquele jeito seguro de caminhar pela última vez e me sentindo... não sei... *benevolente*. Acabara de ter a cabeça rapada, de fazer meus votos. O hábito cobria uma multidão de mentiras, e parecia que era bom o mundo estar perdido para mim. A sensação foi pungente, no máximo. Foi só mais tarde que a dúvida começou a insinuar-se.

— A dúvida costuma fazer isso.

— Acho que eu esperava que Deus me protegesse. Que me recompensasse de minha gloriosa renúncia. Mas a prece longa e profunda é um espelho terrível. Fique ajoelhado tempo suficiente, e tudo aparece. Não há jeito de não ver a própria falsidade, a desonestidade. Anos mais tarde, décadas, eu me pegava, durante a meditação, imaginando-me correndo atrás dela, pegando-a pelos ombros, virando-a e beijando-a...

— Fazendo amor selvagem no banco de trás do carro — sugeriu Rebecca.

Mike sorriu.

— Fazendo amor selvagem no banco *da frente*. No porta-malas. No estacionamento. Na sala de visitas do mosteiro. Você ficaria assombrada, se soubesse das fantasias sexuais que acontecem nos momentos de oração.

— Mães que criam filhos sozinhas não se assombram facilmente — informou Rebecca.

Os dois riram. Ela notou que o vinho estava fazendo efeito, que tudo parecia mais lento e caloroso. Ela sentia o cheiro de um pêssego maduro na fruteira sobre o balcão. A cozinha era como uma ilha de luz no mar noturno da casa. Ela quase podia ouvir as batidas do coração de Mary Martha no profundo silêncio, uma pulsação tranqüilizadora, como ondas rolando na praia. Sentia-se perigosamente contente.

Obedecendo a um repentino impulso, levantou-se, pegou o pêssego e cortou-o em fatias. A lâmina da faca, escorregando com facilidade através da polpa generosa parecia tão ruidosa, tão escandalosamente erótica, que ela quase riu e comentou isso com Mike. Mas conteve-se. Não estava tão bêbada assim — repreendeu-se. Estava segurando uma faca, mostrando competência na cozinha, recebendo uma visita. Toda aquela conversa sobre sexo deixara-a um pouco tonta, só isso.

Arrumou as fatias da fruta em forma de sol num prato e levou-o para a mesa, um tanto acanhada. Ela e Mike pegaram uma fatia cada um. O pêssego estava perfeito, firme, mas cedia à mordida, suculento e doce.

— Oh, meu Deus — murmurou Rebecca. — Quero que o sexo se dane. Se eu ficasse atolada em preces durante anos, sonharia com pêssegos maduros.

— Há um pomar no mosteiro — informou Mike. — Comi todos os pêssegos maduros que pude comer.

Por algum motivo, os dois acharam aquilo hilariante. Riram o mais silenciosamente possível — abafando o som com as mãos, como crianças de escola depois de uma travessura —, pensando em Mary Martha em seu quarto. O copo de Mike estava quase vazio. Rebecca via tudo com clareza vívida, uma realidade mais real do que o real. Essa super-realidade era tão inútil quanto a irrealidade, claro, mas era tremendamente satisfatória enquanto durava.

— Tome um gole de vinho com um pedaço de pêssego na boca — instruiu ela. — Você nunca mais suspirará por sexo. Sua existência estará completa.

Mike aceitou a sugestão e fez os adequados sons orgásticos de prazer. Estava tão descontraído, que aquilo estava parecendo uma noite com Bonnie, uma farra de garotas.

Os cabelos castanhos de Mike haviam crescido o bastante para ficarem revoltos, e Rebecca reprimiu o desejo de estender a mão e afagá-los.

Em vez disso, pegou a garrafa de vinho e encheu os dois copos. A analogia com Bonnie mudara o rumo das coisas. Afinal, não era um encontro romântico. Eles eram apenas dois amigos conversando sobre a vida enquanto tomavam vinho. Ou, outra alternativa, ela estava se embebedando com sua "babá".

Além disso, fora ele quem deixara a garrafa na mesa.

— E assim, sua namorada partiu, deixando-o entregue a uma vida repleta de oração e de todos os pêssegos que quisesse comer — disse ela, instigando-o depois de tomar um gole de seu vinho. — Ou estarei distorcendo cruamente a vida religiosa com toda essa ênfase sobre relacionamentos?

O monge do andar de baixo • *121*

— Quando não acertamos nossos relacionamentos, de um jeito ou de outro, não há vida religiosa. Não existe pessoa mais odiosa do que a que continua na vida contemplativa a contragosto.

— Então...

— Então, a princípio foi fácil achar que eu fizera um favor a nós dois. Segui a rotina monástica e cultivei minhas pequenas manifestações divinas. Fui um bom monge. Não me meti em encrencas — não muitas, pelo menos —, e continuei a orar.

— Continuou "vestido com sua fantasia, participando de todos os rituais".

Mike sorriu com satisfação.

— Exatamente. E em algum ponto do longo caminho para o conhecimento de mim mesmo ficou claro que eu não renunciara à intimidade. Apenas falhara em alcançá-la.

— Ora, vamos, isso me parece uma idéia muito dura.

— Pode ser, no começo. Machuca a velha auto-imagem. Mas com o tempo descobrimos uma espécie de libertação em verdades como essa.

Rebecca refletiu sobre aquilo por um momento.

— Acho que entendo o que você quer dizer — disse por fim, não muito convicta. — Essa sensação de liberdade vem quando reconhecemos que não vamos ser capazes de fazer algo dar certo, por mais que tentemos. Quando deixamos de querer, por pura exaustão.

— Eu nunca deixei de querer por mais de quinze segundos de cada vez — confessou Mike. — Ah, mas esses quinze segundos...

Os dois riram.

— É o resto do tempo que nos pega: vinte e três horas, cinqüenta e nove minutos e quarenta e cinco segundos — comentou Rebecca. — Acho que mães sem marido são as verdadeiras monjas.

— Um brinde aos quinze segundos — propôs Mike.

Bateram os copos um no outro e beberam.

Era mesmo como estar com Bonnie. A conversa era livre, fácil, alegre e, de vez em quando, profunda. Aquilo era amizade. Amigos contavam suas histórias, ofereciam solidariedade, sentiam comiseração. Riam juntos, bebiam juntos, depois iam para a cama sozinhos.

— É uma bela coleção de obras de arte, aquela que você escondeu lá na garagem — observou Mike, pondo mais vinho nos copos.

Rebecca enrijeceu.

Ele notou e disse depressa:

— Não andei mexendo em suas coisas, mas não pude deixar de ver...

— Ah, tudo bem. Sou um pouco sensível quanto a isso. Acho que sinto vergonha.

— Pelo que vi de seus trabalhos, você é muito boa.

— Pensei que você houvesse dito que não mexeu em minhas coisas.

Mike riu, admitindo.

— Fantasia de adolescente — comentou Rebecca. — Travei uma guerra com meus pais por causa disso. Meu pai queria que eu fosse arquiteta. Phoebe me deu apoio, mas sempre tratou meu gosto pela pintura como um hobby: meus quadros eram coisinhas bonitas para pôr na sala. Arte era algo para eu fazer até que encontrasse marido e tivesse filhos. Então, saí de casa e vim para a Califórnia.

— E aí...

— Aí me envolvi com Rory. Tive uma filha. Descobri que Phoebe tinha razão.

— Isso é tolice — opinou Mike.

Rebecca deu de ombros e deixou um silêncio sugestivo instalar-se. Mike, claramente desejoso de continuar no mesmo assunto, pegou a garrafa de vinho como em busca de reforço, mas descobriu que estava vazia. Os dois olharam-se, numa hesitação divertida, sobre se deveriam abrir outra.

— Foi uma noite deliciosa — disse por fim Rebecca. — Eu odiaria estragá-la, ficando bêbada.

— Até que seria interessante — brincou Mike, levantando-se.

Parecia tão satisfeito quanto ela pelo modo como as coisas haviam transcorrido, refletiu Rebecca. Mesmo aquela atitude final de prudência era um tipo de reconhecimento disso, uma recusa em forçar o avanço de uma situação que os levaria a um terreno incerto demais. Ela pôs os copos na pia e acompanhou Mike até a varanda dos fundos, onde pararam para olhar as estrelas. Não havia nevoeiro, o céu estava claro. Acima do oceano, a lua pela metade brilhava de modo surpreendente.

— Nunca poderei agradecer-lhe o suficiente por você ter cuidado de Mary Martha por mim esta noite — disse Rebecca.

— Não precisa agradecer-me. Foi bom me sentir útil.

— A mulher lá da Bee-Well disse alguma coisa? Por exemplo, que péssima mãe eu sou?

Mike deu a impressão de ficar constrangido.

— Não, absolutamente. Você é uma excelente mãe.

— O que ela disse, Mike?

— Estava aborrecida. Era muito tarde, não havia mais ninguém lá. Ela disse que Mary Martha era a última criança a sair, todos os dias.

— Não é verdade. Bem, talvez nas duas últimas semanas... — Rebecca ergueu os olhos para o céu. — Oh, Deus, acho que o que eu temia finalmente aconteceu.

— O quê?

— Logo que me separei de Rory, fiquei apavorada com a idéia de ter de trabalhar tanto para sustentar Mary Martha que não tivesse tempo para realmente estar com ela. Eu me via transformada em uma máquina de fazer dinheiro para pagar uma creche na qual deixá-la, para poder continuar a ser uma máquina. Então, tive a sorte de conseguir esse emprego na Imagens Utópicas, um lugar muito despretensioso, gente maravilhosa, um bando de artistas, tudo muito calmo. Era perfeito.

— Um pouco como a McDonald's — Mike comentou.

Rebecca riu.

— Bem, não havia batatas fritas grátis, mas era um trabalho muito agradável. Agora a empresa está mudando. Começamos a prestar serviço para grandes firmas, com prazos de verdade, sob muita pressão. Eu era uma das primeiras mães a chegar à Bee-Well, no fim do dia. Saía do trabalho mais cedo para escapar da hora do rush. Mas o projeto em que estou trabalhando agora devora meu tempo. Olho para o relógio, vejo que o dia acabou. Mesmo não trabalhando mais horas, como deveria, não consigo ir buscar Mary Martha no horário certo. E em casa me preocupo com o trabalho atrasado. — Fazendo uma pausa, abanou a cabeça. — Veja o que estou fazendo. Dois copos de vinho, e você é obrigado a escutar essa ladainha sobre os problemas da coitadinha da Rebecca.

Mike ficou calado por um tempo tão longo, que ela receou tê-lo aborrecido com seu desabafo. Mas, por fim, ele falou:

— Posso ir buscar Mary Martha sempre que você não puder sair cedo do trabalho.

— Não, não! — exclamou Rebecca, rindo. — Eu não estava insinuando isso. É muita bondade sua, mas é que hoje tive um dia daqueles, no fim de uma semana daquelas, no meio de um período daqueles. Está tudo bem, eu só precisava me queixar um pouco.

— Mas estou falando sério, eu poderia...

— Não. Você não vê? Se fizesse isso, tiraria toda a graça.

— Tiraria a graça de quê?

— Disso — respondeu ela, mostrando a cozinha com um gesto. — Você e eu sentados ali, tranqüilamente, depois da correria. Esse luxo, essa coisa rara, um momento de sossego. Você foi buscar Mary Martha, foi um grande favor e uma novidade. Se for buscá-la sempre, será uma obrigação. Se você soubesse como detestei ter de lhe telefonar...

— Fiquei contente por ter telefonado.

— Mas ficará contente na próxima vez? E na outra? Ou ouvirá o telefone tocar às quinze para as seis e pensará: "Mas que droga, tenho de ir buscar aquela menina de novo"? — Rebecca olhou-o. — Por falar nisso, você ia *mesmo* me telefonar?

— O quê?

— Se eu não telefonasse hoje, você iria me telefonar?

— Bem, eu queria ligar num momento certo — explicou ele, com humildade.

— Ah, é? — Rebecca riu. — E como é o momento, agora?

Os olhos deles se encontraram. Ela se surpreendeu de ver como os rostos dos dois estavam próximos, e como era fácil estar perto de Mike. Era óbvio que ele estava pensando em beijá-la, o que pareceu a

Rebecca tão carregado de complicações, que por um instante sua mente anuviou-se e, então, parou de funcionar. Ela simplesmente ficou em silêncio, querendo beijá-lo também.

— Parece-me um momento certo — disse Mike.

Beijou-a, então, ternamente, seguro de si, um beijo tão bom, firme e maduro como o pêssego temperado com vinho rosado. Ela tentara enganar-se, claro. Estar com ele não era, de modo algum, como estar com Bonnie.

Capítulo Seis

Caro irmão James,

Por favor, perdoe-me o vitríolo da última carta. Ultimamente tenho sentido demasiada pena de mim mesmo, e acabei despejando isso em você. Como disse a uma amiga outro dia, não existe pessoa mais odiosa do que uma que segue a vida contemplativa a contragosto. Eu me liguei, como dizem por aqui, no grande mundo brilhante, mecanizando o pecado da raiva. Ou, como dizem meus colegas da McDonald's, fui mal. Lamento ter magoado você.

A resposta ritual ao contrito "fui mal", por falar nisso, é um benevolente "está tudo bem". O drama da dádiva do perdão de Cristo é encenado por adolescentes várias vezes por dia, junto de um tacho de fritura ou do grill, com deliciosa concisão.

Falei de uma amiga? Acredito que você, que tem me incentivado a expandir meus horizontes sociais, ficou de orelha em pé. Talvez ache que me excedi, e sinto-me um pouco envergonhado de lhe contar, depois de toda a minha insistência no vazio de minha existência, que estou apaixonado.

Não vou aborrecê-lo com detalhes. Ela é linda, inteligente, talentosa e engraçada, e eu sou um ridículo bufão, a velha história de sem-

pre. Nosso credo pode ter nos preparado para receber milagres, mas este me pegou totalmente desprevenido. Pensei que a vida não tivesse mais nada para me oferecer, estava pronto para passar o resto de meus dias aperfeiçoando minha resignação, girando e girando ao redor do silêncio de Deus, como água circulando em volta de um ralo. Havia nisso até uma espécie de paz. Mas parece que Deus não vai me deixar escapar impune muito facilmente.

Desculpe-me se tudo isso é um pouco abrupto. Como Lázaro, que já estava no túmulo havia dias, receio estar cheirando mal enquanto cambaleio para a luz dessa ressurreição inesperada. Mas isso não importa. Jesus disse que o primeiro e maior mandamento é amar a Deus de todo o coração, mente e alma, e que o segundo é amar o próximo como amamos a nós mesmos. Passei a melhor parte de minha vida lutando com o primeiro, e só Deus sabe o que isso representou, mas foi só recentemente que comecei a amar meu próximo mais próximo: a mulher do andar de cima.

Talvez eu tenha compreendido o Novo Testamento literalmente demais. Você e eu nos exercitamos com nossos diálogos a respeito do que significa estar no mundo e o que significa estar livre do mundo. Traçamos todos os tipos de linhas que nenhuma alma prudente deve ultrapassar, inventamos normas que estabelecemos e seguimos. No entanto, um sopro de amor transforma tudo isso em nada. Céu e inferno são apenas areia para a construção de castelos, irmão James. Eu colherei a rosa viva, esteja onde ela estiver.

Seu em Cristo (como sempre),
  Michael Christopher

No sábado de manhã, Rebecca acordou mais cedo que de costume, com uma leve dor de cabeça e um senso de melancólica lucidez. Disse a si mesma que estava contente por não terem aberto mais uma garrafa de vinho na noite anterior, e isso lhe pareceu um pensamento muito próprio da meia-idade.

Ainda não tinha certeza de se devia ficar contente por Michael Christopher tê-la beijado. Não tinha certeza em teoria, pelo menos. Por dentro estava exultante. Mesmo agora saboreava o frêmito quente do momento, o leve degelo da rendição, a inesperada autoridade dos lábios de Mike. Sentia a aspereza da barba de um dia e o reconfortante cheiro masculino. Ele acariciara o rosto dela num gesto terno, traçando-lhe o contorno. Ela se sentira flutuar, arrebatada — tudo o mais parara. Aquele era o momento pelo qual estivera secretamente esperando. Mas foi apenas um momento. Agora o momento era outro.

Ela teve vontade de telefonar para alguém, Phoebe ou Bonnie. A situação pedia um exame minucioso. Mas Rebecca suspeitava que as duas mulheres se precipitariam em aprovar o beijo e suas possíveis conseqüências. Bonnie acreditava que o amor podia ser criado com os elementos disponíveis, como um cozido improvisado, e Phoebe acreditava no destino. Isso fazia com que elas fossem um tanto simplistas em assuntos do coração. Rebecca com toda a certeza não tinha a mesma confiança de Bonnie em seu talento para a culinária e, quanto ao destino, ia longe o tempo em que acreditara em sua força. Mas Rory fora seu destino naquele tempo. E não era possível ver o destino da mesma maneira depois de um divórcio meio tumultuado.

Não sei mais viver?, perguntou-se. O cinismo me arruinou? Não, não creio. O que acontece é que sou uma mulher que acabou de tirar o ex-marido da cadeia. Sou uma mulher realista que cria uma filha sozinha, já ocupada demais com a vida que tem. Amor é muito bom, mas faz semanas que a banheira não é esfregada.

Por fim, decidiu manter o equilíbrio. Christopher poderia fazer o mesmo que Fulmar Donaldson fizera e fingir que nada acontecera. Talvez fosse melhor assim. Ela precisava mais do aluguel do apartamento de hóspedes do que de sessões adolescentes de vinho e beijos. Mas lamentaria, se houvesse estragado o que parecia uma amizade promissora.

No entanto, continuou a pensar no beijo. O peso dos lábios de Mike nos seus afundara para o centro de seu corpo, onde ficou girando imperturbável em seu próprio eixo, criando seu próprio campo gravitacional. Era embaraçoso. Ela se tornara um buraco negro romântico. Não aprendera nada desde o último ano do colegial?

Mas o beijo fora delicioso.

Um barulho na cozinha — Mary Martha arrastando uma cadeira para alcançar o armário no qual ficavam as caixas de cereais — arrancou Rebecca do devaneio. Ela saiu da cama, vestiu seu mais aconchegante roupão atoalhado e foi para a cozinha. Mary Martha já se sentara à mesa com uma caixa de Cheerios e pareceu agradavelmente surpresa ao vê-la de pé tão cedo, o que causou em Rebecca uma pontada de culpa.

— Bom-dia, menina madrugadora — disse Rebecca, beijando-a. — Senti sua falta ontem à noite.

— Alguma coisa importante apareceu para você resolver — recitou Mary Martha — tão precisamente, que Rebecca percebeu que ela estava repetindo palavras de Mike.

Pelo jeito, ele adotara uma atitude minimalista para explicar a ausência da mãe à menina.

— Foi isso mesmo — confirmou Rebecca. — Mas já está tudo resolvido. Você se divertiu com Mike?

A garota, com a boca cheia, moveu a cabeça numa afirmativa entusiasmada.

— O que vocês fizeram? — continuou Rebecca. — Assistiram ao *A Pequena Sereia*?

Mary Martha hesitou; então revelou baixinho:

— Mike não soube ligar o videocassete.

Era óbvio que achava que aquilo depunha contra ele.

Rebecca riu.

— Acho que não há videocassetes no mosteiro.

— Eles têm um, mas Mike nunca mexeu nele. E também não soube usar o microondas.

O tom de generosa indulgência da garota era comovente.

— Então, o que vocês fizeram?

— Ele cozinhou macarrão no fogão e depois brincamos de unicórnios. Ele era o unicórnio grande, e eu era o pequeno.

— Ele era um unicórnio bonzinho?

— Claro — afirmou Mary Martha em tom enfático, como se não fosse necessário perguntar aquilo.

— E o macarrão, estava gostoso?

Mary Martha ergueu os olhos para o teto, impaciente.

— Oh, mamãe! — exclamou com a leve exasperação que demonstrava quando Rebecca demorava para compreender algo. — Qualquer pessoa sabe cozinhar macarrão.

Mais tarde, depois que a filha foi para o quarto preparar-se para esperar Rory, Rebecca foi lavar a louça. Estava enxaguando o segundo copo de vinho, quando viu, pela janela acima da pia, Michael Christopher sair para o quintal, usando as costumeiras calças jeans e uma jaqueta leve para proteger-se do nevoeiro que começara a instalar-se durante a noite.

Ela se inclinou para a frente o mais que pôde, para ficar visível, no caso de ele ter saído na esperança de vê-la, mas Mike manteve os olhos desviados da janela. Carregava uma tesoura de poda e parecia que ia trabalhar no jardim, como geralmente fazia nas manhãs de sábado, como se nada houvesse acontecido entre eles.

Embora houvesse imaginado que seria assim, Rebecca sentiu uma fisgada de desapontamento em algum lugar do abdome. Ficou surpresa com a mágoa que experimentou. Afinal, ele era do tipo de Fulmar Donaldson. Não haveria nada além de constrangimento dali por diante. E agora ela teria de se recuperar do beijo delicioso como se houvesse ingerido comida envenenada.

Mike, movendo-se rapidamente, levou alguns minutos cortando papoulas, dálias e ramos de alfazema. Fez um buquê com todas as flores e subiu a escada dos fundos sem hesitação. Rebecca ficou tão surpresa que demorou para reagir, e ele bateu na porta antes que ela conseguisse mover-se de perto da pia.

— Bom-dia — cumprimentou ele timidamente, quando ela por fim abriu a porta. A confiança de sua pose desaparecera em algum momento, enquanto ele esperava ser recebido. Com os olhos baixos, ele estendeu o buquê. — Para você. Desculpe-me, se o arranjo não está dentro dos padrões profissionais.

O monge do andar de baixo • *131*

Rebecca pegou as flores.

— Por que desculpá-lo? São lindas. Obrigada.

— Espero não estar sendo atrevido — disse ele, ainda sem fitá-la.

Ela riu.

— Ontem à noite você foi atrevido; hoje, está sendo educado.

Mike olhou-a nos olhos pela primeira vez, viu que ela estava brincando e exibiu um sorriso hesitante.

— Quer café? — ofereceu Rebecca, de repente consciente do velho roupão, dos pés descalços e dos cabelos despenteados.

Mas que diabo, pensou. O que importa é que ele está aqui.

A colisão entre uma situação romântica e aquele clima doméstico era algo desorientador, mas ela estava esfuziante de alegria. De que adiantava querer ser prudente, se sua prudência covarde desaparecia ao menor sinal de perigo? Ela estava feliz o bastante para cometer todos os erros possíveis.

— Aceito — respondeu Mike.

Ela recuou para deixá-lo passar. Ele entrou na cozinha parecendo desconfiado, piscando à luz mais clara que a da varanda e olhando em volta como se nunca houvesse estado lá. O súbito advento do Relacionamento era tão vertiginoso para ele como para ela, pensou Rebecca. Talvez mais para ele, pois ela estivera desejando intimidade desde o começo. A metade vazia da cama podia simbolizar um fracasso ou uma promessa, mas, fosse como fosse, ela muitas vezes imaginara aquela metade ocupada, enquanto que o longo celibato de Christopher fora voluntário. Fizera parte do que ele era. Era provável que ele estivesse se sentindo como se pulasse do alto de um rochedo.

Mike sentou-se à mesa, acomodando-se na mesma cadeira que ocupara na noite anterior, cauteloso, como se tivesse medo de que alguém houvesse serrado as pernas até o meio durante a noite. Rebecca pôs as flores num vaso com água. Colocou o arranjo no centro da mesa, foi até o armário e ergueu-se na ponta dos pés para pegar duas xícaras e pires de porcelana da prateleira mais alta. Phoebe dera-lhe um jogo de jantar completo de porcelana Messen como presente de casamento, sem dúvida imaginando jantares de família de acordo com a nobre tradição, mas Rebecca não usara nada daquilo enquanto fora casada, porque refeições improvisadas exigiam pouco mais do que pratos descartáveis, e comida chinesa vinha em caixas que dispensavam até mesmo esses. Depois do divórcio, durante algum tempo ela usou o jogo de porcelana para tudo: tigelas para as refeições da manhã, pratos para o almoço, todas as peças para jantares elegantes à luz de velas, com ela em uma ponta da mesa e Mary Martha na outra, sentada em seu cadeirão, comendo cenouras e ervilhas amassadas em uma tigelinha. Mas essa rotina tornou-se exaustiva quando Rebecca voltou a trabalhar. Além disso, o prejuízo causado por tigelinhas quebradas era muito grande. Por fim, o jogo de porcelana foi relegado à parte mais alta do armário e quase esquecido.

— Soube que você não passou no teste do videocassete — ela comentou, pondo café nas xícaras.

— Foi uma vergonha — admitiu Mike. — Mary Martha ficou incrédula, como quando eu disse que não tinha calção de banho. Senti-me um habitante do terceiro mundo. Mas ela foi tolerante, e acabamos brincando com os unicórnios. Sabia que todos eles têm dois nomes?

Ela levou o café para a mesa.

— Há leite e açúcar — informou, apontando para a caixa de leite e para o açucareiro. — Dois nomes? Quer dizer, nome e sobrenome?

Suspeitava que ele tomaria café puro — austeridade monástica comandando. Contudo, Mike verteu na xícara um esguicho nada ascético de leite e acrescentou uma quantidade verdadeiramente mundana de açúcar.

— Não — respondeu ele, mexendo o café com leite. — Um nome público e um nome secreto.

— Os unicórnios têm nomes secretos? — admirou-se Rebecca, pondo leite no café mas dispensando o açúcar.

Orgulhava-se de estar sempre atualizada no que dizia respeito ao cadastro dos unicórnios de Mary Martha.

Mike pareceu ficar encabulado.

— Espero não ter sido indiscreto.

— Não, fico contente em saber que ela lhe fez confidências. — Rebecca abanou a cabeça. — Mary Martha é uma criança incrível, e isso às vezes me assusta. Quando penso que ela me surpreendeu pela última vez, um ângulo totalmente novo aparece.

— Acho que as pessoas nunca deixam de surpreender umas às outras.

— Com certeza — concordou Rebecca, rindo.

Olharam-se, e Mike corou.

— Eu não me referi...

— Mas eu, sim — afirmou Rebecca. — Foi um beijo *muito* bom.

— Que alívio! Isto é, eu também achei — acrescentou ele rapidamente. — Mas tive medo de que algo houvesse mudado no modo de beijar, ou algo assim. Novas técnicas podiam ter sido desenvolvidas.

— Não, não, as coisas fundamentais permanecem.

Ficaram em silêncio por um momento, inevitavelmente olhando para as flores no centro da mesa. O laranja vibrante das papoulas e o laranja-avermelhado das dálias combinavam lindamente, notou Rebecca. O buquê parecera muito mais simples, quando ele o entregara.

— Deixando de lado a questão de técnicas... — começou Mike resolutamente, embora com um traço de relutância.

— Foi apenas um beijo — atalhou Rebecca. — Um relacionamento não se firma ou desaba por causa de um único beijo.

— Mas muda.

— Só se quisermos que mude.

— Não. O relacionamento muda — insistiu Mike.

Rebecca sentiu um arrepio quente percorrê-la, porque ele insistira e porque a enredara numa espécie de maciez. Compreendeu que em sua mente concedia-lhe vantagem, jogando abertamente demais, de modo negligente, fazendo concessões por sua suposta incompetência de monge naquele jogo. Mas ele estava sendo muito preciso.

— Acho que o que estou querendo dizer é que não precisamos ter pressa para decidir o que tudo isso significa — explicou ela. — Acabei de sair de um relacionamento com um homem que tinha tudo traçado, do começo ao fim, e agora prefiro suportar um pouco de incerteza criativa.

— Está falando de Bob? — perguntou Mike, com alívio bastante visível para que Rebecca percebesse que ele estivera preocupado a respeito de ela estar disponível ou não. — O cara que conheci na casa de sua mãe?

— Ele mesmo. Bob agora namora minha melhor amiga e estou muito feliz por eles. Espero receber um convite de casamento até o fim do mês. Ele é um homem determinado.

— E você não quer um homem determinado?

Rebecca gemeu.

— É disso exatamente que estou falando. Não comece a me perguntar o que quero, como se fôssemos pedir uma pizza, e você fosse o dono da única pizzaria no Outer Sunset que entrega em domicílio. Eu quero veracidade.

— O que vier, a pizza que o rapaz da entrega tiver na caixa.

— Para reforçar a analogia.

Ficaram um instante calados, e ela estava consciente de que fora brusca demais.

— Estou certo de uma coisa: *eu* não quero anchovas — disse Mike, rompendo o silêncio.

Rebecca, surpresa e satisfeita, começou a rir. Ela já percebera que ele não só aparava seus golpes, como os transformava em algo diferente. Era uma espécie de divertido judô verbal.

— Nem abacaxi — continuou ele, animado com a reação dela. — Você já comeu aquela tal de pizza havaiana? Parece uma praia depois de um tufão, com abacaxi, coco e todo tipo de entulho tropical.

— Pensou bem — concedeu ela. — Acho que devemos eliminar frutas de nossas pizzas.

— Viu? É isso que estou procurando: alguns princípios gerais para poder começar bem.

Rebecca ia falar, mas um movimento na porta chamou sua atenção. Os dois viraram-se para lá ao mesmo tempo. Mary Martha, com uma das camisetas de Rory — do Campeonato de Surfe da Costa Oeste —, que pendia a seu redor como um poncho, observava-os com seus brilhantes olhos azuis.

— Vocês vão comer pizza no café da manhã? — perguntou em tom de desaprovação mas intrigada.

— Claro que não, meu bem — assegurou Rebecca.

— Muito menos se for pizza com anchovas em cima — acrescentou Mike.

Ele estava sendo de fato muito firme a respeito daquilo.

Rory chegou para pegar Mary Martha meia hora mais tarde, um pouco depois das dez, o que para ele era muito cedo. Mas, desde a noite anterior, encontrara tempo para um corte de cabelo desconcertantemente malfeito. Seu rabo-de-cavalo fora tosado com a brutalidade de uma amputação em campo de batalha, e os cabelos estavam espetados, muito curtos e sem estilo definido. Um corte de cabelo que parecia uma punição ou uma penitência. Rebecca suspeitou que fora feito por ele mesmo.

— Gostou de minha nova aparência? — indagou Rory, moderado, mas ainda petulante.

— Horrível, e você sabe. O que aconteceu? Brigou com a namorada?

— Não, só achei que estava na hora de mudar.

Rebecca decidiu não continuar com a provocação. Era óbvio que a prisão o abalara mais do que ele queria demonstrar. Talvez aquela fosse a indicação de que ele tomara o rumo da maturidade, uma fase de transição, a desconfortável troca de penas de uma adolescência que chegara ao fim. Ou podia ser simplesmente outro gesto infantil.

Ela tentou manter Rory no vestíbulo, enquanto ia chamar Mary Martha, mas um instinto animal levou-o direto para a cozinha, e ela foi obrigada a apresentá-lo a Christopher. Os dois cumprimentaram-se com um sorriso e falaram sobre o tempo, que, os dois concordaram, estava lúgubre. Rory foi surpreendentemente educado, e Mike prestou total atenção à sua conversa superficial. Rory ficou de pé, encostado na pia, mas Mike continuou sentado, e Rebecca gostou de ver que ele defendera sua posição.

— Xícaras de porcelana — comentou Rory. — Oh-la-la.

— Aceita um café? — ofereceu Mike, antes que Rebecca pudesse interferir.

— Não, obrigado, nunca tomo essa porcaria — declarou Rory. — Acredito que cafeína é parte de uma conspiração do governo para manter os zumbis trabalhando.

— No meu caso funciona — observou Mike em tom de brincadeira.

Mary Martha apareceu com sua pequena mochila. De olhos baixos, era como um escaler saindo da tempestade de cortesia dos adultos. Mostrou-se marcadamente fria com Mike, sem uma mínima fagulha de seu jeitinho coquete. Mas, sem dúvida, era sua lealdade a Rory que a tolhia.

Rebecca apressou-se em guiar pai e filha até a porta da frente, antes que alguém se esquecesse da benevolência.

A garota desceu a escada e disparou na direção da van, mas Rory parou no alpendre.

— Você poderia ter me falado desse... — começou.

— Não que seja de sua conta, mas Mike é apenas um amigo.

— Acredito — disse ele com sarcasmo, mas o tom de sua voz não era ofensivo.

Rebecca descobriu que sentia pena dele. Rory parecia desanimado, e era óbvio que achava que Mike passara a noite com ela. O mais interessante era o fato de a piedade dela ser tão impessoal. Um dos pratos de alguma balança secreta devia ter pendido desde a noite anterior. Fosse o que fosse que ela sentia por Mike, fosse qual fosse o resultado daquele beijo, sentia-se livre de Rory como nunca se sentira antes. Do desejo por ele já se livrara muito tempo atrás. Agora estava livre da amargura, tornara-se capaz de lidar com ele sem nenhuma mágoa.

E Rory obviamente percebera isso. Rebecca podia senti-lo procurando o costumeiro clima abrasivo de seus contatos, desorientado sem a exasperação dela, estranhamente humilhado. Até que ponto ele estivera consciente, durante aqueles anos, de sua necessidade mórbida de atrito? Teria consciência agora do que realmente mudara? Ela fizera algo cruel. Seguira adiante emocionalmente.

Mary Martha, à espera no banco dianteiro da Rambler, tocou a buzina, impaciente.

— Opa, Sua Alteza está com pressa — comentou Rory.

— Divirtam-se. Traga Mary Martha inteira, por favor.

O monge do andar de baixo • *137*

Ele começou a descer a escada; então parou e virou-se.

— Você acertou, quando imaginou que tive uma briga com Chelsea. Juro que às vezes você é médium.

Rebecca reconheceu um antigo padrão naquela atitude. Rory nunca dizia nada sério sem pôr pelo menos um pé para fora da porta e certificar-se de que havia um caminho aberto para a fuga. As conversas mais importantes entre os dois haviam acontecido com ele dentro do carro, com o motor ligado.

— Brigaram por causa de você ter sido preso?

— Ela diz que está na hora de eu criar juízo. A mesma velha besteira de sempre.

— É isso que esse corte de cabelo significa? Que você está criando juízo?

— Fiquei tão furioso com ela, hoje de manhã, que eu mesmo cortei. — Rory olhou-a com uma estranha expressão de ansiedade. — Seja honesta. Você realmente não gostou do corte?

— Isso é um esboço de corte de cabelo, Rory, mas promete.

— Pareço um vagabundo.

— Nada que um corte de oito dólares na Supercuts não dê jeito.

— É como a história de Sansão e Dalila, só que fui eu que cortei — comentou Rory com amargura. — Eu mesmo me ferrei. Como sempre. Sabe o que deveriam escrever em meu epitáfio? Ele foi um assombro de surfista, mas não era muito bom em terra firme.

— Não pinte o diabo pior do que ele é.

Rory deu de ombros, desceu mais um degrau, parou novamente.

— Mais uma vez, obrigado por ter me livrado da cadeia. Nunca vou esquecer.

— De nada — respondeu Rebecca, aborrecida com aquela mudança de autopiedade para pieguice.

Ele hesitou, então disse sem disfarçar a mágoa:

— Vejo que você tirou a palheta de guitarra do pescoço.

Rebecca surpreendeu-se. Era verdade. A corrente com a palheta, aquele absurdo símbolo de seu noivado, estava sobre a caixa de descarga do vaso sanitário, onde ela a deixara enquanto lavava o rosto na noite anterior. Era a primeira vez em dez anos que ficava sem a corrente.

Mary Martha tocou a buzina novamente. Rory dava a impressão de ter mais coisas para dizer, mas sorriu e ergueu as mãos num gesto de "o que se há de fazer". Desceu o resto dos degraus e atravessou a calçada na direção do carro, aparentemente recuperando um pouco de sua costumeira energia. Ligou o motor, e Rebecca ouviu-o brincar com Mary Martha, fingindo repreendê-la por sua impaciência. Livre dos adultos em conflito, a menina riu alegremente. A Rambler partiu com uma explosão. Rebecca encolheu-se instintivamente; então, endireitou-se e ficou observando a van afastar-se até desaparecer.

Voltou para a cozinha, e Mike recebeu-a com um sorriso. Ela teria se servido de mais uma xícara de café e sentado novamente à mesa, mas ele se levantou e tomou-a nos braços.

Pelo menos não falariam mais de pizzas metafóricas, pensou Rebecca quando ele a beijou. E ela não iria sentar-se diante do computador, não iria limpar a casa, nem lavar roupa. Não iria nem mesmo lavar o resto da louça do café. Aquele era um sábado diferente, com certeza.

— Há tanta coisa que eu deveria estar fazendo... — murmurou, quando Mike interrompeu o beijo por um instante.

— Acho que isto é mais importante — disse ele.

Continuaram a beijar-se ali de pé, no meio da cozinha, como adolescentes excitados sem ter aonde ir em busca de privacidade. De certa forma, isso era verdade. A casa estava densa, com uma atmosfera doméstica que ia contra a paixão. Era inconcebível para Rebecca que eles saíssem da cozinha, deixando a louça do café na pia, passassem pelo corredor lotado de cabides de casacos e prateleiras com sapatos e sandálias, atravessassem a sala, atulhada de unicórnios, com o videocassete carregado com a eterna fita *A Pequena Sereia* e o televisor sintonizado no canal Nickelodeon, percorressem o outro corredor de paredes cobertas por folhas de papel com desenhos feitos com giz de cera, passassem pelo quarto cor-de-rosa de Mary Martha, pelo banheiro, com pacotes de tampões em cima da caixa de descarga, calças compridas de lycra recentemente lavadas penduradas na barra da cortina do boxe, e entrassem no quarto dela, que fora mobiliado para uma só pessoa, simples e aconchegante, sem nada de erótico, uma fortaleza de arestas macias contra a solidão, cheio de romances escritos por mulheres e para mulheres. Era como se ela realmente acreditasse que suas aventuras amorosas houvessem acabado para sempre. O lugar era tão à prova de sexo quanto um set de filmagem de séries de televisão dos anos cinqüenta.

Mike, entretanto, parecia perfeitamente satisfeito com carícias no meio da cozinha. Seus beijos tinham uma maravilhosa qualidade de calma. Rebecca percebeu que relaxava, persuadida por aquela terna absorção. Era tudo muito simples. Ela se sentia um peixe nadando rio acima contra a correnteza da língua de Mike.

Então, ela o estava guiando pelo corredor. Não sabia qual dos dois fizera o primeiro movimento, mas segurava-o pela mão — mão gentil e desajeitada, tão diferente de todas as outras que conhecera. A casa ofereceu muito pouca resistência, quando o impulso tornou-se um empurrão. Ela experimentava a sensação de estar se movendo sem esforço, na velocidade certa. Tudo ficava muito claro, quando alguém se movia na velocidade certa. A casa não resistia à paixão, mas à falsidade: o lar que ela criara para si e Mary Martha exigia algo real.

Quando entraram no quarto, ela se aproximou da cama desfeita para esticar os lençóis, envergonhada. Mike foi discretamente para junto da janela e ficou olhando para fora com um ar que de alguma forma dizia que eles ainda podiam voltar atrás. Ela ficou contente por ele não presumir que comprara uma passagem para um trem que não poderia parar.

— Daqui dá para ver o mar — comentou ele maravilhado, quando ela acabou de arrumar a cama.

Parecia genuinamente encantado, um homem que vivia num apartamento de porão, olhando o mundo mais amplo. Rebecca foi até ele e beijou-o, pois tinha medo de que ele recomeçasse a falar sobre o que o amor significava. Ela não queria falar sobre o significado do amor. Ele sabia muito bem qual era, combatera-o durante vinte anos. Se ele podia, ou não, lidar com isso, ainda seria revelado. Mas os dois sabiam o que o amor significava.

PARTE IV

A notícia de que eu estava em casa sozinho
Deve ter chegado a um lugar muito distante,
A notícia de que eu estava sozinho em minha vida,
A notícia de que eu não tinha mais ninguém
além de Deus.

ROBERT FROST, *Bereft*

Capítulo Sete

Fizeram amor pela tarde adentro, algo que Rebecca não fazia havia tantos anos que já perdera a conta. No começo ela ficara acanhada, receosa de que pudesse pegar-se em uma imitação ridícula do que fora aos vinte anos ou aos 25. Um dia ela fora tão ágil na cama quanto uma foca de shows aquáticos. Mas não havia nada de desempenho treinado na ternura de Mike. Pareceu transcorrer uma eternidade, antes de ele simplesmente abrir o roupão que ela usava. Ela afrouxara o nó para facilitar o acesso, um leve puxão o soltaria, mas Mike não tentou desatá-lo durante um tempo que parecia impossível de tão longo, concentrando a atenção no rosto dela, no pescoço, nas mãos, na nesga de pele exposta pelo decote, nas imprecisas formas do corpo sob o roupão, tratando o tecido atoalhado como se fosse uma barreira intransponível, de modo que, quando ele finalmente deslizou uma das mãos para o cinto e desatou o nó, Rebecca ficou verdadeiramente surpresa. Àquela altura, o movimento pareceu-lhe uma ousada proeza. O roupão abriu-se, e ela ouviu Mike prender a respiração, exalando em seguida um suspiro lisonjeiro de prazer e admiração.

O que ajudou foi ele também estar acanhado, um delicioso acanhamento que beirava a timidez, o recato. Quando ela finalmente tirou a camisa dele, Mike murmurou em tom embaraçado algo sobre o discreto rolo de gordura em sua cintura e a palidez monástica de sua pele. Rebecca, porém, visualizou um jovem americano que crescera jogando basquetebol e indo à praia, o jovem esbelto e bronzeado que ele fora. Conseguia compreender sua mortificação pela submersão daquele jovem na carne de meia-idade. Ambos estavam descobrindo seus corpos após um longo intervalo de negligência, avaliando o estrago feito pelos anos, vendo-se através dos olhos um do outro. Havia uma estranha camaradagem nessa fragilidade.

Ela ficou esperando por uma atitude de grande idiotice, que tantas experiências desagradáveis a haviam treinado para esperar, mas isso não aconteceu. Mike na cama era simples, carinhoso e direto: grato sem ser piegas, generoso sem ser enjoativo, sabia ser decisivo exatamente no momento certo, de modo inesperado e delicioso. No decorrer da tarde, Rebecca começou a confiar na perfeição da harmonia entre os dois. Era como finalmente dançar com um bom bailarino, depois de ouvir, durante anos, parceiros contando os passos baixinho em seu ouvido.

Ao entardecer, ela preparou ovos à moda do Texas e alho-poró. Comeram em pratos de porcelana, sentados no sofá da sala, assistindo ao noticiário. Estavam lânguidos, exauridos, famintos, e foi um prazer malicioso notar, depois de tantas horas na cama, que o mundo continuava como sempre fora.

Depois do jantar, Mike lavou a louça com uma naturalidade que Rebecca adorou, tanto quanto adorara qualquer um de seus movimentos acrobáticos durante a tarde. Sentada à mesa da cozinha, ela o observou. Mike usava uma feia cueca antiquada e uma camiseta branca sem nenhuma mensagem ou slogan estampados. Ela refletiu que todas as camisetas dele eram assim, que isso devia ser um dos efeitos de sua vida no mosteiro. Os joelhos eram ossudos; os pés, enormes, mas ele tinha pernas bonitas.

— Fulmar — disse ela em tom alegre. — Eu deveria chamá-lo de Fulmar.

— Hã?

— Fulmar Donaldson era um aspirante a filósofo que estudou comigo no colégio. Você me lembrou muito ele, quando nos conhecemos.

O monge do andar de baixo • *145*

— Oh! — Ele riu. — E agora?

— Até agora, você vai indo muito bem.

Mike enxaguou a frigideira e colocou-a no escorredor, lavou a esponja e pegou um pano de prato para enxugar as mãos. Através da janela acima da pia, o céu estendido sobre o mar era roxo profundo, um roxo que Rebecca nunca vira. Aquela cor era como um presente, uma cor na qual embrulhar-se, deliciosamente.

— Eu poderia acreditar em Deus num dia como este — comentou ela.

— Num dia assim, é fácil — concordou ele.

Ela captou camadas diferentes em sua voz, tons variantes, promessas de novas nuanças, como ecos em um desfiladeiro à noite. Mas não queria aprofundar-se naquilo, não num dia como aquele.

— Acho que vou ter de comprar cuecas para você — declarou apenas.

Rebecca acordou no escuro, enquanto sonhava que estava novamente na escola, cheia de nervosismo por causa de uma prova de álgebra e, para complicar, nua e sem nenhum lápis. Quase instantaneamente, tomou consciência de que estava na cama com um homem pela primeira vez em anos e que o homem estava orando.

O relógio na mesinha-de-cabeceira mostrava, com seus luminosos números vermelhos, que eram quatro e seis da manhã. Ela não poderia dizer como sabia que Mike estava acordado. Ele respirava calmamente aconchegado às suas costas, com um braço por cima de seu corpo e a mão pendida sobre seus seios, na postura de um amante saciado e adormecido. Mas era tão óbvio para ela que Mike estava mergulhado em prece, como se ele estivesse lendo embaixo das cobertas com uma lanterna acesa.

Rebecca imaginou qual seriam as maneiras corretas para uma situação tão sem precedentes. Ela queria se levantar e ir ao banheiro, mas isso parecia grosseria, se não um sacrilégio. E se ela também rezasse? Mas tudo o que ela conseguia fazer era tecer variações sobre um pensamento que lhe ocorrera na noite anterior, vendo sua mão maltratada pousada no peito de Michael Christopher: Precisava urgentemente fazer as unhas. A esquisita simultaneidade de desejo de orar e de fazer as unhas produziu uma espécie de ser híbrido em sua mente ainda sonolenta, uma imagem de esmalte sagrado escorrendo por mãos postas em gesto de súplica, de unhas escarlates erguidas para o ar para secar, e bolhas vermelhas de oração desajeitada florescendo como pintas de sarampo em suas mãos. Em suma, mais uma grosseira transformação. Ela nunca soubera como se comportar em igrejas e salões de beleza. Só precisava de sua manicure, uma hábil vietnamita com gestos firmes, lixa de unha e pinceladas iguais às de Matisse, para que suas mãos ficassem apresentáveis, mas apenas Deus sabia do que ela precisava para pôr em ordem sua vida no que dizia respeito a oração.

Mike mexeu-se, e Rebecca sentiu a mão dele deslizar sutilmente para cobrir um dos seios. Tomando isso como um "amém", ela apertou a mão dele contra o seio e virou-se um pouco para poder olhá-lo no rosto.

— Bom-dia.

Ele fez um ruído satisfeito — nem riso, nem murmúrio, um ruído de amante.

— Acordei você?

— Eu estava tendo um sonho mais do que esquisito.

— É?

— Estava sendo apalpada por um sujeito que reza na cama.

Ele riu, como dizendo: você me pegou. Ela já amava o riso dele, com uma intensidade que parecia estar muito adiante do progresso de seu relacionamento.

— Esquisito — concordou Mike. — Mas bastante sugestivo.

— O que você acha que Freud diria?

— Que oração é sexo sublimado, naturalmente.

— Acha isso?

Mike deu de ombros.

— Para ser sincero, não acredito que Freud orasse muito. — Ele ainda estava com o seio de Rebecca aninhado na mão, e ela sentiu o

O monge do andar de baixo • *147*

mamilo enrijecer. — O apóstolo Paulo, por outro lado, nos exortava a orar incessantemente.

— Velho assanhado.

Com uma risadinha, Mike começou a dar atenção ao mamilo ereto sob seus dedos. Depois de um momento, inclinou-se e aplicou nele a deliciosa pressão de sua língua. Deslizou a mão para o quadril de Rebecca, depois subiu-a para a cintura. Ela fechou os olhos e arqueou-se para ele, entregando-se ao ritmo lento de sua intimidade, a um calor que já se tornara familiar, como o primeiro toque do alvorecer no céu por trás das montanhas.

Uma tábua de assoalho rangeu em algum ponto do corredor, e ambos ficaram instantaneamente alertas, como se pudesse ser Mary Martha se aproximando. Rebecca também gostava daquilo em Mike, de sua consciência paternal instintiva. Mas fora apenas um estalo da madeira. Sorriram um para o outro.

— Caminho livre — disse ela.

— Graças a Deus. Por um momento, tive a impressão de que era o abade Hackley fazendo revista nas celas.

Rebecca riu.

— Ele fazia isso?

— Oh, se fazia. Mas não pelas razões de praxe. A maioria dos monges voltava do bar para o mosteiro no horário.

— Então, o que ele ia verificar?

Mike correu um dedo ao longo da clavícula dela e deixou-o escorregar por entre os seios. Rebecca pensou que não ia receber resposta, mas por fim ele explicou:

— O abade ia à minha cela para ter certeza de que eu não estava orando.

Ela sorriu, indecisa.

— Está brincando, não é?

A mão dele pousou de leve na barriga dela.

— Não.

— Mas não é para isso que serve um mosteiro?

— Nossa ordem não é tecnicamente contemplativa, mas uma mistura equilibrada de serviço e oração. As irmãs de Lázaro, entende?

Marta, a ativa, e Maria, a contemplativa, de acordo com Lucas, capítulo décimo. O abade Hackley sempre achou que eu dedicava pouco tempo ao serviço. E eu, obviamente, achava que ele dedicava pouco tempo à oração.

— Foi por isso que você deixou o mosteiro? — perguntou ela.

Mike acariciou-lhe a barriga, como respondendo, seus dedos infiltrando-se suavemente por entre os pêlos púbicos. Rebecca prendeu a respiração, quando a ponta de um dedo encontrou os lábios vaginais, umedecidos pela excitação da carícia em seus seios. Ele pressionou o dedo, penetrando-a, e ela gemeu baixinho.

— Penso que podemos discutir os relativos méritos da vida de serviço e da vida de oração passiva — propôs ele.

— Penso que podemos deixar essa discussão para mais tarde — murmurou ela, fechando os olhos, rendendo-se ao toque dos dedos dele.

Ele era bastante habilidoso para um homem que dedicava pouco tempo ao serviço.

Às dez horas da manhã de domingo, o telefone tocou, tirando Rebecca de um sono profundo. Ela e Mike haviam ficado acordados até depois que amanhecera, conversando em tom baixo e íntimo, contando histórias e trocando confidências como crianças em um acampamento, depois que as luzes eram apagadas. Ela agora sabia que ele de fato jogara basquete na escola e que, se jogasse um pouco melhor, sua vocação religiosa teria tido de esperar. Fora beijado pela primeira vez na sétima série, pela prima de seu melhor amigo, uma garota da Filadélfia. Sabia tocar clarineta. Rebecca era a quarta mulher com quem ele dormira, e ela ficou sabendo dos três desastres anteriores, que achou muito amenos, até mesmo o do caso malfadado que o levara a ingressar no mosteiro. Ainda não haviam falado muito sobre Deus, o que de certa maneira era um alívio, pois Rebecca não podia imaginar-se opinando sobre o Todo-Poderoso sem parecer estúpida e cínica. Ela, porém, receava que estivessem evitando o assunto do mesmo jeito que um homem evitaria falar da esposa com a amante.

— É minha mãe — disse Rebecca a Mike, quando o telefone continuou a tocar. — Parece um trem alemão: chega pontualmente às dez horas e um minuto. Foi difícil, mas consegui treiná-la para não me ligar antes das dez no domingo. Ela acorda às seis e começa a sapatear, impaciente.

— Deixe a secretária eletrônica atender — sugeriu ele languidamente.

— Não posso fazer isso. Ela vai ficar aflita.

— Deixe que fique — murmurou ele, enterrando o rosto nos cabelos dela, logo atrás da orelha, o que de fato parecia um excelente argumento para que ela deixasse Phoebe afligir-se.

Ao quarto toque do telefone, a secretária eletrônica foi acionada. Os dois ouviram a voz gravada de Rebecca soar na cozinha, longe demais para que entendessem as palavras, mas não tão longe que não identificassem o tom animado. Até mesmo alvoroçado, pensou Rebecca. Como fora que sua mensagem na secretária eletrônica acabara parecendo um refrão de líder de torcida? Ela prometeu a si mesma que a trocaria por outra mais moderada na primeira oportunidade.

O odioso bipe soou, e ouviram a voz de Phoebe, arrastada e indulgente.

— Acho melhor eu falar com ela — disse Rebecca, rendendo-se. — Do contrário, ela imaginará o pior e será perfeitamente capaz de vir até aqui para me aplicar respiração boca a boca.

— Eu estava pensando em fazer isso — murmurou Mike com a boca contra o pescoço dela.

Ela o esmurrou afetuosamente. Já estavam se comportando como bobos um com o outro. Isso era maravilhoso.

— Só estou imaginando como vou dizer a minha mãe que estou dormindo com um cara que trabalha numa lanchonete McDonald's.

Phoebe ainda estava tagarelando. Mesmo de lá do outro lado da casa, ficava claro que ela especulava todas as razões que pudessem estar impedindo a filha de atender ao telefone.

Rebecca atendeu na extensão ao lado da cama, antes que as teorias se tornassem embaraçosas.

— Estava no banho? — perguntou Phoebe sem perder o ritmo.

— Não — respondeu Rebecca, divertida com sua pequena perversidade.

Phoebe compreendeu imediatamente.

— Nossa, você está na cama com um homem!

Olhando para Mike, Rebecca sorriu, e ele sorriu de volta. Ele tinha um ar preguiçoso e precisava fazer a barba, mas parecia perfeitamente satisfeito, recostando-se no travesseiro para observar Rebecca lidar com a mãe. Mais uma vez, ela se admirou de como era fácil estar em companhia dele. Esperara que logo de manhã houvesse um pouco de constrangimento entre eles, um refluxo sóbrio da paixão, um ataque retardado de consciência casta, talvez o momento difícil no Éden. Mas Mike estava simplesmente se mostrando... *feliz*. Aquilo era quase de confundir.

— Parece que estou — disse ela a Phoebe.

— Eu o conheço?

Rebecca cobriu o bocal do telefone com a mão.

— Ela já está me interrogando — contou a Mike. — Existe alguma razão para mantermos isto em segredo?

Ele hesitou. Ela sentiu o coração dar um pequeno salto de desapontamento. Não, não, não, implorou em pensamento, não diga.

Mas ele disse.

— Talvez seja melhor, por enquanto.

Ela o olhou com franca tristeza. Era tarde demais para ele voltar atrás, mas ela ainda tinha esperança de que o fizesse ou de que pelo menos tentasse. Mike, porém, desviou o olhar. De repente, ela tomou aguda consciência do volume do corpo dele a seu lado. Um homem grande e nu, pensou com mágoa. Uma nudez que agora só poderia tornar-se mais embaraçosa.

— Não, você não o conhece — respondeu Rebecca à mãe. — Eu própria mal o conheço.

— Oh, meu Deus, isso não é loucura?

— Todos nós cometemos erros, mãe.

A ssim que desligou o telefone, Rebecca saiu da cama e pegou o roupão.

— Desculpe-me — murmurou Mike.

Ela amarrou o cinto com gestos furiosos. Sabia que ele iria dizer aquilo. Tinha a sensação de que sabia tudo o que aconteceria dali por diante.

— Desculpá-lo de quê? Por minha mãe agora achar que sou uma vadia? Você poderia ter me dito antes que eu estava na cama com um homem anônimo.

— Aconteceu muito rápido.

— A vida é assim. Pessoas de verdade, com vidas de verdade, dizendo a outras pessoas de verdade com quem estão dormindo. Quanto tempo você achou que poderíamos ficar na cama sem que o telefone tocasse? Quando ia me dizer que o que estávamos fazendo não era real?

— Era real — afirmou Mike, claramente desgostoso ao perceber como aquilo soava frouxo. — *É* real.

Ela podia sentir quanto ele queria levantar-se e lidar com aquilo como um homem vestido. Ele estava olhando para os três metros de chão que o separavam de suas roupas, como alguém prestes a caminhar sobre brasas. Se ela sentisse alguma compaixão, lhe entregaria pelo menos a cueca. Mas queria que ele sofresse.

— Vamos dizer que foi um erro, então — propôs ela. — Suponho que essa seja uma atitude cristã.

Girou nos calcanhares e saiu do quarto.

Ela já ligara a cafeteira, quando ele entrou na cozinha, cerca de trinta segundos depois, já vestido, mas com a camisa para fora das calças e descalço. A despeito da raiva, ela ficou surpresa ao vê-lo com os sapatos e as meias nas mãos. Ele estava pronto para ir embora, e isso a deixou ainda mais furiosa

— Não é para você — resmungou ela, falando do café.

— Eu sei que você está zangada, mas...

— Não me venha com essa baboseira psicológica de monge!

— Foi demais para mim, e muito rápido — alegou ele. — Será que você não vê isso?

— O que vejo é Rory fugindo, sempre que a vida se torna real. Vejo Fulmar Donaldson. Vejo todos os homens do planeta, para dizer a verdade.

Mike respirou fundo.

— Vou calçar os sapatos.

— Fique à vontade.

Ele se sentou e começou a calçar uma das meias. Seus pés, à luz da manhã, eram extraordinariamente feios. Como ela imaginara que poderia conviver com pés como aqueles? Devia estar desesperada. Sua solidão fora grande demais.

— Você teria sido um ótimo amigo — comentou.

— Tudo bem, fiquei apavorado. É tão difícil de entender? Sinto que estou incapacitado para a vida real. Não. Eu já sabia disso, há muito tempo. Mas de repente, com você, achei por um momento que poderia estar enganado.

— Não me interessa saber se você está incapacitado, pelo amor de Deus! *Eu* estou. Todos nós estamos. A vida faz isso com as pessoas. O que importa é o que fazemos depois que percebemos que ficamos incapacitados, a vida que criamos a partir das ruínas.

— Que pensamento animador! — ironizou ele, exasperado.

— Não é nenhuma ciência astronáutica alguém se tornar um ser humano decente.

— Não acredito que alguém perceba que verdadeiro milagre é um ser humano decente — replicou Mike. Era um tipo de piada, uma oferta de brandura, mas ela se recusou a sorrir. Ele prosseguiu: — Um momento de terror. Um momento de terror, e você nunca mais falará comigo.

— O que está querendo dizer? Que se recuperou do "terror" e que podemos telefonar para minha mãe e contar a ela quem é o misterioso Zorro?

Ele hesitou. Uma sombra da hesitação anterior, que seria cômica, se ela não estivesse tão enfurecida. Rebecca percebeu que por um rápido instante enchera-se de esperança novamente e odiou-se por isso. Arrancou da cafeteira a jarra ainda pela metade e verteu um pouco do café em uma xícara. Algumas gotas caíram na chapa quente, chiando.

O cheiro de café queimado encheu a cozinha. Ela repôs a jarra na cafeteira com um gesto brusco.

— Acabe de calçar essa maldita meia — ordenou.

Ele fez o contrário. Tirou a meia. Os dois encararam-se. A situação era espetacularmente absurda. Rebecca sentiu o canto da boca tremer, estava à beira do riso. Rory costumava fazer coisas daquele tipo, ela passara uma década de sua vida sendo amolecida pelo charme simples dessas situações.

— Não sou mais jovem — disse. — Não consigo mais me envolver com coisas secretas, complicadas. Não aceito mais nada pela metade. Tenho uma vida ridícula, mas boa, que valorizo muito. Não estou atrás de um caso.

— Pensei que quisesse manter as coisas indefinidas — observou ele.

— É isso o que mães sem marido dizem quando não têm certeza de que vale a pena falar com os filhos a respeito de um homem.

— Ah... — murmurou ele calmamente, recebendo isso como pura informação.

Rebecca pegou-se sentindo perigosa compaixão por ele.

— Olhe, Mike, eu gosto de você. O que acontece é que nós dois mergulhamos de cabeça. Vamos deixar as coisas assim. Sem mágoa ou rancor. Você só fez o que sempre fez: fugiu. Entregue-se a Deus e pense em mim de vez em quando, quando orar e se sentir... *benevolente*.

— Então é assim.

— Mike, não fui eu que me esquivei — lembrou em tom gentil.

— Não foi de você que me esquivei.

— Não, foi de minha vida.

Ele a olhou de relance, calçando as meias. Depois, os sapatos. Era evidente que estava envergonhado, mas também estranhamente resignado. Ela pensou em Rumpelstilskin, que fora dispensando depois de receber um nome. Ela, porém, não sentia que dera nome a uma completa verdade. Dera nome ao medo dele e ao seu. Isso parecia bastar. Ela ficou parada, tomando seu café forte demais, ainda esperando que Mike encontrasse a coisa certa para dizer. Estava sendo muito mais difícil agora, depois que a raiva passara.

urante o resto do dia Rebecca vagueou de um lado para o outro, arrumando a casa com desânimo, sentindo-se desorientada, tentando estabelecer equilíbrio entre a massa impassível de todas as coisas em sua vida e a sensação de que tudo mudara. Como não podia deixar de ser, o suave momento com Mike começou a parecer irreal. Todos os móveis de sua casa diziam que o amor era uma bolha, uma casualidade.

Rory chegou com Mary Martha no horário certo, às seis horas da tarde, o que era um acontecimento sem precedentes. Rebecca preparara-se para outra conversa desagradável. Agora seria mais complicado lidar com a insinuação de Rory, de que ela estava dormindo com Mike, porque de fato dormira. Ela perdera terreno. Mas Rory nem saiu do carro, apenas acompanhou a filha com os olhos, até vê-la encontrar Rebecca no alto da escada. Então acenou e partiu numa série de explosões em staccato.

Mary Martha entrou em casa cautelosamente, olhando em volta como uma corça entrando em uma clareira. Era óbvio que suspeitava que Rebecca não estivesse sozinha. Examinou todos os cômodos, um por um, como costumava fazer junto com a mãe, em busca de monstros, depois de ter assistido a um filme que lhe causara medo ou tido um pesadelo. Rebecca compreendeu que a menina ouvira quando Rory fizera seus comentários desconfiados a respeito de Mike. Mas não disse nada. Não queria se mostrar nervosa ou defensiva, ou cair em alguma armadilha que Rory pudesse ter armado. De qualquer modo, ela sempre demorava um pouco para entrar novamente na faixa de onda de Mary Martha depois que ficavam um fim de semana separadas.

Preparou rolinhos de salsicha para o jantar, uma das refeições preferidas da filha, na costumeira tentativa de trazer de volta a intimidade entre elas. E Mary Martha, como normalmente fazia aos domingos à noite depois de estar com o pai, mal tocou na comida. Rory permitira que ela tomasse dois sorvetes em camadas no fim da tarde, uma ultrajante violação de seu trato sobre nutrição, mesmo pelos padrões relaxados dele. Depois do jantar, Rebecca encheu a banheira e usou uma quantidade maior de espuma de banho, outro mimo descarado. A menina, ainda preocupada, afundou-se na nuvem de bolhas, deixando apenas o rosto para fora.

— Mike vai dormir aqui? — perguntou.

— O quê? — espantou-se Rebecca, apanhada de surpresa.

— Rory me perguntou se Mike dormia aqui em casa.

Rebecca pesou a resposta que daria. Rory, fiel a seu modo de ser, obviamente fora tão sutil quanto um trem descarrilando.

— Quando um homem e uma mulher se amam, costumam dormir juntos — explicou ela.

— Você e Mike se amam?

— Não. Ele é apenas um homem bom que mora no andar de baixo.

Caro irmão James,

Por favor, perdoe-me a minha última carta enlouquecida. Penso que sucumbi à arrebatadora ilusão de que tinha uma chance de me tornar um ser humano decente. Mas estou novamente livre de tais fantasias. Olhei para um jardim, por uma porta entreaberta, mas não fui capaz de dar um único passo à frente.

A horrível verdade é que estou bem em meu pequeno buraco. Sou aquela coisa totalmente arruinada, um homem "espiritual". Nem posso lhe dizer como foi pavoroso encontrar meu ego aleijado no centro de toda a minha furiosa devoção, depois de tantos anos de fervor. Receio que tudo isso nunca teve nada que ver com Deus. Teve que ver com meu desejo de me esconder, com minha incapacidade. Renunciei a coisas que nunca tive coragem de tentar alcançar. Minha vida religiosa foi a construção de paredes ao redor de uma bolha, e agora a bolha estourou — fiquei apenas com as paredes e o pegajoso vazio.

Mais uma vez, perdoe-me o desabafo. Não pensei que eu pudesse me desprezar mais do que me desprezei quando deixei o mosteiro.

Michael Christopher

Capítulo Oito

Durante semanas, após o desastre com Michael Christopher, Rebecca evitou completamente a varanda dos fundos e o quintal. Tomava cuidado até na hora de levar o lixo para fora e pegou-se amontoando garrafas e latas em vez de mandá-las para a reciclagem, porque isso significaria ter de ir com mais freqüência à garagem para colocá-las no tambor azul. Não queria arriscar-se a encontrar seu inquilino em nenhuma circunstância. Tinha medo de que ele tentasse se explicar, porque, se tentasse, ela seria capaz de bater na cabeça dele com uma garrafa vazia. Devia haver uma porção de razões religiosas para Mike retrair-se tão repentinamente da intimidade que haviam criado. Ele fora cinzelado durante anos por uma igreja que negava a vida e mantinha todos os tipos de mórbidas atitudes medievais em relação ao corpo, ao amor, à normalidade. E, claro, pondo de lado os escrúpulos estúpidos de monge, ele era um *homem*. Ninguém precisava ser teólogo para explicar a desconfiada timidez emocional de um homem como ele. Podia ser que Christopher houvesse sido demasiadamente apegado à mãe, ou menos apegado do que seria necessário; talvez sua hesitação se devesse a uma neurose, ou sadismo, ou apenas a exagerada introspecção. Mas não havia dúvida de que ele tinha assuntos pendentes. Ela, porém, não tinha tempo para esse tipo de psicoterapia de campo de batalha. Assim que um homem começava a explicar por que não era capaz de se comprometer, a festa acabava. Enquanto o relacionamento durasse, ele faria novas promessas, pediria um tempo, criaria teorias. O poço não tinha fundo.

Mike parecia tão disposto quanto ela a manter distância. Parara de cuidar do jardim, não ia ao quintal nem mesmo quando ela não estava em casa, e as flores e arbustos que plantara estavam morrendo. Observando a explosão de cor do verão ir fenecendo dia após dia e tornando-se parda, Rebecca tentava não pensar em seus seios apertados contra o peito de Mike, na coxa dele entre suas pernas. Ainda podia sentir o lento movimento da respiração dele sob sua mão. Ainda se lembrava de como aninhara o nariz na curva do pescoço dele e respirara seu cheiro, áspero e estranhamente calmante — o cheiro da intimidade dos dois. Repetia vezes sem conta as conversas que haviam tido, perguntando-se como não percebera as pistas, imaginando se poderia ter dito algo para fazer com que as coisas fossem diferentes.

Na empresa, procurava perder-se no trabalho, mas inutilmente. Os esboços, anotações e memorandos empilhados em sua mesa pareciam entulho deixado na praia pela maré. A impressão de irrealidade das coisas que antes considerara urgentes era enervante. Dia após dia, ela se sentava ao computador e ficava olhando para a tela, esperando que Jeff entrasse e perguntasse como estava indo o projeto para a PG&E. Ela seria forçada a admitir que nem pensara mais no homem-lâmpada. Tinha 15 e-mails aos quais responder, depois vinte, então 25. Multiplicavam-se como coelhos. Ela pensava em Mike, inalcançável por e-mail. Ele lhe contara que ouvira falar da Internet, quando ainda estava no mosteiro, mas que não imaginara que fosse algo tão fantástico.

Rebecca jurou a si mesma que aquela era a última vez na vida em que passava por aquele ridículo processo de recuperação, próprio de uma adolescente, mas o juramento dramático só serviu para aumentar a dor. O mais triste de tudo era acreditar que para ela não haveria mais amor. Antes de se apaixonar por Mike, ela estava muito melhor, acreditando que não se importava com isso. Ele explodira seu refúgio com aquele dissimulado charme de contemplativo. Mas, afinal, ela nunca fora uma mãe divorciada conformada com sua situação — esperara que um acidente de amor acontecesse.

Ela gostaria de buscar consolo em Bonnie, mas sua melhor amiga acabara de anunciar o noivado com Bob Schofield e estava tão feliz, que não deixava nenhuma brecha para lamúrias. Ela e Bonnie haviam construído sua amizade sobre o aparentemente inabalável terreno de que homens eram impossíveis, mas o terreno tremera. Bonnie agora parecia um comercial de instrução sobre os sete hábitos de casais altamente eficazes, tudo o de que sabia falar era de sua excelente comunicação com Bob, das pequenas coisas que faziam um para o outro, da ternura e do respeito mútuos. Rebecca flagrou-se desejando que acontecesse algo errado no relacionamento deles — nada fatal, apenas que provocasse uma sessão de bate-boca. Mas Bonnie continuava a navegar num mar de felicidade, e Rebecca sentiu vergonha de si mesma, uma mulher mesquinha, falsa e mais solitária do que nunca.

De qualquer modo, as duas tinham muito pouco tempo para conversar. Bonnie começara a chegar cada vez mais tarde ao trabalho. Bob acreditava que o café da manhã era a refeição mais importante do dia, e Bonnie estava preparando extravagâncias culinárias para ele todos os dias. Ela entrava correndo, com meia hora de atraso, cheirando a salsicha e bacon, com massa de panqueca respingada na blusa. Também ia embora mais cedo, à tarde. O jantar também devia ser importantíssimo.

Enquanto isso, os rumores que corriam na empresa haviam se solidificado em um fato: Jeff Burgess e Moira Donnell estavam oficialmente dormindo juntos. Não muito tempo depois do início do caso, Moira procurou Rebecca para lhe pedir conselhos.

— Moira, se deseja mesmo saber o que acho de você estar dormindo com seu patrão, um homem casado... — disse Rebecca cautelosamente.

— Não, não. Posso lidar bem com isso — Moira declarou. — Basicamente é apenas uma questão de satisfazer nossas necessidades Mas é que o aniversário de Jeff está chegando...

O monge do andar de baixo • *159*

Rebecca riu.

— Ah, é sobre um presente de aniversário. Isso é mais fácil. Que tal um pouco de discrição?

— Aquelas gravatas dele são horríveis — comentou Moira. — Acho que devo dar-lhe uma realmente bonita.

Em casa, depois de pôr Mary Martha na cama, Rebecca sentou-se à mesa da cozinha com seu copo de vinho em vez de ir para a varanda. Não fumava mais lá fora. Não suportava a idéia de que Mike pudesse surpreendê-la; então trancava-se no banheiro, soprando a fumaça pela janela e depois queimando incenso para evitar a ira de Mary Martha. Suspeitava que Mike também desistira de fumar no quintal. Fazia semanas que ela não sentia cheiro de fumaça de cigarro vindo lá de baixo. Havia algo de engraçado nisso, ela pensava, algo sobre amor e maus hábitos, mas ela estava longe de poder encontrar consolo em ironias.

O mais importante, dizia a si mesma, era continuar vivendo. Sua vida na verdade não estava muito mais sombria do que antes, assim como uma sala não ficava muito mais escura porque uma das lâmpadas queimara. Só ia levar algum tempo até que seus olhos se acostumassem à claridade mais fraca.

Caro irmão James,

Obrigado por sua carta, que tomei como uma tentativa de me animar. Mas não posso mais ser animado por afirmações do tipo "você é uma pessoa de bom coração" ou "Deus proverá". E por você dizer essas coisas, suspeito que não está de fato prestando atenção ao que eu digo. Sou um inútil. A vida de oração começa com isso. E Deus não é um conforto que se oferece como lenços Kleenex a uma pessoa que chora. Deus é um mar envenenado lançando seringas quebradas na praia. Deus é como um shopping que se estende até o horizonte, erguendo-se à altura dos aviões que cruzam o céu. Deus é um pneu que fura durante uma tempestade, uma lata de cerveja vazia jogada em um canal, uma garrafa quebrada numa passarela elevada acima de uma rodovia; é o gosto de bronze de canhão na boca. Deus é uma criança moribunda.

Esqueceu-se disso, cultivando suas gentilezas? Ou nunca se apercebeu dessa terrível enormidade? Fala de fé como se não fôssemos homens desesperados, prescreve-a como se fosse um antiácido estomacal. Mas a fé real é um fracasso, uma derrota vomitando sangue, uma gota de morfina, uma sacola de plástico rolada pelo vento num pátio de estacionamento vazio, um toco de cigarro na areia suja. É um gambá esmagado por um caminhão, o morticínio mostrado no noticiário da noite.

Está claro que você me considera um projeto para a expansão da comunidade ou algo assim, um alvo para toda essa sua besteira bem-intencionada sobre Deus. Você anda por aí distribuindo esperança como se fosse dinheiro de brinquedo, usado num jogo de Banco Imobiliário. Mas suas notas coloridas não valem nada para mim, irmão James. Estou viajando no deserto, assim como você. Estou fora do tabuleiro do jogo. Se for para prosseguirmos juntos, que seja como homens perdidos, clamando por amor como o ser humano clama por água. Não vamos fingir que estamos fazendo outra coisa.

Seu em Cristo,
  Mike

Em um sábado de outubro, Rebecca encontrou em sua caixa de correio uma carta intimidadora do oficial de justiça do fórum de São Francisco, endereçada a Rory. Uma intimação. A data do julgamento fora marcada. Ela sentiu uma momentânea onda de irritação por ele ter dado seu endereço, sem dúvida para evitar a inconveniência de revelar à polícia onde morava. Contudo, os problemas de Rory pareciam-lhe muito distantes, e esse era um dos efeitos colaterais de seu breve caso com Mike.

O monge do andar de baixo • *161*

Ela foi até Ocean Beach naquela mesma tarde para entregar a intimação, só para tirar aquilo de dentro de casa o mais depressa possível. Viu a Rambler de Rory estacionada no lugar de costume, quase na ponta da praia. Ele gostava das ondas melhores perto das rochas. O carro estava com as janelas abertas, como era de esperar, e Rebecca passou a mão pela do motorista, colocou o envelope no assento e recuou rapidamente, sentindo-se uma invasora. Olhou inquieta para o oceano. Havia cerca de meia dúzia de surfistas na água, iluminados por trás pelo sol de fim de tarde, mas mesmo assim ela reconheceu Rory no mesmo instante. Afinal, tinha anos de prática. Ele estava agachado sobre a prancha, parecendo uma foca em seu traje preto de borracha, olhando para o mar aberto com a calma precaução que ela um dia acreditara que faria com que ele conseguisse tudo o que quisesse da vida.

Ele virou a prancha e movimentou-a energicamente para pegar uma onda que subia; levantou-se sobre os pés com aquele jeito tranqüilo, quase displicente, que assumia diante das ondas, mesmo das mais perigosas. Venceu a distância de um metro graciosamente, indo para a frente e para trás para criar excitação, antes de encontrar uma longa linha plana no centro da curva da onda e entrar por ela, sem esforço, apostando corrida com a borda que desabava.

Ele era muito bonito em seu elemento, pensou Rebecca. Fora por causa de momentos como aquele que ela se casara com ele, por aquele deslizamento suave que prometia continuar para sempre, subindo, até desmanchar-se em espuma turbilhonante.

Ela virou o rosto quando a onda morreu e Rory apontou a prancha na direção da água rasa. Ele ainda faria aquilo vinte, trinta vezes, antes que escurecesse — ficaria muito tempo na água. Ela, porém, há muito deixara de esperar que Rory viesse para a praia.

Quando Rebecca chegou a casa, Michael Christopher estava no quintal. Ela sentiu o coração dar um salto espontâneo de alegria e reconheceu que estivera tentando se enganar. Não esquecera Mike, não estava resignada. A vida não a endurecera o bastante para que sua dureza perdurasse. Ela queria o amor e queria agora, com aquele homem bom e falível ali em seu quintal, de joelhos, arrancando maços escuros de petúnias mortas.

— É o Mike! — exclamou Mary Martha.

Fazia semanas que a menina vigiava o quintal abandonado. Saiu correndo pela porta dos fundos e desceu a escada. Rebecca pensou em detê-la, mas desistiu. Era quase uma trapaça deixar que a filha quebrasse o gelo, mas jogar de acordo com regras estúpidas não levaria a nada.

Depois de dez minutos, ela desceu também. Mary Martha e Mike estavam falando de abóboras. A menina queria colher uma em duas semanas para o Halloween. Mike dizia que uma abóbora não nasceria e cresceria em tão pouco tempo.

— Pode ser que sim — insistiu Mary Martha.

— Talvez possamos colher uma pequena perto do Natal — explicou ele, virando-se para cumprimentar Rebecca. — Oi — disse apenas, cauteloso, mas obviamente contente.

— Oi — respondeu ela, consciente demais da proximidade dele.

Mike não se barbeara naquele dia, e ela quase podia sentir os pêlos nascentes raspando em seu rosto. Parecia estranho não tocá-lo. O sexo entre eles fora tão bom, que o corpo dela ainda sentia que o mundo devia finalmente ter entrado nos eixos.

— Vamos cultivar uma abóbora para o Halloween — disse Mary Martha a ela.

— Ouvi que era para o Natal — observou Rebecca.

— Pode ser que as sementes nem brotem a esta altura do ano — comentou Mike. — Acho que devemos montar uma cobertura contra o frio.

— É muito trabalho — opinou Rebecca.

— Não, não é muito trabalho! — disse Mary Martha num tom de revolta.

— Não me custa nada fazer isso — assegurou Mike.

— Eu detestaria ver você se esforçar demais — Rebecca declarou.

Olhou-o nos olhos sugestivamente, e depois de um instante ele sorriu, dando de ombros.

O coração dela saltou de novo, porque o gesto fora perfeito, concessivo e ao mesmo tempo obstinado — o gesto de um homem preparado para pagar qualquer preço.

— Será um prazer — afirmou ele.

Os três ficaram um momento em silêncio, olhando para os tristes canteiros de plantas mortas.

— Pensei que você houvesse desistido do jardim — observou Rebecca.

— Bem, são plantas sazonais.

— Me parece mais uma questão de tentativa e erro.

— Mike, vamos plantar a abóbora hoje? — perguntou Mary Martha.

— Filha, por que não entra para que os adultos possam conversar?

— Ah, mamãe!

— Podemos plantar a abóbora amanhã — prometeu Mike. — Depois que eu fizer a cobertura.

— Como é essa cobertura?

— Mary Martha... — advertiu Rebecca em tom severo.

— Está bem, está bem! — A menina virou-se, correu escada acima, entrou em casa e fechou a porta com uma eloqüente batida.

— Às vezes é muito complicado ser mãe — queixou-se Rebecca. — Por acaso você teria um cigarro?

— Por acaso tenho — respondeu ele.

Tirou um maço de Marlboro do bolso da camisa, acendeu um cigarro para ela e outro para si mesmo.

Rebecca tragou e soprou a fumaça para o céu. Era uma tarde linda. Ela se sentia meio zonza. De repente, tudo parecia muito fácil.

— Desculpe-me... — começou Mike em tom resoluto.

— Também peço que me desculpe — atalhou ela. — Exagerei completamente.

Ele a fitou, meio desconfiado.

— Entrei em pânico.

— Eu também.

— Não, você, não.

— Entrei, sim. Meu pânico se manifesta em raiva. Um golpe antecipado. É um padrão de comportamento, desde a infância.

— Meu padrão, desde a infância, é o retraimento. Também um golpe antecipado.

Rebecca deu uma longa tragada e soltou a fumaça, formando uma auréola perfeita.

— Veja isso — disse ela. — É um padrão para você.

— Admirável — murmurou ele. Hesitou, depois prosseguiu: — Estou decidido a ir mais devagar dessa vez.

— Dessa vez! — ecoou ela, rindo.

— Se não for muita presunção.

— Está me convidando para sair?

— Ainda se faz isso?

— Você estava em um mosteiro, pelo amor de Deus! — exclamou ela. — Não na maldita Lua.

N a manhã seguinte, Mike estava no quintal novamente, montando uma grande caixa de madeira com um plástico transparente esticado entre os sarrafos. Na noite anterior, deixara um punhado de sementes de abóbora numa vasilha com água e, pela manhã, Mary Martha solenemente ajudou-o a plantá-las em três pequenas covas. Regaram a terra posta por cima e protegeram o canteiro com a cobertura que ele fizera.

Depois do almoço, Rebecca levou a filha à casa de uma amiguinha, para passar a tarde, e saiu com Mike para caminhar. A seu ver, o passeio contava como um encontro. Mike a convidara, e ela aceitara. Tudo parecera muito formal no início, como uma situação extraída de um romance de Jane Austen, e Rebecca esperara que Mike lhe oferecesse o braço.

Foram para o parque Golden Gate, na avenida Quarenta e Um, e andaram ao longo do lago, observando as velhas, que pareciam um tanto fanáticas, alimentarem os patos. Era um perfeito dia de verão extemporâneo, com fofas nuvens brancas no céu azul, e o parque estava lotado. Os dois tinham de ficar saindo da calçada para dar passagem a patinadores, ciclistas e corredores. Era tudo muito agitado, e Rebecca ia sugerir que deixassem o parque e procurassem um barzinho sossegado, quando Mike segurou-a pelo braço e delicadamente

O monge do andar de baixo • *165*

guiou-a para dentro do bosque. O caminho estava coberto de mato e não era muito atraente, mas ela ficou contente com o toque de Mike e seguiu-o sem reclamar, até que chegaram a um grupo de lindos pinheiros antigos, onde o barulho do trânsito chegava de modo abafado.

Continuaram andando pela trilha arenosa. Mike calara-se, mas o silêncio não era incômodo e fazia com que a conversa que haviam mantido à margem do lago agora parecesse um tanto quanto forçada. Mais uma vez Rebecca pensou no desentendimento que os separara durante dias. Não foi um pensamento desagradável. Aquela lembrança até mesmo gerava uma estranha sensação de intimidade, como se os dois houvessem sobrevivido juntos a um naufrágio. Logo chegaria o momento de falarem sobre o que fizera o navio afundar e decidirem se voltariam a navegar.

— Que beleza! — exclamou ela. — Parece uma floresta secreta vista num espelho mágico.

— Sabe que podemos nos perder aqui, não é?

— Seria revigorante.

Ele riu.

— Verei o que posso fazer.

Caminharam algum tempo em silêncio. Uma gaivota fazia evoluções no céu, o Sol brilhando em suas asas brancas. Tentilhões chilreantes enchiam de vida os pinheiros à volta deles.

— Pensei que você fosse se mudar — disse Rebecca por fim. — Que fosse fazer as malas e voltar para o mosteiro.

— Pensei em fazer isso — admitiu Mike.

— Durante algum tempo, até desejei que o fizesse.

Ele deu de ombros.

— Não se vai para um mosteiro só porque não se tem nada melhor para fazer.

Rebecca sentiu uma ligeira irritação. As razões que levavam uma pessoa a entrar para um mosteiro não lhe pareciam importantes. O que ela desejava era saber se eles dois iriam ou não se apaixonar um pelo outro. Era vergonhoso querer isso tanto assim. Ela desejou ser uma pessoa mais profunda, uma que incluísse, nas decisões do coração, grandes fatores cósmicos. Mas no momento ela não se importava com os grandes fatores cósmicos, que pareciam capazes de atrapalhar e até mesmo de impedir a realização de seu desejo. Sem dúvida, queimaria no inferno por causa disso.

Mike talvez houvesse adivinhado o teor de seus pensamentos, porque disse:

— Não pretendi bancar o santarrão.

— E eu não pretendi ser tão... irreverente.

— O que eu queria dizer é que existe Deus e existem problemas com garotas. Não me parece bom misturar as duas coisas.

Rebecca riu.

— E você gostaria de ter problemas com garotas?

— Sempre há esperança.

Haviam chegado a uma encruzilhada. À direita, a trilha estava marcada por pneus de bicicleta, descendo a encosta na direção da estrada principal. O caminho da esquerda, menos usado, serpenteava ao redor de um pinheiro caído e entrava na floresta orlada pelo que pareciam moitas de hera venenosa.

— Está com pressa de voltar para casa? — perguntou Mike.

— Não —respondeu ela.

Ele guiou-a para a trilha da esquerda. Pulou por cima do tronco do pinheiro tombado, parou e ofereceu a mão a Rebecca. Ela pegou-a e passou para o outro lado, sentindo como uma fagulha elétrica percorrê-la. Seu corpo lembrava-se do dele. Mike soltou-a, e os dois, desviando-se da hera venenosa, entraram num bosque de eucaliptos, seus passos abafados pelo tapete de folhas perfumadas.

Ela nunca estivera naquela parte do parque. Ali, a luz do outono, filtrada pelas árvores, era diferente, mais suave, tingida de um delicioso tom azul-esverdeado pelos eucaliptos. O ar era mais fresco, e Rebecca estremeceu. Mike, cavalheirescamente alerta, ofereceu-lhe sua jaqueta.

Ela hesitou: parecia íntimo demais. Se o deixasse ajudá-la a vestir o agasalho, haveria aquele momento em que se olhariam, o momento em que ela estaria aquecida pelo gesto gentil, perto demais do calor do corpo dele, em que se sentiria segura, protegida e tola, quando suas mãos ficassem escondidas pelas mangas longas demais para seus braços.

O monge do andar de baixo • *167*

Seria fácil beijá-lo naquele momento, deixando de lado todas as negociações. Mas ela achava que as negociações eram importantes. Queria fazer Mike saber que haveria obstáculos a superar no relacionamento deles, responsabilidades e deveres. Queria que ele lhe assegurasse que seria capaz de enfrentar os desafios. Aquele passeio era para isso. Ela, porém, estava ficando gelada com aquela blusa fina, e ele estava usando uma camisa de flanela. Além disso, ela era obrigada a admitir que a galanteria da oferta era sedutora.

Aceitou com um gesto de cabeça, que tentou fazer parecer o mais natural possível. Mike tirou a jaqueta e segurou-a aberta; então ela começou a vesti-la, introduzindo um braço em uma das mangas, sentindo-se como se desaparecesse em profundezas mornas.

Girou o corpo ligeiramente para vestir a outra manga, e seus olhos encontraram os dele. Queria beijá-lo e viu que ele queria beijá-la. Olharam-se por um longo momento. Mike sorriu, virou-se e recomeçou a andar, deixando a possibilidade de um beijo vividamente entre eles, como um último biscoito num prato.

O beijo continuou ali até o fim do passeio. Rebecca podia senti-lo quando paravam para admirar uma vista, para olhar um falcão voando em círculos acima das árvores, quando se sentavam num tronco caído à beira da trilha para fumar: uma promessa de doçura tornando-se mais deliciosa com a demora. As negociações que Rebecca planejara acabaram não acontecendo. Ao contrário, falaram a respeito de abóboras plantadas fora de época, das delícias de um dia de verão em pleno outono, da infância, do que queriam ser quando crescessem. Mike disse que durante muitos anos quis ser vaqueiro e, depois, mergulhador. Rebecca admitiu que queria ser pintora e que durante algum tempo até usara uma boina. Tudo muito encantador e inofensivo, como o próprio passeio — uma intimidade sinuosa, iluminada por terna alegria, duas pessoas satisfeitas com o fato de que logo iriam beijar-se.

Mas quem poderia dizer do que era capaz um ex-monge que quisera ser vaqueiro? De qualquer modo, Rebecca achava que Mike ia dizer o que ela queria ouvir, que ele se convencera de que aprendera algo com o desentendimento anterior, que acreditava que estava preparado para amar uma mãe que criava uma filha sozinha, em um mundo profano. O instinto de Rebecca avisava que ele tanto podia estar preparado, como não. O que ela sabia com certeza era que gostava do cheiro da jaqueta dele. Gostava do riso dele. Gostava do jeito como os dois andavam juntos com naturalidade, do fato de ele ter enviado sementes de abóbora para uma missão camicase, por Mary Martha.

Conseguiram ficar perdidos por alguns momentos excitantes e tiraram o máximo proveito disso, rindo e fingindo estar apavorados com a idéia totalmente improvável de que nunca seriam encontrados, mas inevitavelmente saíram do meio das árvores, vendo-se na ciclovia central do parque, ao lado de uma campina na qual acontecia um vigoroso jogo de voleibol. Passaram pelo campo de pólo e pela lagoa de pesca, chegando ao moinho de vento, onde o parque abria-se para o oceano. Rebecca ligou de um telefone público para a casa da amiguinha de Mary Martha e permitiu que a filha jantasse lá; então ela e Mike foram para o mirante de concreto, onde se debruçaram na amurada. O Sol descia para o mar, e um início de brilho rosado prometia um poente espetacular. Começara a soprar uma leve brisa, e Rebecca sentiu-se grata pela jaqueta. Ao longo de todo o mirante, havia muitas outras pessoas esperando pelo pôr-do-sol. Além da arrebentação, alguns surfistas balançavam-se nas ondas, e nenhum deles era Rory. Isso era mais um aspecto da perfeição do momento.

— Acho que não vou agüentar, se tentarmos mais uma vez e estragarmos tudo novamente — disse ela.

— Não vamos estragar — garantiu Mike com a firmeza que ela esperara.

A declaração tinha o timbre da verdade. Transmitia uma serenidade seca, quase uma resignação. Ele falara como um homem pronto para abraçar seu destino.

— Passeios no parque e cenas de pôr-do-sol não são tudo —prosseguiu ela, fazendo um esforço consciente para ser sensata. — Um relacionamento de verdade sobrevive a tudo o que o mundo atirar contra ele, não é algo que só acontece quando tenho um fim de semana livre.

— Faça esse relacionamento acontecer — disse ele.

Aquilo parecia loucura. Mas Rebecca acreditou nele, o que podia ser uma loucura ainda maior, e beijou-o.

O monge do andar de baixo • *169*

Voltando para casa de mãos dadas, depois que o Sol se pôs, eles pararam para jantar em um pequeno restaurante chinês na rua Judah. Mike pediu frango *kung pao*, brincou com o garçom, vencendo a barreira do idioma, e mostrou ser hábil no manejo dos pauzinhos.

— Para um homem que foi monge, você parece mundano demais — comentou ela, enquanto ele enchia suas minúsculas xícaras com chá verde. — Muito acostumado a restaurantes chineses. E muito à vontade na cama, diga-se também.

Mike riu.

— Ser monge não significa não saber fazer alguma coisa; significa apenas não fazer.

— E agora você faz.

— Faço o quê? Como comida chinesa?

— E faz todo o resto das coisas mundanas.

Mike não disse nada, ocupando-se em tomar um pouco de seu chá.

— O que mudou? — insistiu ela, surpresa com o leve tom de truculência em sua voz, mas precisando, sem mesmo saber direito por quê, explorar aquele aspecto dele. Era como atirar uma pedra num lago, à noite, só para ouvi-la cair na água. — Por exemplo, isso é pecado?

— Isso o quê? — perguntou ele, cauteloso.

— Nós dois. Ter um relacionamento comigo faz com que você ache que deixou de merecer a graça de Deus? Julga-se uma ovelha que se perdeu?

Mike riu, abanando a cabeça. Ela receou que ele não fosse responder, o que a obrigaria a forçá-lo a continuar no assunto, mas depois de um instante ele disse:

— Vou lhe falar de um jovem que entrou para o mosteiro um ano depois de mim, um rapaz de comovente sinceridade, irmão Mark. Era um tipo ardoroso, explosivo, muito inclinado ao misticismo, levava tudo muito a sério. Às vezes ele chorava durante a missa, principalmente na Quaresma. Batia no peito, oscilando para a frente e para trás, gemendo: "Sou pecador, sou pecador, sou um pecador incorrigível." Isso era irritante, e toda a vez que ele começava com suas lamentações, eu olhava para os monges mais velhos, para ver se estavam se sentindo como eu, e sempre os via com expressão uma tanto divertida, mas movendo a cabeça afirmativamente, como se compreendessem os sentimentos de Mark.

— Isso queria dizer que o rapaz era mesmo um pecador incorrigível?

— Para mim, queria dizer que todos nós éramos. Um ato de contrição.

Uma mecha dos cabelos de Rebecca escorregou para o rosto dela. Depois de ligeira hesitação, Mike estendeu a mão e afastou-a, prendendo-a atrás de uma orelha. Os dois se olharam, sorrindo.

— Aquilo continuou durante anos — prosseguiu ele. — De vez em quando, o irmão Mark proclamava que era pecador. Então, um dia, ele se levantou, bem na metade do salmo matinal, e começou a gritar: "Santas, santas, santas, todas as coisas são santas!" Aquilo também foi um pouco desagradável. Mas olhei para os monges mais velhos, e todos eles estavam movendo a cabeça com ar de aprovação.

Rebecca ficou em silêncio por um instante, para então comentar:

— Um paradoxo. Qual é a moral da história? Que somos todos pecadores mas que todas as coisas são santas? Trata-se de alguma idéia Zen?

— Pode-se ver dessa maneira — concordou Mike. — Mas pessoalmente acho que ninguém podia saber o que o irmão Mark ia dizer na próxima vez. — Fez uma pausa, olhando para os biscoitos da sorte na bandeja. Então, acrescentou: — Suponho que estou querendo explicar que o que há entre nós dois não tem nada que ver com pecado.

— Tem que ver com o quê, então?

— Com redenção, talvez. — Ele riu, quando ela o olhou com expressão de dúvida. — Pode parecer exagero, mas tenho a sensação de que finalmente mergulhei no real trabalho de minha vida. O abade Hackley costumava dizer que o amor verdadeiro não fica sentado, que se levanta e *vai*. Sempre achei que ele falava isso para me fazer trabalhar mais no vinhedo do mosteiro. Ele queria que eu fosse pisar uvas no lagar e carregar barris de carvalho em honra a Deus. Queria que eu

O monge do andar de baixo • *171*

visitasse os doentes e fizesse novenas pelos famintos e aleijados, mas tudo o que eu queria era deixar que a Grande Roda parasse de girar. Agora, acho que eu estava quase conseguindo isso, assim como acho que podia finalmente estar quase *indo*.

— Indo para onde?

— Não sei. Nem sei com certeza se o abade dizia mesmo isso.

Os dois riram.

— Mas falando seriamente... — pressionou Rebecca.

Mike deu de ombros.

— Meu Deus, eu não sei. Detesto pensar que estou dando razão ao homem, depois de tanto tempo, depois de brigar com ele durante anos a respeito do que teria mérito maior, a adoração a Deus ou a atividade. Para irritá-lo, às vezes eu prolongava minhas orações por mais meia hora. Ele odiava me ver ajoelhado, com os olhos fechados, achando aquilo uma perda de tempo, julgando-me um preguiçoso que usava uma desculpa religiosa para fugir de minhas tarefas. E eu sempre o julguei um maníaco inflexível sem vida interior, que disfarçava seu vazio existencial com atividade frenética. Ele sempre citava *A nuvem da ignorância* quando falava comigo: "O diabo também tem os seus adoradores." Dizia que o silêncio que eu conhecia nos momentos de oração era um silêncio natural, não uma manifestação divina, e que eu devia trabalhar mais, orando mentalmente, mantendo a mente cheia de palavras e imagens sagradas, do contrário o diabo acabaria me pegando.

— Acho vocês dois muito engraçados — declarou Rebecca.

Christopher riu e comeu uma fatia de laranja.

— Reconheço que essas questões devem parecer muito obscuras. Anjos na cabeça de um alfinete inexistente. Uma tempestade em um copo de água monástico.

— Digamos que não é exatamente assunto para uma matéria de primeira página do *Chronicle*.

— Essa era minha vida. Jurei obediência, mas ignorava completamente as exortações do abade Hackley e fui mergulhando cada vez mais fundo no silêncio. Então ficou óbvio para mim que Deus não tinha nada que ver com o que eu pensava a Seu respeito, que minhas palavras sagradas só estavam atrapalhando. E Hackley, para mim, não passava de uma personagem de desenho animado. Era meu abade e meu confessor, por isso eu tinha de lhe falar sobre minha vida de oração e suportar suas opiniões, mas tinha tanta noção das sutilezas da contemplação quanto um encanador.

— Então você saiu do mosteiro para provar que ele estava errado.

— Não. Saí porque meu precioso silêncio morreu dentro de mim e comecei a temer que Hackley estivesse certo. — Depois de breve hesitação, Mike continuou: — Penso que de certa forma sempre considerei o mosteiro uma espécie de ninho. E assim, no fundo da mente, sempre imaginei que um dia seria empurrado para fora para aprender a voar. Há um número enorme de teorias a respeito do que seria voar: união com Deus, santidade, glória. Mas, quando chegou o momento de deixar o ninho, caí como uma pedra e me esborrachei no chão.

Rebecca sorriu.

— São esses os termos técnicos religiosos?

— Uma tradução livre do texto em espanhol, de autoria de São João da Cruz. — Mike olhou-a nos olhos. — Com você, tive uma intuição de o que "voar" pode significar. É isso que estou querendo dizer. Não dou a mínima importância para o resto. Só quero tentar voar.

— Voar comigo vai significar andar bastante a pé e viajar de ônibus e trens — avisou Rebecca.

— Tudo bem — concordou Mike, pegando seu biscoito da sorte.

O papelzinho dizia que ele teria muitas oportunidades boas no campo profissional.

Depois do jantar, que Mike insistiu em pagar, tirando o dinheiro de uma desgastada carteira, foram buscar Mary Martha na casa de sua amiguinha Patrícia. Mary Martha, um pouco agitada, depois de uma longa tarde de brincadeiras e uma Coca-Cola no jantar, tagarelou o caminho todo de volta para casa. Contou que na casa da amiga tomavam Coca-Cola todos os dias, no jantar, que tinham um aparelho de televisão de tela muito grande e uma mesa de sinuca.

— Nós somos uma família que toma leite no jantar — disse Rebecca. — E somos uma família que tem um televisor pequeno.

— Patrícia tem 117 bonequinhos Beanie.

— Maravilhoso — comentou Mike, perdendo a chance de falar como pai.

Rebecca reprimiu um gemido, quando a menina se virou ansiosa para ele e informou:

— Eu só tenho oito.

— E oito já é muito — observou Rebecca.

— Oh, mamãe! — exclamou a menina, irritada.

— Duvido que Patrícia dê tanta atenção aos bonequinhos dela como você dá aos seus — ponderou Mike.

Mary Martha olhou-o desconfiada, obviamente suspeitando que ele a estava manipulando.

— Como se chamam seus bonequinhos? — perguntou ele.

— Dolphie, Zinger, Yogi, Bounder, Hootie, Specs, Percival e.. hã...

— Elvis — lembrou-a Rebecca.

— Elvis, o peixe-gato — ecoou a garota.

— Viu? Isso é muito bom. Aposto que Patrícia não consegue lembrar-se dos nomes de seus 117 bonequinhos.

Depois de dar alguns passos em silêncio, Mary Martha contra-atacou com azedume:

— Mas ela consegue lembrar-se de mais de oito nomes.

Chegando a casa, os três ficaram parados na entrada de carros, enquanto Rebecca analisava a complexidade da situação. Nunca tivera de lidar ao mesmo tempo com a dinâmica de um fim de encontro e uma Mary Martha ranzinza. Convidar Mike para entrar parecia-lhe uma atitude precipitada, mas havia muita coisa que ela ainda queria dizer a ele. E queria beijá-lo de novo.

— Foi um passeio delicioso — disse.

— Foi, sim.

— Sei que você disse que dessa vez queria ir devagar...

Ele sorriu.

— Estou muito satisfeito com nosso passo lento.

— Preciso fazer xixi — disse Mary Martha, chorosa. — E estou morrendo de frio.

Rebecca decidiu dispensar formalidades.

— Quer entrar e tomar um café? — perguntou a Mike.

— Será um prazer — respondeu ele, nada lentamente.

— Mike vai dormir aqui? — perguntou Mary Martha quando Rebecca a colocou na cama.

— Vou perguntar a ele. Não sei se ele quer.

A menina puxou o edredom cor-de-rosa até o queixo e concordou com um gesto de cabeça, mas não parecia contente.

— Ora, vamos, você gosta de Mike — argumentou Rebecca. — Sempre gostou.

— Rory disse que Mike vai ser meu novo papai.

— Bem, isso não é verdade. Rory sempre será seu papai, ninguém mais.

— Ele nunca dorme aqui.

— Mas você dorme na casa dele, duas vezes por mês.

— Não é a mesma coisa.

Rebecca suspirou. Não era fácil embromar Mary Martha. Sentou-se na cama, pensou um pouco e explicou com franqueza:

— Rory e eu não nos damos muito bem, querida. Nosso relacionamento não é mais aquele em que um homem e uma mulher dormem juntos. A principal coisa que temos em comum é que nós dois amamos você.

Mary Martha refletiu gravemente sobre isso.

— Ficou satisfeita com minha explicação? — indagou Rebecca.

— Acho que sim.

Não foi uma resposta entusiasmada, mas era melhor do que um "não". Rebecca desejava intensamente dizer à filha que tudo ia dar certo, mas transmitir demasiada confiança a uma criança como Mary Martha, tão esperta para captar falsidades, era tão ruim como não transmitir nenhuma. Aquele assunto ia ter de ser tratado aos poucos, um passo de cada vez.

Ela beijou a filha, deu outro beijo, em seguida mais outro, uma exorbitância que finalmente obrigou a menina a sorrir.

— Mamãe... — chamou Mary Martha, quando Rebecca ia apagar a luz.

— O que é, querida?

— Podemos fazer um álbum com fotografias de Rory, igual ao que vovó Phoebe fez com as fotos do vovô?

Rebecca sentiu uma punhalada de complexa emoção, em parte amargura, em parte orgulho pela lealdade emocional da filha, pelo modo como ela estava se esforçando por equilibrar os pratos da balança.

— Claro que podemos, meu bem. Temos uma caixa de sapatos cheia de fotografias de seu papai.

Na cozinha, Mike esperava tranqüilamente com uma jarra de café descafeinado. Levantou-se, quando ela entrou, e Rebecca beijou-o hesitante, com medo de dar uma nota dissonante. Mas o beijo dele foi perfeito, terno e, de certo modo, humilde.

— Essa história já não diz respeito apenas a nós dois — observou ela. — Se o que há entre nós ainda o assusta, por favor, por favor, diga agora que deseja ficar livre, porque, se dormir aqui esta noite, tomará o café da manhã com minha filha, e precisará ser um decente ser humano, precisará ser um homem.

— Eu quero tomar o café da manhã com sua filha — afirmou Mike.

Ela acreditou nele. Acreditou tanto quanto poderia acreditar em um homem naquele ponto de sua vida.

Capítulo Nove

Na segunda-feira de manhã, havia um comunicado no quadro de avisos da empresa: fora instituído o uso de uniforme para todos os funcionários. Técnicos de jeans e artistas gráficos usando variações de preto básico reclamavam e resmungavam, tomando café na sala de descanso.

— Você é a única pessoa aqui na empresa que não vai ter de comprar um guarda-roupa totalmente novo — disse Rebecca a Moira Donnell, que estava parecendo muito grã-fina e satisfeita num conjunto vermelho-cereja, complementado por blusa listrada de branco e vermelho e gola de babados.

— Para Jeff foi uma tortura ter de implantar um uniforme — informou Moira diplomaticamente.

Desde que começara a dormir com o chefe, passara a demonstrar que achava que tinha uma certa responsabilidade pelas decisões políticas.

— Não duvido — declarou Rebecca.

De fato, Jeff vinha parecendo muito infeliz nos últimos tempos. Rapara o bigode e começara a usar gravatas azuis e ternos melhores.

Era difícil dizer se isso fora causado pela pressão que ele estava suportando, tendo de fazer a corte às contas de importantes executivos, ou por Moira, que possuía um notável senso militar de estilo e altivez de postura, mas a transformação era clara.

Bonnie Carlisle ainda não chegara. Rebecca escreveu um recado em um Post-it, que colou no monitor do computador da amiga: *Vá à minha sala o mais rápido possível, tenho grandes novidades, precisamos conversar.*

Cinco minutos depois, estava sentada diante de seu computador, olhando para a tela e pensando em Michael Christopher, quando Bonnie entrou, abanando o Post-it com ar condescendente.

— Se acha que é grande novidade Moira estar dormindo com Jeff, e que isso está tendo um efeito nocivo sobre a empresa, você está lamentavelmente desatualizada — disse a amiga. — E nem me faça começar a falar dessa besteira de uniforme.

— Não, o que vou lhe contar é mesmo novidade.

Bonnie sentou-se na borda da mesa para indicar que era toda ouvidos.

— O que é?

— Michael... Christopher.

A amiga levou um instante para localizar o nome e outro para avaliar o tom de voz de Rebecca. Então, seus olhos alargaram-se, entusiasmados.

— Está brincando!

— Não.

— Você e o monge?

— Passamos praticamente o fim de semana juntos.

— Ora, ora, *ora*!

— Estivemos brincando com a possibilidade por algum tempo, por assim dizer — explicou Rebecca, pressentindo uma crítica no espanto exagerado de Bonnie e sentindo-se compelida a apresentar o relacionamento sob a luz mais favorável possível. — Nem parece que aconteceu tão depressa. Parece que tudo aconteceu em câmara lenta.

— Isso é bom sinal — concedeu Bonnie. — Como ele é na cama?

— Muito terno e... habilidoso.

— Habilidoso!

— Prática adquirida na fase pré-monástica.

— Ele já foi atingido pela flagelação?

— Flagelação?

— É, você sabe... culpa, morbidez, esse tipo de sentimento. Escrúpulos religiosos distorcidos, consciência pesada.

— Você é especialista nesse "tipo de sentimento", por acaso?

— Ninguém precisa ser gênio para saber, Rebecca. Todos nós lemos *A letra escarlate*. Conhecemos o tipo.

— E eu, que estava contando com você para me dar apoio!

— Acha que o relacionamento tem futuro? — perguntou Bonnie, duvidosa.

— Ele já está falando de amor. Eu acho, sim, que temos futuro. Pelo menos, espero.

Bonnie ficou em silêncio por alguns segundos.

— O que é? Fale logo — intimou Rebecca.

— Bem... Tem certeza de que não começou com isso só para esquecer Bob?

Rebecca pensou em uma porção de respostas tortas, mas conseguiu conter-se. Sabia que as intenções da amiga eram boas.

— Vou levar isso em frente com você ou sem você, Bonnie. Mas seria muito mais divertido com você.

— Só estou dizendo que foi muito repentino — replicou Bonnie teimosamente.

— Com você e Bob também foi.

— Bob e eu deixamos bem claro, desde o começo, que estávamos à procura de um relacionamento sério e maduro.

— Ora, deixe disso! Vocês se encontraram em uma praia, jogaram Frisbee com seu cachorro, e em poucos dias você estava preparando torradas, salsichas e ovos para ele.

Bonnie vacilou de uma maneira que valia por uma concessão, então recitou maliciosamente:

— Bem, o café da manhã é a refeição mais importante do dia.

As duas riram. Com a tensão desfeita, Rebecca reclinou-se na cadeira e suspirou.

— Também acho que foi repentino. Mary Martha também parece um pouco abalada, mas as coisas acontecem como têm de acontecer. Ele é maravilhoso, Bonnie. Nós conversamos sem parar. Nós *rimos*.

— Está bem, vou acompanhar sua velocidade, prometo. Quem deu o primeiro passo?

— Ele, eu acho. Um beijo.

— Habilidoso?

— Muito habilidoso — confirmou Rebecca, feliz.

— Outro bom sinal — declarou Bonnie.

Começou a parecer que as duas iam se entender a respeito do assunto.

Em sua hora de almoço, em vez de comer o costumeiro sanduíche na frente do computador, Rebecca foi à rua Market e percorreu várias lojas de roupas masculinas à procura de uma cueca perfeita para Mike. Sentia-se muito serena e centrada. Os vendedores gays ficaram encantados com ela, e um deles, em especial, entrou imediatamente no espírito da extravagante missão. Ele e Rebecca falaram do tamanho de Mike, com um pouco mais de entusiasmo do que o necessário por parte do rapaz, que mostrou a ela todos os tipos de opções sensuais, desde peças de cetim prateado até sungas vermelhas, antes de finalmente mostrar uma cueca tradicional azul-noite, exatamente o que ela imaginara, de seda, macia como suave brisa noturna, com sutis entremeios dourados.

O preço era um escândalo, mas recuar pareceria safadeza. O vendedor pôs a cueca em uma elegante caixa com o monograma da loja e embrulhou-a com um grosso papel dourado, arrematando o pacote com uma fita azul-marinho.Quando chegou a hora de Rebecca pagar, ele piscou para ela e digitou sua senha de desconto para empregados, o que reduziu o custo do grandioso gesto, passando-o de inconcebível para meramente pródigo.

Na rua novamente, balançando a sacola à luz do sol da tarde, Rebecca passou por um café e decidiu comer uma salada. Escolheu uma mesa na calçada e pediu vinho para acompanhar a refeição. A sacola mereceu uma cadeira só para ela. Rebecca sentia-se livre, leve, feliz. O vinho chegou. Ela acendeu um cigarro, imaginando se estaria infringindo alguma regra, mas era tudo muito gostoso, positivamente parisiense, e ninguém disse coisa alguma a respeito do cigarro. Estava no meio de um dia de trabalho, e tudo o que ela queria fazer era ficar preguiçando ao sol. Não era à toa que Bonnie ficara tão preocupada. Ela gastara, com uma cueca, quase todo o dinheiro de uma semana de compras no supermercado. O amor era de fato uma coisa perigosa.

De volta ao escritório, Rebecca mastigou uma bala de menta para disfarçar o hálito de vinho e passou a tarde tentando transformar seus desenhos a lápis do homem-lâmpada em animação computadorizada. O trabalho era de enlouquecer, como tentar tocar uma peça para saxofone em uma trombeta de brinquedo. Mas ela percebeu que estava começando a acertar. Conseguiu uma seqüência de cerca de um minuto e meio, do homenzinho saltitando naquele seu jeito animado, com um toque de ternura e o esboço de um sorriso de autodepreciação, como se ele dissesse que sabia perfeitamente bem que não era nenhum Fred Astaire. Um pouco ridículo, pensou Rebecca, apesar de já estar gostando bastante dele.

Juntou suas coisas mais cedo, sentindo-se ousada, pronta para o que desse e viesse, e deixou a empresa às cinco horas em ponto, levando a sacola com a cueca em sua caixa dourada e deixando a pasta com seus desenhos em cima da escrivaninha. Ainda se sentia extraordinariamente serena. Combinara com Mike que passaria algumas horas sozinha com a filha, para tornar mais fácil a fase de mudança, mas os dois iam encontrar-se no quintal, depois que Mary Martha adormecesse, e a idéia desse encontro fora como solo firme para ela durante o dia todo.

A responsável pela Bee-Well ficou tão surpresa ao vê-la chegar na hora, que não fez nenhum comentário desagradável. Mary Martha parecia ter voltado ao normal, falando sobre seu dia, enquanto Rebecca pedia uma pizza por telefone, uma espécie de mimo e de suborno. Comeram em pratos de papelão, na mesa da cozinha, e

Michael Christopher não foi mencionado uma única vez. Isso pareceu a Rebecca um bom sinal, assim como o fato de a menina ir para a cama depois de assistir à televisão, sem exigir nenhuma medida especial de segurança, como rodear-se de unicórnios na cama. Rebecca leu para ela algumas páginas de *A casa da esquina Pooh*, com uma sensação de abençoada normalidade, até vê-la adormecida.

Então foi depressa para o quintal, sentindo-se um pouco envergonhada por sua excitação. Ela e Mike haviam combinado de encontrar-se entre nove e nove e meia, passava pouco das nove, e ele ainda não saíra, mas as lâmpadas de seu apartamento estavam acesas, brilhando através da cortina fechada e lançando um quadrado de luz mortiça sobre um pé de jasmim recentemente plantado perto da escada.

Rebecca hesitou um pouco, então entrou na garagem pela porta dos fundos. O apartamento ficava à direita, além das latas de lixo e do tambor de plástico azul onde eles punham tudo o que era reciclável. A porta pequena, rústica, parecia a entrada de uma casa de duende no tronco de uma árvore. Rebecca bateu, fazendo a madeira compensada emitir um som oco.

Houve uma pausa, semelhante a um silêncio de surpresa, então ela ouviu os passos de Mike atravessando a sala. A porta abriu-se, e lá estava ele diante dela, inclinando-se para olhar para fora. Estava descalço, usando uma camiseta branca e calça cáqui que parecia nova, os cabelos estavam molhados, mostrando as riscas deixadas pelo pente, metade do rosto coberta por espuma de creme de barbear. Uma camisa azul, limpa e bem-passada, arrumada em um cabide, pendia da maçaneta da porta do minúsculo armário embutido. Rebecca sentiu um leve arrepio ao pensar que ele estivera se arrumando para ela.

— É a primeira vez que alguém bate nessa porta — comentou Mike.

Rebecca achou aquilo comovente. Atirou os braços ao redor do pescoço dele e beijou-o, borrando os dois com espuma. Ele tomou os lábios dela, depois a língua, primeiro parecendo divertido, então apaixonadamente. Ela sentia a diferença entre a maciez da face já escanhoada e a aspereza dos fios de barba na outra, sob o creme de barbear. Desceu as mãos para o botão no cós da calça dele, um pouco incerta, temendo estar sendo precipitada. Ele reagiu puxando a blusa dela para cima, tirando-a pela cabeça, desabotoando o sutiã com uma habilidade que pareceu incongruente. Os seios apareceram, livres, e ele afundou o rosto entre eles, acariciando o vão com a língua e subindo a carícia até a base do pescoço.

Agora havia espuma de creme de barbear em toda a parte. Ela conseguiu arrancar os sapatos e fechar a porta com um pé, antes de os dois cambalearem para o centro da sala. O sofá-cama, o único móvel no cômodo, estava fechado, encostado na parede mais distante e, em vez de ir para lá, os dois deslizaram para o chão, ainda abraçados, tirando as roupas atropeladamente. O carpete era uma maravilha de maciez, notou Rebecca, cheia de orgulho de proprietária. Receara que eles não soubessem o que fazer um com o outro, depois de um tempo separados, imersos no que ela ainda considerava a vida real. Mas isso, afinal, não ia ser problema.

Mais tarde continuaram deitados no carpete cor de lama, enlaçados, lânguidos e nus, conversando em murmúrios, conscientes de que Mary Martha dormia acima deles.

— Pensei em você o dia inteiro — disse Rebecca.

— Eu também. Queimei uma porção de hambúrgueres.

Ela riu.

— Estamos sendo ridículos?

— Espero que sim.

— Não, estou falando sério.

— Estamos sendo seriamente ridículos — declarou Mike.

Um último resquício de espuma embaixo de sua orelha dava credibilidade à declaração. Rebecca pegou o montículo e transferiu-a para o nariz dele. Mike correu um dedo ao longo da clavícula dela, fazendo-a fechar os olhos para saborear o toque do dedo que o trabalho de jardinagem deixara áspero.

— Eu quero um quadro — anunciou Mike.

— O quê?!

— Eu quero um dos quadros seus que estão na garagem. Vou escolher um. Acho que um quadro ia ficar ótimo naquela parede.

O monge do andar de baixo • *183*

— De jeito nenhum.

Mike sorriu, sem se perturbar, absurdamente digno com espuma no nariz.

— De qualquer jeito.

Rebecca sabia que ele aprendera essa resposta com Mary Martha. Olhou a parede nua, pensativa. Era estranho. Ela estava lá, nua, deitada no chão com aquele homem, no entanto parecia-lhe íntimo demais deixá-lo pôr um quadro seu na parede de sua sala.

— Estou disposto a pagar uma boa nota — insistiu ele, forçando Rebecca a rir.

— Bonnie acha que estamos indo depressa demais — contou ela.

— Veja quem fala!

— Foi o que eu disse a ela. Mas talvez ela tenha um pouco de razão.

— Claro que tem, mas é com essa rapidez que o amor se move.

— Então, o que vamos fazer?

Ele refletiu sobre isso com fingida gravidade, então informou:

— Tenho mais creme de barbear no banheiro.

Rebecca riu.

— Sabe o que não entendo? Você passou todos aqueles anos rezando, jejuando e praticando sabe Deus que tipo de medieval negação de si mesmo, no entanto é um bobo completo.

Mike deu de ombros modestamente.

— Eu sabia que com o tempo ia compensar.

Pouco depois, ela subiu a escada dos fundos, relutante, mas não queria deixar Mary Martha muito tempo sozinha. Enquanto se preparava para dormir, percebeu que se esquecera de dar o presente a Mike. A caixa com a cueca continuava no chão, encostada no armário. Parecia vergonhosamente luxuosa no meio de todas as outras coisas comuns. Mas estava tudo bem, pensou Rebecca, contente. Era um tipo de previsão do futuro.

Caro irmão James,

Obrigado por sua carta sincera em resposta à notícia de que reatei meu relacionamento com Rebecca. Não imaginei que o que você chama de meu "mais recente caso" fosse lhe causar tanto espanto. Pensei realmente que fosse ficar feliz por mim. No entanto, percebo agora que você continua a me considerar alguém que renunciou ao mundo, apesar do que sofri na confusão de minha fé, que acredita em minha vocação, e que eu, por ter me apaixonado, me desvalorizei a seus olhos.

É verdade, como você salienta, talvez pretendendo me repreender, que "não se pode ir longe na prece, sem que se fique horrorizado com a pobreza do ser". Mas a prece produz frutos mais ricos. Mais profundo do que o senso de pecado e indignidade, mais profundo do que o desprezo por nós mesmos, da aridez, da futilidade da vontade, da revelação mais verdadeira da queda sem fim através do ser em direção a Deus, é o senso do genuíno nada. Essa "humildade" não é afetação, não é falsa modéstia calculada para facilitar a comunicação usual entre egos, é simplesmente realismo. Não sou nada. Procurei dentro de mim, durante muito tempo e com muita atenção, a alma que se apressaria em direção a Deus, e no fim vi que não havia nada lá. O que nos resta, quando chegamos ao fundo do ser, quando já usamos todos os nossos truques? A prece verdadeira é um aniquilamento, uma entrega ao abraço de um mistério profundo, no escuro. E nessa escuridão, finalmente, só Deus existe. E Deus é uma infinita surpresa.

Assim, digamos que fui surpreendido pelo amor, pelo desejo, pelo medo da inabilidade, pelo medo da perda. Digamos que fui surpreendido pelo modo como os cabelos de uma mulher caem-lhe no rosto e pelo terno gesto de minha mão pondo-os para cima. Acreditamos, realmente, que nos tornaremos seres de luz? Acreditamos realmente que o esplendor seria o melhor? Digamos que estou surpreso pelo tanto que agora desejo ser um homem. Digamos que finalmente encontrei uma razão para lutar comigo mesmo.

Você insiste em dizer que minha imagem de "monge vivendo no mundo" provoca-lhe compaixão. Mas de que adianta levar uma vida monástica no mundo, ou fora dele, se isso não é a perfeita abertura para a surpresa que é Deus? Os muros do mosteiro não existem para proteger sua vocação, irmão James, nem eu escapei da minha, ao deixar esses muros — ou meu celibato — para trás. Os antigos monges, que procuravam o silêncio para sua contemplação, descobriram que o vazio do deserto era perversamente agitado, cheio de demônios íntimos, e foram tentados até o desespero. A minúscula fé que haviam levado com eles falhou antes mesmo de tal poderoso esmagamento. Mas esse fracasso, com o tempo, revelou-se como o que realmente importa. A fé que o deserto ensina é uma fé que arrisca e confia, uma fé que sobrevive na solidão do mundo, não através das fortalezas da rotina e dos votos inatacáveis, mas através da simples confiança na misericórdia de Deus. E Deus, em Sua misericórdia, fez-nos seres humanos.

Sei que as palavras de sua carta vieram do coração, de sua genuína preocupação com a condição de minha alma. Então, as palavras desta minha carta também vêm do coração, para garantir-lhe que estou bem. Penso que você está enganado a meu respeito, se acredita que tomei o partido do "mundo", enquanto você representa o "transcendente". É tudo muito mais simples do que isso.

Seu em Cristo,
Mike

Numa quinta-feira à tarde, cerca de uma semana depois de ter reatado com Michael Christopher, Rebecca almoçou com a mãe.

Ela estivera falando delicadamente com Mike sobre a necessidade de contar a Phoebe que eles estavam juntos, um pouco nervosa, porque fora por causa disso que seu relacionamento saíra dos trilhos. Mas daquela vez ele parecia pronto para permitir que o que havia entre eles fosse anunciado.

— Ainda está em tempo de você cair fora — disse ela na quarta-feira à noite, quando estavam sentados na varanda dos fundos, enrolados num cobertor para proteger-se do ar frio. — É sua última chance, antes que tudo isso se torne público.

Mike sorriu.

— Eu, muito respeitosamente, abro mão da chance de cair fora.

— É bem provável que ela nos convide para jantar.

— Credo! — exclamou ele charmosamente.

— Eu avisei — observou ela, rindo.

— Ainda estou me recuperando daquela farra na casa de sua mãe.

— Se preferir, posso dizer a ela que você está comigo só por causa de sexo.

Os dois se olharam. Ela sabia o que ele estava pensando, porque estava pensando a mesma coisa. Era cedo demais para apresentarem-se como um casal. Parecia muito peso para algo tão novo. Mas aquela era a vida dela, e fora nisso que ele entrara.

— Ela já viu meu melhor paletó — comentou ele desgostoso, rendendo-se.

— Phoebe não se importa com suas roupas.

— Não vou batizar ninguém dessa vez, não vou nem mesmo dar graças antes da refeição.

— Ficarei contente se você simplesmente conseguir chegar ao fim do jantar sem renunciar ao mundo outra vez — declarou Rebecca, um pouco surpresa com o alívio que sentiu ao notar que se tratava apenas de uma relutância natural de genro em relação à sogra.

Ficaram em silêncio por alguns instantes. O tempo que passavam juntos na varanda, depois que Mary Martha estava na cama, tornara-se um ritual precioso para os dois. Ficavam lá durante horas, tomando vinho, de mãos dadas, conversando e fumando um cigarro de vez em quando. Era cômico como aqueles momentos pareciam encontros de namorados, mas encontros que não davam muito trabalho nem preocupação, que não pediam jantares em restaurantes, conversas sem muito conteúdo, acontecimentos que exigiam a compra de entradas, roupas apropriadas, esforços heróicos em busca de um simples momento com alguém de quem talvez nem se chegasse a gostar. Ela e Mike não precisavam de nada disso.

Ele escolhera o quadro favorito de Rebecca de uma das pilhas na garagem, um estudo modesto de uma curva do rio, no lugar onde ela crescera, na costa de New Jersey. Ela o pintara para a mãe, não muito tempo depois da morte do pai: a vista que tinham da velha varanda nos fundos da casa, juncos dourados contra o azul serpenteante, realçados por planuras lamacentas e robustos pinheiros verdes. Rebecca dera à obra o título de *Maré Baixa*, o que na época devia ter sido provocante demais. Phoebe, que delicadamente recusara o presente, sempre dizia que o quadro a deixava triste. Mike, porém, escolhera-o sem hesitação. E agora a paisagem, na parede acima do seu sofá-cama, era como uma janela de cuja existência ninguém antes suspeitara.

De repente, Rebecca abraçou-o.

— Não acredito no que está acontecendo — disse. — É bom demais para ser verdade. Um dia, você vai querer voltar para o mosteiro. Ou conhecerá outra mulher... Sou apenas seu relacionamento de transição.

— Meu "relacionamento de transição"?

— Entre Deus e... qualquer outra coisa. O mundo real. Sou um andaime, um apoio temporário que será desmontado depois que o edifício for construído.

— Que tipo de edifício?

— Não sei. É só uma imagem paranóica. Não sou agente imobiliária.

Mike riu.

— Pois fique sabendo que não vou a lugar algum.

— Ninguém nunca vai, até que chega o momento em que decide ir — disse Rebecca.

Mas não acreditava realmente que Mike fosse deixá-la. Considerar essa possibilidade era como assistir a um filme de terror só pelo prazer de sentir medo. O que ela acreditava de fato era que recebera a dádiva miraculosa de uma segunda chance no amor. E estava determinada a não desperdiçá-la.

Rebecca encontrou-se com a mãe em um restaurante elegante, no centro da cidade, decorado em tons de marfim e creme, delicado demais para atrair empregados do comércio na hora do almoço, na rua Quatro, perto da Mission. Por tudo isso, era um dos favoritos de Phoebe, que conhecia todos os garçons, e um deles levou-lhe uma tônica com vodca, sem que ela precisasse pedir. Rebecca pediu vinho. Havia apenas mais duas outras pessoas no salão, um homem e uma mulher que aparentemente estavam iniciando um caso de amor muito caro.

— Não é que você parece muito satisfeita consigo mesma? — observou Phoebe quando a salada chegou.

— Você se lembra de meu homem misterioso de algum tempo atrás?

— Não é de minha conta — declarou a mãe com um tão afetado desinteresse, que as duas sorriram.

— É Michael Christopher, mamãe.

Phoebe deu um gritinho.

— O monge?!

— Ele é notavelmente dissoluto.

— Bem, detesto lembrá-la, mas eu lhe disse, não é?

— Não, você *não* disse.

— Disse. Estou tão feliz por você, querida! Quero que vá jantar com ele lá em casa qualquer dia desses.

— Eu avisei Mike de que você nos convidaria. Ele teve vontade de sair correndo, só de pensar.

— As coisas são assim, meu bem. Ele não está mais no mosteiro.

— Acho que ele está começando a entender isso.

— Como é que Mary Martha está aceitando?

— Com um pouco de relutância, eu diria. Tudo aconteceu muito depressa.

— No dia do batizado, ela parecia muito amiga dele.

— Rory pôs minhocas na cabeça dela a respeito de Mike.

— Ah, bem, isso vai passar. Estou realmente feliz por você, querida.

— Só espero ter sorte desta vez.

Phoebe bateu três vezes na mesa de madeira, supersticiosamente, ao mesmo tempo em que fazia o gesto de passar um zíper na boca, dando o assunto por encerrado.

Os pratos que haviam pedido chegaram, e elas falaram de outras coisas enquanto comiam. Phoebe estava pensando em viajar para a Austrália ou talvez Katmandu. Tinha alguma coisa que ver com budismo, mas Rebecca não entendeu direito qual era a finalidade.

Dispensaram o café porque Rebecca precisava voltar ao trabalho. Phoebe insistiu em pagar a conta, como de costume. Quando o garçom lhe devolveu o cartão de crédito, ela lhe deu, como sempre fazia, uma gorjeta generosa.

— No sábado, então? — perguntou Phoebe, sorridente, quando se levantaram para ir embora.

— Sábado?

— O jantar, querida.

— Vou falar com Mike.

— Diga a ele que não vou mordê-lo.

Rebecca riu.

— Isso vai ajudar.

Na calçada despediram-se com um beijo. Rebecca foi para um lado, e Phoebe para o outro. Na esquina, Rebecca olhou afetuosamente para trás e notou um ajuntamento de pessoas não muito longe da entrada do restaurante. Uma mulher estava deitada na calçada. Uma mulher de terninho de *tweed*. Sua mãe.

O horror percorreu o corpo de Rebecca como um choque elétrico. Ela correu de volta e abriu caminho aos empurrões entre o grupo de pessoas. Alguém colocara um casaco dobrado sob a cabeça de Phoebe, cujo rosto estava cinzento e flácido.

— Caí — murmurou ela, parecendo aflita por estar causando comoção. A boca estava torta. — Muito estranho.

Rebecca tomou-lhe a mão direita, notando-a totalmente mole.

— Você está bem, mamãe? O que aconteceu?

— Que boba eu sou, não? — disse Phoebe, a fala arrastada. — Não sei o que... não... Muito estranho. — Moveu os olhos, procurando as palavras, então franziu as sobrancelhas, frustrada. — Parece... Lamento *terrivelmente...*

— Alguém chame uma ambulância! — gritou Rebecca, mas pelo menos três pessoas já estavam com seus celulares na mão.

Parecia que todo o mundo no centro da cidade de São Francisco estava ligando para o serviço de emergência.

— Preciso de uma aspirina — engrolou Phoebe. — Minha cabeça está doendo. — Seus olhos vaguearam a esmo, então ela disse bastante distintamente: — É realmente muito estranho.

PARTE V

No começo, o Amor nos satisfaz.
Quando o Amor falou de amor comigo pela primeira vez,
Como eu ri!
Mas, então, me ensinou a gostar das aveleiras,
Que florescem cedo na estação escura
E produzem frutos lentamente

HADEWIJCH DE ANTUÉRPIA
(Por volta do século XIII)

Capítulo Dez

No hospital, apesar da grande presteza dos atendentes, o processo de admissão pareceu desesperadamente lento. Phoebe, ereta em uma cadeira de rodas, dava a impressão de estar normal. Mas Rebecca sabia que algo muito grave acontecera. A mãe estava sendo educada e tentando não causar problemas, mas parecia que não conseguia lembrar-se do nome dela e estava calma, dizendo que quando seu marido chegasse tudo ficaria resolvido.

— Seu pai sempre foi ótimo em momentos de crise — disse ela.

O rosto estava torto, e a fala continuava arrastada, mas havia três vítimas de acidente de trânsito e um ferido por arma de fogo na frente dela, e todo aquele sangue era inegavelmente mais exigente do que o fato de Phoebe acreditar que estavam no ano de 1973.

Quando a mãe foi levada para passar por uma tomografia computadorizada, Rebecca correu para um telefone, carregando a própria bolsa e a da mãe. Precisava falar com Jeff. Tinha uma reunião marcada com ele e com Marty Perlman naquela tarde. O homem-lâmpada estava prestes a entrar no processo final de produção. Mas ela descobriu que não tinha vontade de falar com ninguém. Tudo aquilo ainda lhe parecia irreal. Se ela pudesse adiar o momento em que teria de dizer que a mãe tivera um derrame, talvez, de algum modo, magicamente, seu mundo normal, agora sitiado, ainda pudesse vencer.

Procurou na bolsa e encontrou uma moeda de 25 centavos e uma de dez. Quando ergueu a mão para colocar a de 25 na fenda, começou a chorar. A moeda faria aquele ruído metálico, quando caísse, depois a de dez cairia também, e o sinal de linha soaria, exigente. Ela estava diante de um telefone público num corredor de hospital, e tudo agora ia ser diferente.

O médico de Phoebe era um homem de fala mansa chamado Pierce, vestido absurdamente com uma camisa de seda cor-de-rosa, calça impecável, mocassins italianos com borlas no peito do pé, cheirando a anti-séptico bucal e colônia. Rebecca não confiou nele. Teria preferido um médico não tão bem-arrumado, alguém mais obviamente na luta. Mas Pierce não parecia nem um pouco perturbado com o horror do cérebro danificado de Phoebe.

— A tomografia mostrou evidência de um acidente isquêmico com obstrução da artéria carótida — explicou ele a Rebecca. — Nós a submetemos também a uma ressonância magnética, e não há indicação de que houve hemorragia intracraniana.

— E isso é bom?

Pierce mostrou-se momentaneamente desconcertado, como se tal idéia nunca houvesse lhe ocorrido.

— Com certeza é menos mau — disse. — Eu gostaria que me desse permissão para administrar um t-PA, um plasminogênio ativador do tipo tissular, um agente trombolítico, uma espécie de droga desentupidora. Muitas vezes, um t-PA pode ajudar na restauração da circulação nas áreas danificadas, se a droga for administrada até três horas depois da ocorrência do ataque. Mas existe o perigo de aumento de algum sangramento intracraniano não detectado.

— Se acha que seria bom...

— Acho, sem dúvida.

— Então, tudo bem. — Rebecca hesitou antes de perguntar: — Como ela está?

— Difícil dizer agora até que ponto houve dano permanente. Há uma evidente hemiplegia...

— Hemi...

— Paralisia. Do lado direito. Ela está confusa, apresenta uma certa afasia, ou perda da função da fala. É impossível dizer com certeza quanto pode ser recuperado com terapia. — O médico fez uma pausa, hesitando. — Eu não seria honesto se não lhe dissesse que às vezes o estado do paciente piora antes que haja alguma melhora. E, muitas vezes, essa piora apresenta-se como uma reação do paciente à redução de sua capacidade. Há uma tendência a depressão profunda. Ela vai precisar de muito apoio.

— Minha mãe é uma lutadora.

— Acredito.

— Posso vê-la?

— Ela estava dormindo quando a deixei. E... — Pierce hesitou novamente. — É sempre uma situação perturbadora.

— Então acho melhor eu ir me acostumando.

Ele a olhou rapidamente nos olhos, em seguida deu de ombros.

— Como queira. Vou providenciar o t-PA. Ela ficará sob terapia intensiva por no mínimo vinte e quatro horas, sob constante observação. Acredito que o pior já passou. Quanto ao resto... o tempo dirá.

— Obrigada, doutor.

Pierce fez um pequeno gesto quase embaraçado com a mão bem-tratada e afastou-se depressa. Rebecca andou ao longo do corredor e encontrou o quarto da mãe. Na plaquinha ao lado da porta, escrito com tinta azul, estava a identificação: MARTIN. Como as moedas caindo na caixa coletora do telefone público, aquele era outro entalhe gravado na nova realidade. Rebecca respirou fundo e entrou.

As cortinas estavam fechadas, bloqueando completamente o sol do fim da tarde. O banheiro projetava-se no espaço além da porta, formando a parede de um pequeno corredor, e foi só quando contornou o canto que Rebecca viu a mãe na cama alta de hospital. Phoebe, que sempre parecera uma vigorosa sexagenária, envelhecera vinte anos em algumas horas. Tinha uma aparência dolorosamente frágil, no meio de tubos, aparadores e monitores, uma pequena figura cinzenta e imóvel, como um pardal caído depois de bater contra uma vidraça. A máscara presa ao tubo de oxigênio era estranha, um grotesco rosto sorridente de plástico. Os cabelos, que Phoebe mantinha curtos, fofos e prateados, estavam desalinhados e com a aparência de palha desfiada.

Rebecca foi para junto da cama e suavemente alisou-os, tentando arrumá-los. Phoebe mexeu-se ao sentir-lhe o toque, e Rebecca achou isso animador. A unidade controladora do soro tiquetaqueava como um metrônomo, e o tanque de oxigênio sibilava baixinho. No monitor, as batidas cardíacas de Phoebe apareciam como pulsações de luz verde.

— Você vai ficar boa, mamãe — murmurou Rebecca. — Estou aqui agora.

Ela telefonou para Mike na McDonald's, meia hora mais tarde. Não havia como evitar. Alguém tinha de cuidar de Mary Martha. No entanto, Rebecca temia a reação de Mike diante da crise, diante do fato de ela estar precisando dele. Fora um telefonema igual àquele que, em essência, pusera um ponto final em seu casamento com Rory. Um dia, quando ela teria de trabalhar até mais tarde, telefonou a Rory e pediu-lhe que fosse à creche buscar Mary Martha, ainda bebê, e ele, como sempre, respondeu que não podia, dando as mesmas razões sem importância de sempre. Ela teve de ir buscar Mary Martha e perdeu o emprego. No dia seguinte, foi embora de casa com a filhinha.

Alguém absurdamente jovem atendeu ao telefone na lanchonete.

— Alô! McDonald's da rua Stanyan! Em que posso ajudar?

— Michael Christopher está aí?

— Quem?

O barulho ao fundo era caótico, e alguém gritava alguma coisa sobre batatas fritas.

— Michael Christopher. Ele trabalha na cozinha...

— Ah, claro, o Mike. Ei, Mike! *Mike!* Telefone!

O receptor do outro lado bateu com força sobre alguma superfície dura. Um instante depois Mike atendeu, hesitante, como se suspeitasse de que fora um engano.

O monge do andar de baixo • *197*

— Alô?

— Mike...

— Rebecca?

Ela, para seu próprio horror, começou a chorar. Era a última coisa que desejara fazer. Pretendera falar com calma para fazê-lo entender que não havia pressão, que ela só precisava de um pequeno favor, que não tinha a intenção de sobrecarregá-lo com seus problemas.

— Rebecca, o que foi? — perguntou ele.

Ela percebeu que ele se movera para um lugar mais silencioso.

— Estou no hospital com minha mãe. Parece que ela teve um derrame.

— Oh, meu Deus! Quer que eu vá até aí?

— Não, não há nada que se possa fazer aqui. Agora ela está dormindo. Mas Mary Martha...

— Não se preocupe, eu vou buscá-la.

— Não vai lhe causar nenhum problema no trabalho?

Houve uma brevíssima pausa, então ele respondeu com gentileza:

— Não. Tenho certeza de que os hambúrgueres serão fritos, mesmo sem mim.

— Não há nada para o jantar em casa. Eu ia passar no supermercado para comprar leite, cereais matinais, arroz, peixe, brócolis... — Ela sentiu a garganta apertar e tentou reprimir um soluço. — E manteiga de amendoim — concluiu ridiculamente.

— Pode deixar por minha conta.

— Não sei quando poderei ir para casa.

— Fique tranqüila. Faça o que tem de fazer aí. — Mike fez uma nova pausa. — O que os médicos disseram?

— Que teremos de esperar para saber até que ponto foi grave.

— Certo.

Ela percebeu, pela resposta lacônica de Mike, que ele procurava algo consolador para dizer.

— Não me fale em Deus, por favor — pediu. — Não quero ouvir uma palavra sobre Deus neste momento.

Phoebe acordou um pouco antes das sete horas daquela noite. Rebecca percebeu que ela a reconheceu, pois deu-lhe um sorriso afetuoso, embora fraco, mas era óbvio que ainda não se lembrava de seu nome. A mãe pensava que estava em um hotel e parecia confusa com as liberdades que o pessoal do serviço de quarto tomavam com ela. E continuava a esperar que o marido aparecesse. Mas havia certos lampejos de uma Phoebe que sabia o que estava acontecendo.

— É muito, muito grave? — perguntou, depois que uma enfermeira mediu-lhe a pressão, recusou uma gorjeta e saiu do quarto sorrindo.

— Os médicos disseram que vamos ter de esperar para ver — respondeu Rebecca.

Imaginou o que "muito, muito grave" significaria para Phoebe àquela altura. Era muito, muito grave, ela não poder mover o braço e a perna direitos, estar com a fala enrolada, com o rosto torto e falando por um canto da boca, como James Cagney? Mas tudo isso parecia mais aceitável do que ela acreditar que o marido, John, ainda vivia. Rebecca ficava surpresa com a agudeza da dor que sentia cada vez que a mãe mencionava o pai, uma ferida que ela imaginara curada e que se abrira como se fosse recente. Não tinha coragem de dizer a Phoebe que o marido dela morrera. Nem sabia se um dia teria.

— Pode cuidar de minhas orquídeas? — pediu a mãe, uma encorajadora mudança. — Elas terão de ser molhadas.

— Claro.

— Você é uma boa garota, hã... — Phoebe hesitou, sorrindo com tristeza.

— Rebecca.

— Rebecca, naturalmente. Não é tão fácil como parece.

— Você está indo muito bem, mamãe.

Phoebe olhou para a filha. Um olhar eloqüente, doloroso, turvado pela exaustão.

— Está indo muito bem — repetiu Rebecca.

Tomou a mão boa da mãe e ficou segurando-a em silêncio. Passaram-se alguns instantes, então Phoebe adormeceu novamente.

O monge do andar de baixo • *199*

Cerca de meia hora mais tarde uma enfermeira entrou para adicionar um sedativo ao soro. O médico queria que Phoebe dormisse a noite toda. Rebecca ficou ao lado da mãe por mais uma hora, então beijou-a no rosto e foi embora para iniciar a longa jornada até o Sunset. Adormeceu no trem e acordou no fim da linha, mas em vez de esperar para voltar no mesmo trem desembarcou e andou os dez quarteirões colina acima até a rua Trinta e Oito. O bairro parecia estranhamente normal, e ela percebeu que estivera esperando ver alguma dramática mudança em tudo o que via. Mas a luz cinza-azulada dos televisores brilhava através das mesmas janelas, o restaurante vietnamita na esquina da Quarenta e Cinco estava movimentado como sempre, e a costumeira multidão de adolescentes turbulentos zanzava e gritava no pátio de estacionamento do 7-Eleven. Rebecca andava devagar, consciente das tênues estrelas acima dela, além das luzes da rua e do fulgor da cidade. Parecia que fazia muito tempo que não reparava nas estrelas.

Havia silêncio na casa quando ela entrou, mas a luz estava acesa na cozinha deserta. Giz de cera, tesouras e retalhos de papel colorido espalhavam-se sobre a mesa. Mary Martha e Mike haviam estado fazendo cartões para Phoebe, para desejar-lhe rápida recuperação. Rebecca pegou um dos frutos do esforço da menina, um cartão azul-claro com um grande sol sorridente no lado de fora. Dentro havia três figuras com cabelos arrepiados, que na arte de Mary Martha representavam mulheres, de mãos dadas. Uma era grande, uma média, e outra, pequena. O cartão dizia, na laboriosa letra de Mary Martha: Amo você, vovó, e desejo que sare logo.

Rebecca sentiu uma pontada de mágoa. Não sabia se pensaria em uma maneira tão adequada de controlar a reação da filha, fazendo-a concentrar-se em alguma coisa construtiva. Parecia mesquinhez ressentir-se do fato de que Mike conseguira dar a má notícia tão bem, mas mesmo assim ela experimentava uma certa irritação, misturada com desgosto, por não estar presente em um momento tão importante na vida de Mary Martha.

Percebeu que havia movimento no quintal e que uma luz forte brilhava lá fora. Foi até a porta da cozinha e viu que Mike e Mary Martha estavam curvados sobre a caixa protetora das abóboras, ajustando uma lâmpada num suporte em forma de tripé. Hesitou. Os dois pareciam muito contentes, e ela detestava ser desmancha-prazeres. Então refletiu que aquilo era ridículo, que só estava sentindo pena de si mesma.

Saiu. Mary Martha correu para ela imediatamente, esfuziante de entusiasmo. Usava a camisolinha cor-de-rosa, as pantufas de coelho e a jaqueta de Mike, que quase lhe chegava aos pés, mas era claro que tinha perfeita consciência da importância de sua missão.

— Resolvemos que vamos dar as abóboras para a vovó — anunciou com orgulho.

— Já passou da hora de você ir para a cama — disse Rebecca. — E não devia estar aqui fora de camisola e pantufas.

Mary Martha abriu a boca num "O" de surpresa, então fechou-a com força, numa expressão de mágoa diante daquela injustiça.

— Desculpe — pediu Mike, um passo atrás da menina. — Acho que nos deixamos levar pelas circunstâncias especiais.

— Posso saber o que estão fazendo?

Ele olhou-a com humildade.

— Uma espécie de incubadora. Essas plantas vão precisar de um pouco de ajuda.

— As abóboras vão pensar que estamos em agosto — explicou Mary Martha com um olhar cúmplice para Mike, que piscou para ela.

O ar de adoração no rosto da filha abrandou Rebecca. Ela respirou fundo e disse, o mais calmamente que pôde:

— Bem, é tudo muito bom, mas agora você tem mesmo de ir para a cama, mocinha.

— Viu os cartões que fiz para a vovó?

— Vi, sim — respondeu Rebecca. — São lindos. Gostei mais do retrato de nós três: você, eu e a vovó.

— Fui eu que tive a idéia de fazer o sol com papel amarelo recortado — disse Mary Martha.

As costumeiras cerimônias da normalidade eram calmantes. Mary Martha lavou o rosto, escovou os dentes e os cabelos e insistiu na leitura de todas as noites. Rebecca leu um capítulo inteiro de *A casa da esquina Pooh*, e a filha ouviu com silenciosa absorção.

Quando Rebecca pôs o livro de lado, a menina perguntou:

— A vovó vai ficar boa?

— Acho que sim. Talvez ela fique um pouco... diferente. Um pouco confusa. Pode ser também que não consiga andar.

— Acendi uma vela para ela.

— O quê?

— Na igreja. Mike também acendeu uma. E rezamos para a vovó melhorar.

Rebecca ficou um instante em silêncio, absorvendo aquilo. Descobriu que estava furiosa. Parecia um absurdo, uma grande mesquinharia ficar tão zangada. Nada poderia ser mais natural. Mike passara a maior parte de sua vida adulta em oração. Ela deveria sentir-se agradecida por ele poder oferecer a sua filha um pouco do conforto da fé. Mas isso só aguçava ainda mais seu senso de desamparo, sua raiva contra acontecimentos que fugiam de seu controle. E fazia com que Mary Martha lhe parecesse, em pequeno grau, uma estranha.

Controlou-se e beijou a testa da filha.

— Todos nós queremos que a vovó melhore — disse.

Na cozinha, Mike estava lavando a louça do jantar. Fizera panquecas, uma comida de consolo. Por algum motivo, aquilo apenas irritou Rebecca ainda mais. A mãe dela tivera um derrame, e Mike estava transformando isso em uma festa. Estava agindo do mesmo modo que Rory sempre agia, fazendo-a ser a bruxa, a malvada representante da realidade. Pensava em cultivar abóboras no inverno e rezar para que Deus fizesse vovó melhorar, mas, enquanto isso, Phoebe estava largada num leito do hospital geral de São Francisco, com três tipos de tubos plásticos ligados a seu braço e perna inúteis, a mente derrapando como um caminhão no gelo.

— Você comeu? — indagou Mike.

— Não estou com fome.

Mike percebeu o tom ríspido da voz dela e ficou calado. Acabou de enxaguar o prato que tinha nas mãos e colocou-o cuidadosamente no escorredor, virando-se depois para encará-la.

— Mary Martha disse que você a levou à igreja.

— Pareceu-me a melhor coisa a fazer. Ela ficou muito aflita.

— Nunca lhe ocorreu me perguntar se eu achava que era a "melhor coisa"?

Ele não desviou os olhos dos dela.

— Honestamente, não me ocorreu.

— Você não tinha o direito de enganar uma menininha com esse tipo de bobagem.

Mike respirou fundo. Estava zangado, notou ela com um pequeno sobressalto. Estava lutando para ser paciente.

— Ela me perguntou o que poderia fazer pela avó — começou ele. — E eu disse o que as pessoas vêm dizendo umas às outras há milhares de anos, quando se confrontam com seu desamparo em face da vida e da morte. Disse que podíamos rezar. E acho que isso a ajudou.

— Mentiras consoladoras. Vinte anos em um mosteiro, e de todo esse tempo só tem para mostrar mentiras consoladoras a crianças de seis anos.

Ele baixou a cabeça em silêncio, recusando-se a fitá-la.

— E se Phoebe morrer? — prosseguiu ela. — E se toda essa besteira de rezas não funcionar? O que vai dizer a ela?

Mike continuou de cabeça baixa, sem nada dizer.

Rebecca esperou por um longo momento, para então repetir:

— Você não tinha o direito!

Sua bolsa estava em cima da mesa. Mesmo sabendo que isso ia enfraquecer o efeito de sua retirada, parou para pegar os cigarros, antes de virar-se e marchar para a porta dos fundos.

Na varanda, sentou-se no degrau do topo e acendeu um cigarro, soprando a fumaça para a lua minguante acima do oceano. Deu outra furiosa tragada. Da cozinha vinha o som igualmente furioso de água corrente. Ela levou um momento para perceber que Mike estava acabando de lavar a louça. No meio de uma briga doméstica, isso era uma novidade. Rory estaria jogando pratos na parede.

O barulho cessou. O silêncio prolongou-se tanto que Rebecca suspeitou que Mike saíra pela porta da frente e fora para o seu apartamento. Mas então a porta atrás dela abriu-se. Mike atravessou a varanda, sentou-se ao lado dela sem cerimônia e pegou um de seus cigarros.

Ela gostou de que ele se sentisse à vontade para servir-se sem pedir, que não houvesse levado sua explosão demasiadamente a sério. Viu que ele levara dois copos de vinho, uma oferta de paz, talvez, mas não quis pegar um imediatamente. Seria ceder demais.

No quintal, a ridícula lâmpada brilhava acima da caixa protetora. Aquilo parecia uma escavação de sítio arqueológico ou o fantasmagórico cenário abandonado de algum filme.

— Quanto custou essa coisa? — perguntou ela.

Ele deu de ombros.

— Aposto que foi caro demais para um sujeito que ganha salário mínimo — continuou ela.

— Tive um aumento. Agora sou chefe dos hambúrgueres.

— Não estou brincando, Mike.

— Mary Martha está mesmo interessada nesse negócio de abóboras — disse ele. — Diz que ela e Phoebe entalham várias, todos os anos.

Era verdade. Phoebe tinha um grande respeito, muito Nova Inglaterra, pelos rituais de outono, e ela e Mary Martha sempre haviam compartilhado um Halloween muito agitado. As duas iam aos campos perto de Half Moon Bay e escolhiam as maiores abóboras que podiam encontrar, voltavam para a casa de Phoebe e passavam horas no quintal, desenhando nelas caretas malucas com marcadores do tipo Magic, antes de iniciar a tarefa suja e hilariante de entalhá-las. A lealdade de Mary Martha à tradição era inegavelmente comovente.

Rebecca apagou o cigarro e pegou um copo de vinho. Mike esperou um instante, por prudência, e pegou o seu. Ficaram um momento sem falar.

— Meu Deus, que pesadelo! — disse por fim Rebecca. — Eu me virei, e lá estava ela, caída na calçada, toda torta como uma lata de cerveja amassada. O lado direito estava paralisado, o rosto contorcido, e ela tentava fazer parecer que nada acontecera. Como se fosse feio ter um derrame. Uma gafe.

Mike sorriu.

— Sua mãe tem um profundo senso de elegância.

— Ela pensa que meu pai ainda está vivo. Tenho vontade de me jogar no chão e chorar toda vez que ela pergunta por ele.

— Os médicos disseram alguma coisa sobre as perspectivas a longo prazo?

— Falei com um médico chamado Pierce, que parece o freqüentador mais educado de um bar de solteiros e cheira como um balcão de perfumaria. Não parece à vontade para me dizer coisa alguma, a não ser nomes de medicamentos que deseja administrar a ela. Espero que amanhã eu encontre um ser humano que me dê respostas diretas.

— Muitas vezes os médicos não sabem o que esperar. Deram seis meses de vida a minha mãe, quando foi detectado um câncer de ovário, e ela viveu mais quase dois anos. No fim de tudo, deram-lhe seis semanas, e ela morreu três dias depois.

Rebecca olhou-o.

— Lamento. Eu não sabia.

— Isso foi há cinco anos. Na época eu também não queria falar em Deus. Mas sempre me admirei de como me fazia bem acender uma vela. — Mike hesitou. — Olhe, sinto muito se extrapolei.

— Sei que sua intenção foi boa. Você é maravilhoso com Mary Martha. Não há ninguém melhor do que você para ficar com ela.

— Fiquei contente por você ter sentido que podia me telefonar, que podia contar comigo.

Ela ficou calada durante longos instantes, receosa de que ele estendesse a mão e a tocasse. Bob já teria tentado pegar sua mão. Rory já teria saído porta afora. Mike, porém, se contivera.

— Tenho medo de não conseguir fazer tudo sozinha — queixou-se.

Mike então tomou a mão dela, e aquilo pareceu certo.

— Alguém precisará ir à casa de Phoebe amanhã molhar as orquídeas — continuou ela. — Alguém terá de ficar com Mary Martha, não quero levá-la ao hospital até que Phoebe esteja com melhor aparência. Mas terei de ficar com minha mãe.

— Conte comigo.

— Eu sei que não era isso o que você esperava encontrar.

— Você não leu minha bula direito.

O monge do andar de baixo • *205*

— É sério, Mike. Você viveu em um mosteiro durante vinte anos, e durante vinte anos não teve de se preocupar com compras de supermercado, não teve mulheres chorosas chamando você ao telefone.

— Estou aqui para ajudar no que for preciso — declarou ele. — Sei que não parece grande coisa...

— Diz isso porque nunca teve de fazer uma criança de seis anos comer verduras — disse ela. — Mas vai ter de fazer aquela menina comer.

Quando estavam se preparando para dormir, ela percebeu a calma solenidade do momento, a inevitável sugestão de uma ligação conjugal. Mike tivera a chance de fugir e não fugira, e agora lá estavam os dois, de short largo e camiseta, escovando os dentes juntos depois de um dia ruim. Rebecca resolveu passar fio dental, o que não fizera desde que eles haviam começado a dormir juntos, por achar que não era sedutor. Mike também pegou um pedaço de fio com um sorriso sutil, reconhecendo o novo território.

Na cama, ela deslizou para os braços dele. Sentia a tensão apertar-lhe o corpo, negando-lhe o conforto da penumbra. Deixara a cortina aberta, e o suave brilho da lâmpada sobre os pés de abóbora desenhava um retalho de claridade no alto da parede mais próxima da janela.

— Aquela coisa fica acesa a noite toda? — perguntou.

— Coloquei um timer, ajustado para manter a lâmpada acesa dezoito horas por dia — explicou ele em tom modesto, mas havia uma ponta de orgulho por seu engenho. — Também instalei uma célula fotoelétrica... que acenderá em dias de nevoeiro.

— Você é louco. Sabe disso, não é?

Ele deu uma risadinha. Em algum lugar na distância uma sirene soou, e eles ficaram ouvindo em silêncio, enquanto o som se aproximava, um uivo urgente, e depois se afastava.

— Foi uma cena de manicômio na ambulância — disse ela, quando tudo silenciou novamente. — O paramédico queria que Phoebe dissesse: "O céu é azul em Cincinnati." Suponho que isso serviria para ele avaliar o modo de ela falar. Ela obviamente achou que ele queria conversar e que seria falta de educação deixá-lo falando sozinho, então disse: "Eu nunca estive lá, mas dizem que é lindo."

Sua voz falhou, e Mike beijou-a na testa. Uma das pernas dela estava entre as dele, um entrelaçamento confortável, mas Rebecca não conseguia relaxar. Quando fechava os olhos, via a mãe no leito de hospital, ouvia o assobio do oxigênio.

— Ela parecia tão frágil — murmurou. — Como a última folha de uma árvore, que um leve sopro de vento pode arrancar e levar para longe, rodopiando.

Mike não disse nada por um momento.

— O que *você* vai dizer a Mary Martha, se Phoebe morrer? — perguntou.

Rebecca enrijeceu-se, mas, pelo tom de voz de Mike, compreendeu que ele não estava querendo continuar com a discussão daquela noite, que desejava de fato saber.

— Não sei — respondeu.

Ele não insistiu. Ficaram deitados em silêncio, ele com o nariz enterrado nos cabelos dela, ela com o rosto apertado contra a morna solidez do peito dele. Então, ela começou a chorar. Chorou por muito tempo, sentindo-se bem por apenas poder chorar.

A lâmpada no quintal apagou em algum momento depois da meia-noite, e não muito tempo depois Rebecca sentiu a respiração de Mike tornar-se suave e regular. Ela devia ter dormido também, porque a noite passou. Mas estava acordada quando a escuridão tornou-se menos densa e a lâmpada lá embaixo acendeu novamente.

Capítulo Onze

Caro irmão James,

Obrigado por sua carta bondosa e pelas palavras consoladoras a respeito da mãe de Rebecca. O prognóstico ainda é confuso, mas parece que ela vai sobreviver. Como você pode imaginar, estamos extremamente preocupados. Passar por uma coisa dessas é terrível, e até agora só foi o começo. Mas o espírito de Phoebe sempre me pareceu indomável.

Lamento saber que o abade Hackley está doente. Talvez você se surpreenda, mas tenho genuína afeição por esse homem. O abade e eu brigamos durante todos os 14 anos em que ele foi meu superior, e houve vezes em que meus sentimentos por ele não foram muito caridosos, mas jamais duvidei da firmeza de sua boa intenção.

É verdadeiramente irônico que ele tenha, como você observa, chegado a dar maior importância à pura contemplação nos últimos meses. Ele sempre insistiu muito sobre o valor da virtude ativa e até mesmo heróica. Ele e eu discutíamos constantemente a respeito da verdadeira interpretação do capítulo décimo do Evangelho de Lucas. Jesus chega a uma certa vila — sabemos que era Betânia —, e a irmã de Lázaro, Marta, recebe-o e o faz entrar em casa. Ela se desdobra para mostrar hospitalidade, enquanto a irmã, Maria, senta-se aos pés de Jesus e "ouve sua palavra". Por fim, Marta, "afadigada na contí-

*nua lida da casa", talvez sentindo que seus esforços não são aprecia-
dos, aproxima-se de Jesus e pergunta-lhe: "Senhor, não se importa que
minha irmã me deixe estar servindo sozinha? Diga-lhe que me ajude."
E Jesus responde, imagino que amorosamente e até com indulgência:
"Marta! Marta! andas inquieta e te preocupas com muitas cousas.
Entretanto pouco é necessário, ou mesmo uma só cousa; e Maria,
pois, escolheu a boa parte e esta não lhe será tirada."*

*Para tipos introspectivos, como você e eu, essa história é o texto
evangélico da escolha, um manifesto da relação entre vida ativa, a vida
de serviço caridoso, e vida contemplativa, a vida dedicada à contemplação de Deus. A interpretação óbvia é aquela que Orígenes deu no
século III, que o elogio de Jesus à escolha de Maria significa a prima-
zia do amor contemplativo. Contudo outros interpretadores também
deram a Marta o mérito que lhe cabia, dizendo que é só no equilíbrio
dos dois tipos que se pode alcançar uma genuína vida espiritual.
Eckhart vai mais longe e afirma que Marta é a irmã espiritualmente
madura, que Maria de fato precisa levantar o traseiro do banco, e que
as palavras de Jesus a Marta não são absolutamente uma repreensão,
mas, ao contrário, a mensagem tranqüilizadora de que Maria um dia
amadurecerá o bastante para se livrar da emoção de Sua simples presença e se dedicará ao verdadeiro trabalho espiritual de uma atividade
enraizada no amor de Deus.*

*O abade Hackley, obviamente, era um homem do tipo Marta,
enquanto eu, de modo claro, dava preferência ao tipo de Maria. Ele
queria nos ver ensinando, pregando, servindo e suando, trabalhando
no vinhedo, tanto de maneira literal, como figurada. Não tinha
paciência para o Silêncio consumidor do alcance mais profundo da
prece, e, quando esse Silêncio tornou-se proeminente em minhas orações, nós freqüentemente discutíamos a respeito de quais deveriam ser
minhas prioridades. Ele era meu abade e meu confessor, e eu fizera
voto de obediência, mas lutava arduamente na defesa do que acreditava ser de maior valor, aquela "boa parte", a única coisa necessária, o
descuidado repouso na amorosa percepção de Deus. Foi fácil para
mim, durante anos a fio, sentir que minha obstinação era justa, pois as
recompensas da contemplação mostravam-se vívidas, e toda a atividade me parecia um transtorno. Ruusbroec censura o "natural vazio" de*

O monge do andar de baixo • *209*

certos místicos de seu tempo, de sua tendência ao repouso em um silêncio que é meramente uma fuga. Mas quem pode dizer isso, em qualquer momento da jornada de uma alma? "Pelos frutos os conhecereis", como o abade Hackley sempre disse. Mas os frutos amadurecem lentamente, em especial os frutos do silêncio. Trabalhe demais no caminho agitado de Marta, e um dia poderá acordar e descobrir que não acredita mais em nada. Seu desejo árido tornou despóticos todos os seus esforços. Mantenha-se teimosamente demais no silêncio de Maria, e cairá na inércia mórbida, em um nada tão despótico e com vontade própria quanto o nada da compulsão e da vazia atividade de Marta.

Verdades óbvias, talvez. Mas esse conflito, para mim, chegou a um ponto de crise só depois que passei pelo deserto de minha própria noite escura, quando a alegria da contemplação dissolveu-se em vazio e medo. Não era mais apenas uma questão de equilibrar as pretensões de Marta e as de Maria. A semente do amor, da qual brotam tanto a vida ativa como a contemplativa, parecia ter morrido em mim. Quando conheci Rebecca, eu disse a ela que saíra do mosteiro por causa de minhas desavenças com o abade Hackley, mas isso não era verdade. Deixei o mosteiro porque essas desavenças haviam se tornado assustadoramente irrelevantes. Eu continuava tão incapaz como sempre de mergulhar na vigorosa vida de serviço do abade Hackley, de assobiar, satisfeito, enquanto trabalhava, e também não podia mais sentir que me deixava ficar indolentemente aos pés de Jesus, refugiando-me naquela única coisa necessária. Eu simplesmente perdera o caminho.

Essas são as coisas desconcertantes de Deus. Agora o abade Hackley está morrendo e encontrando alegria no silêncio da prece. Não tenho dúvidas a respeito da riqueza de suas meditações. Quanto a mim, apaixonei-me por Marta e dobrei minha vontade para finalmente poder servir com ela. Espero que o abade encontre um momento tranqüilo para rir disso, assim como espero que possa conhecer a gratidão e o amor que agora sinto por ele, o doce fruto de todas as nossas batalhas. Pode dizer a ele que sempre o incluo em minhas orações?

Seu em Cristo,
Mike

Da sexta-feira para o sábado, o estado de Phoebe não sofreu nenhuma alteração, e Rebecca instalou-se no hospital durante o fim de semana. Phoebe raramente ficava acordada por mais de meia hora, o que era um tipo de bênção, pois era doloroso vê-la descobrir aos poucos as coisas que não conseguia fazer. Descobrira finalmente que a perna e o braço direitos estavam paralisados. Rebecca pegava-a olhando para a mão imóvel com um ar de triste reprovação, como se um filho favorito a houvesse decepcionado. Phoebe não encontrava as palavras certas para falar das coisas mais simples, e seus olhos enchiam-se de lágrimas, quando sua mente deparava com algo em branco, com outra lacuna enervante. Havia um pequeno relógio digital na mesinha-de-cabeceira, onde as horas eram mostradas em números vermelhos, e ela não conseguia decifrá-los. Não parava de perguntar que horas eram, até que Rebecca saiu e comprou um reloginho antiquado, com um ponteiro grande e um pequeno. Phoebe olhou para o mostrador, e lágrimas inundaram seus olhos mais uma vez.

— Quinze para as três — disse.

No entanto ainda não sabia em que ano estavam.

O Dr. Pierce estava passando o fim de semana fora, e seu substituto era um neurologista chamado Al-Qabar, um irrequieto iraquiano com um jeito tão rápido de falar que Rebecca achou difícil acompanhar o que ele dizia, depois de ter se acostumado à lentidão de Phoebe. Esse médico disse que os primeiros dias eram sempre os piores, que algumas células cerebrais podiam estar danificadas apenas temporariamente, não mortas, e que poderiam voltar a funcionar. Às vezes uma outra parte do cérebro assumia as funções de uma região danificada. Era difícil afirmar qualquer coisa.

— Dez por cento das pessoas que sofrem um acidente vascular cerebral recuperam-se quase que completamente — explicou ele. — Vinte e cinco por cento sobrevivem com danos menos graves, quarenta por cento, com danos moderados ou severos. Dez por cento, infelizmente, exigem tratamento a longo prazo numa casa de saúde.

— Ela não consegue ler as horas em um relógio digital — disse Rebecca.

O monge do andar de baixo • *211*

— E quinze por cento morrem — disse Al-Qabar, concluindo seu pensamento. — Sua mãe não morreu.

Ela percebeu que ficou nervosa depois de falar com o Dr. Al-Qabar. O homem a afetara como café forte. Mais tarde, sozinha com a mãe, ela não conseguia impedir-se de terminar as frases de Phoebe, de fazer-lhe perguntas incentivadoras, tentando guiá-la na direção do privilegiado grupo de pessoas menos prejudicadas por um derrame. Mas qualquer sinal de pressa ou impaciência apenas magoava e cansava a mãe, bastante lúcida para saber que não estava tendo um bom desempenho. Ficava cada vez mais perturbada, lutando para dizer alguma coisa brilhante. "O céu é azul em Cincinnati", recitou uma vez, uma frase que ouvira no percurso de ambulância para o hospital e que devia lhe parecer de grande importância. De modo geral, porém, esforçava-se um pouco e depois adormecia. Era quando Rebecca corria para o elevador, descia até o andar térreo, ia para o pátio na frente do hospital e fumava um cigarro atrás do outro, no meio de pessoas de pijama e chinelos, que iam de seus quartos para lá, arrastando os suportes de soro, para fumar às escondidas.

Mike e Mary Martha haviam ido à casa de Phoebe no sábado, para molhar as orquídeas, e voltado com a correspondência de dois dias. Naquela noite, em casa, folheando a substancial pilha, Rebecca sentiu uma onda de desespero, começando a perceber o peso do fardo que caíra sobre ela. Havia contas a pagar, extratos de banco, cartões-postais da Europa, apelos das muitas causas que Phoebe apoiava e uma carta ininteligível, mas inegavelmente ameaçadora, de um funcionário da secretaria de fazenda de Marin County, que parecia referir-se a uma disputa em andamento.

Rebecca separou tudo em duas pilhas, uma para assuntos que requeriam imediata atenção, e outra para os que podiam ser adiados. Ocorreu-lhe que não podia perguntar à mãe o que fazer a respeito de nada daquilo. Já começara a preocupar-se com dinheiro, pois não estava trabalhando, e sentiu-se apavorada só de pensar em ter de pagar as contas de Phoebe até que ela tivesse condições de pôr suas finanças em ordem.

Era quase meia-noite, e Mike estava tomando uma ducha. Rebecca tivera a impressão de que ele estava tão esgotado quanto ela. Mary Martha já dormia havia bastante tempo quando Rebecca chegara em casa, mas Mike contara que ela chorara bastante, fazendo perguntas a respeito da avó e dizendo que queria vê-la. A menina também dissera que queria ir à igreja outra vez, mas ele conseguira fazê-la esquecer a idéia.

Ele conseguiu fazer minha filha esquecer a idéia de orar pela avó, refletiu Rebecca. Essa é boa. Um ponto para mim, por minha sábia orientação maternal. E um ponto pela minha maneira de modelar as almas da nova geração.

As prateleiras dos armários da cozinha estavam repletas de produtos diferentes. Mary Martha convencera Mike a comprar cereal Count Chocula, em vez de Cheerios, e um suco de laranja de qualidade inferior, que era basicamente apenas água açucarada colorida. Ele comprara um pacote de couves-de-bruxelas, que de maneira alguma Mary Martha comeria, pão branco em vez de integral, arroz branco em vez de integral, e carne moída cheia de gordura. Comprara leite, um litro em vez de cinco, com quatro por cento de gordura em vez de dois. Em resumo, tudo diferente do que Rebecca costumava comprar. Isso não era o fim do mundo, naturalmente, exceto que deixava mais do que claro que tudo estava fugindo de controle.

Mike também comprara alguma coisa chamada Little Debbies, tortinhas cremosas de aveia, embaladas uma a uma, uma óbvia tentação para o paladar de uma criança de seis anos, e Rebecca comeu quatro, uma atrás da outra. Ela tentou lembrar-se de quando fora a última vez que comera e não conseguiu. O almoço com Phoebe, sessenta horas antes, parecia ter acontecido em outra vida.

Mike entrou na cozinha quando ela acabara de desembrulhar a quinta tortinha de aveia e estava pondo a embalagem de plástico na pequena pilha sobre a mesa. Ele ergueu as sobrancelhas maliciosamente, mas percebeu que Rebecca não estava com disposição para brincadeiras, então sentou-se diante dela e também pegou uma Little Debbie.

— Não sei quanto tempo vou agüentar — queixou-se Rebecca.

— Temos leite para acompanhar as tortinhas — disse ele.

No domingo, Phoebe piorou bastante. Estava preocupada com o senador Goldwater e uma possível guerra nuclear. Extremamente agitada, em um momento até tentou levantar-se, embora fosse dolorosamente fácil mantê-la na cama. Ditou listas de compras, iguais às da infância de Rebecca, com muito gim e cigarros mentolados. As roseiras precisavam ser podadas, com uma urgência que só se equiparava à necessidade de conseguir votos para os democratas.

O Dr. Al-Qabar mostrou-se incompreensivelmente animado com essa excitação incoerente. Disse que o estado de Phoebe estava estabilizando-se muito bem, que o nível de energia dela subira e que os sinais vitais eram fortes. Ela estava tentando pôr seu mundo em ordem. Ele achava que logo ela poderia começar as sessões de fisioterapia.

Naquela noite, Rebecca ligou para Jeff Burgess de um telefone público do hospital e disse que não poderia ir trabalhar no dia seguinte.

— Não tem nada que ver com o uniforme, tem? — perguntou ele nervosamente.

— Meu Deus, Jeff! Minha mãe não consegue comer sozinha, está tentando livrar-se dos tubos para ir votar em Lyndon Johnson e quer comprar uma coqueteleira para meu pai morto.

— Desculpe — murmurou Jeff. — Parece que ficaram todos loucos lá na empresa. Os técnicos e artistas gráficos estão numa espécie de operação-tartaruga para protestar contra o uniforme. E Moira está me enchendo para fazer um implante de cabelos.

— Implante de cabelos?

— Ela diz que estou ficando careca.

— Bem, talvez você esteja perdendo um pouco de cabelo.

— Era isso o que Charlotte dizia. Ela sempre foi muito delicada a respeito disso, dizia até que achava bonitinho. Nós brincávamos, dizendo que envelheceríamos graciosamente e juntos. Mas essas mulheres mais jovens são muito... *intolerantes*.

— Voltando a falar dessa minha situação de vida ou morte, Jeff...

— Claro, claro. Fique com sua mãe o tempo que for necessário. Não é o fim do mundo, afinal. — Ele hesitou. — De quanto tempo acha que vai precisar?

— Não sei. No momento mal consigo manter a cabeça fora da água. Faz três dias que não durmo direito, passo quase o tempo todo no hospital ou no trem.

— Fiz a sua parte na reunião de sexta-feira, mas eles estão me apertando, querem o produto terminado. E com essa operação-tartaruga não há como passar o seu trabalho para outra pessoa.

Rebecca apenas gemeu, e Jeff concluiu:

— Compreendo sua situação, mas...

— Bem, acho que posso trabalhar durante algumas horas na... quarta-feira. Está bem assim?

— Na quarta-feira? Ótimo!

Ela pensou no primeiro trabalho que fizera na Imagens Utópicas, uma série de pôsteres para um pequeno grupo de hippies que queriam vender produtos orgânicos em cidades do interior. Ainda se lembrava das mangas naqueles pôsteres, em rico tom de laranja e um pouquinho de vermelho. Trabalhara cem horas no projeto, e o cheque dos hippies fora devolvido. Jeff rira e dera-lhe a tarde de folga. Os dois foram à praia e tomaram tequila assistindo ao pôr-do-sol. Ele atribuíra o caso todo ao carma.

— Nós nos tornamos as pessoas que nunca pretendemos ser, Jeff — disse ela.

Ele ficou calado por um longo momento. Rebecca ouviu ao fundo a voz um tanto suplicante de Moira, que pedia para ele voltar para a cama.

— Vá trabalhar quando puder, Rebecca — disse ele por fim. — Vou dar um jeito.

— Está bem. Obrigada.

Ele suspirou.

— Apliques! — exclamou.

— O quê?

— Os implantes de cabelos. São chamados de apliques. Moira quer que eu encha a cabeça de apliques. — Suspirou de novo. — Cuide de sua mãe, Becca — recomendou, desligando.

O monge do andar de baixo • *215*

O carro de Rebecca quebrou quando ela dirigia pela rua Oak, no caminho para o hospital, na segunda-feira de manhã. A transmissão estivera fazendo ruídos irritantes durante semanas, de modo que o defeito não foi uma surpresa completa, mas o momento era o mais impróprio possível. Alguém com um telefone celular parou para ajudar, e ela ligou para a agência de seguros. O caminhão-guincho chegou 45 minutos depois e rebocou-a para uma oficina no Haight, onde o mecânico foi bastante otimista.

— Só precisamos de seu cartão de crédito para começar o serviço.

Ela entregou-lhe o cartão Master, e ele voltou alguns instantes depois, com ar embaraçado.

— Receio que o limite de seu cartão esteja esgotado, madame.

Rebecca começou a chorar. É claro que estourei o limite, teve vontade de dizer. Minha mãe está no hospital, paguei uma fiança para meu ex-marido, e a diretora da creche de minha filha cobra uma taxa extra, depois das cinco horas da tarde.

O mecânico limpou a mão no macacão e deu-lhe um tapinha constrangido no ombro.

— Quer que eu conserte seu carro e depois estudamos um jeito de a senhora pagar? — ofereceu.

Depois chamou um táxi para ela.

Rebecca chegou ao hospital meia hora depois para descobrir que o estado de Phoebe apresentara "um retrocesso", como explicou delicadamente o Dr. Pierce, que voltara da Sierra, onde passara o fim de semana esquiando em neve artificial. A mãe estava em um respirador, inconsciente, com a respiração difícil e as sobrancelhas franzidas em furiosa concentração. Pierce, como sempre, foi econômico quanto aos detalhes, mas parecia que Phoebe quase morrera durante a noite.

— Foi outro derrame? — perguntou Rebecca no corredor, afastada da porta do quarto da mãe.

A plaquinha com o sobrenome de Phoebe escrito a mão fora substituída por outra, datilografada. Isso não dava a impressão de progresso.

— Foi um acontecimento — disse Pierce cautelosamente.

Usava uma daquelas camisas azuis com colarinho branco, de que Rebecca nunca gostara, e seu rosto estava profundamente bronzeado, com exceção de uma área pálida em forma de óculos de esquiador ao redor dos olhos.

— Um acontecimento — repetiu ela, tentando entender.

— É óbvio que alguma coisa aconteceu. O cérebro é muito misterioso. A tomografia e a ressonância magnética não mostraram nenhum novo dano. Deve ser uma reorganização de algum tipo.

— O cérebro dela está se reorganizando em coma?

— Um passo à frente, dois passos para trás, esse tipo de processo — explicou Pierce dubiamente. Devia ser uma tentativa de humor. Era óbvio que ele detestava que o deixassem confuso. — Não é coma, propriamente. O eletroencefalograma indica que ela está dormindo.

Rebecca disse a si mesma que nada daquilo era culpa do médico, que ele não merecia sua raiva, que aquela camisa idiota não fazia diferença. Nem a marca de óculos de proteção, que fazia o homem parecer um guaxinim dementado. Mas era bom sentir raiva. Era como estar fazendo alguma coisa.

Refletiu que provavelmente Pierce passava por muitas situações como aquela e respirou fundo.

— Sei que está fazendo tudo o que pode — disse o mais brandamente que conseguiu.

— Não há muito que possamos fazer neste momento. Isso é que é o inferno. Só podemos esperar para ver o que acontece.

— Então vamos esperar.

Pierce pareceu hesitante, um homem basicamente bom com péssima noção de moda.

— Sua mãe é religiosa? — perguntou.

— Está dizendo que devo chamar um padre?

— Mal não vai fazer — respondeu ele.

Em vez de ir em busca de um padre, Rebecca ligou para Mike no trabalho, e ele chegou menos de uma hora depois, usando o uniforme da McDonald's, ainda com o crachá preso no peito. Ela começou a chorar assim que ele entrou no quarto, e os dois se abraçaram sem uma

O monge do andar de baixo • *217*

palavra. Mike cheirava a hambúrguer e gordura, um cheiro de ranço temperado, como o de um velho cobertor de acampamento, que era estranhamente reconfortante depois da colônia de Pierce.

Ele se virou para a cama, e por um instante Rebecca viu a mãe através dos olhos dele, murcha e franzina, quase uma estranha. Ela ainda tinha o cenho contorcido naquela carranca perturbadora de esforço ou de dor, e Mike estendeu a mão para alisá-lo, como Rebecca já fizera. As feições de Phoebe relaxaram por um momento; então, como se recobrando de uma distração, ela franziu as sobrancelhas novamente.

Mike olhou para Rebecca, que apontou para uma cadeira ao lado da cama. Ele se sentou e tomou a mão de Phoebe entre as suas. Rebecca percebeu que ele já começara a orar. Foi algo que aconteceu sem transição perceptível, uma mudança na atmosfera. O longo rosto triste de Mike assumiu uma expressão de tranqüilidade quase bizantina, de uma calma igual a de um penitente numa pintura de Giotto, e de repente o silêncio criou vida.

Ela foi buscar a outra cadeira que havia no quarto e sentou-se ao lado dele. O respirador chiava e estalava de leve. Os lábios de Phoebe estavam rachados. Por alguma razão, era impossível manter os cabelos dela penteados.

Quer que eu seja boa, Deus?, perguntou Rebecca em pensamento. Quer que eu penteie os cabelos de minha mãe? O que quer de mim?

— Ela está lutando — observou Mike baixinho.

Rebecca mexeu-se, meio a contragosto, voltando à tona.

— Está, sim.

— O que o médico disse?

— Que talvez eu quisesse chamar um padre.

Ele a fitou nos olhos, então tornou a olhar para Phoebe. Por longos instantes não disse nada, e Rebecca esperou pacientemente. Ela mesma estava sentindo uma estranha, profunda calma, uma percepção de que havia tempo para tudo o que era importante.

— Ela não gostaria de que tudo fosse feito de acordo com as normas? — perguntou ele finalmente.

— Phoebe achou que você era ótimo para um batismo.

— Aquilo foi diferente.

— Foi?

— Você sabe que sim.

Levantando-se, Rebecca rodeou os pés da cama e foi até a janela no outro lado do quarto. Ela mantivera a cortina fechada para proteger os olhos de Phoebe, mas eles estavam fechados agora, e ela não queria que a mãe morresse num lugar com pouca claridade. Abriu a cortina pesada e ficou surpresa ao ver que estava chovendo. Era a primeira chuva da estação, silenciosa e constante. Não demoraria para que o Dr. Pierce pudesse esquiar em neve de verdade. O trânsito na avenida Potrero, cinco andares abaixo, era intenso, de um jeito irreal e distante, com carros e ônibus deixando no asfalto molhado rastros que rapidamente se desfaziam, e guarda-chuvas que se elevavam das calçadas como cogumelos.

Rebecca voltou-se para a cama. Teve a impressão de que a mãe virara o rosto ligeiramente, procurando a luz, como fazem as plantas.

— Está querendo dizer que não vai fazer o que tem de ser feito? — perguntou ele.

— Com certeza o hospital mantém um padre de plantão.

— Não quero nenhum estranho aqui dentro!

Mike soltou a mão de Phoebe e levantou-se.

— Acho que devemos falar sobre isso lá fora.

— Minha mãe já me ouviu gritar outras vezes — insistiu Rebecca belicosamente, mas seguiu-o para fora do quarto.

Mike deu mais alguns passos ao longo do corredor, afastando-se bastante da porta. Uma tocante discrição.

Quando Rebecca alcançou-o, ele disse:

— Isso a que você se refere é um sacramento, a Extrema-Unção, que agora é chamada de Unção dos Doentes.

— Sei — murmurou Rebecca no tom mais desencorajador possível.

Mike respirou fundo.

— A Igreja Católica ensina que um sacramento é um sinal externo e visível de graça interna e espiritual, e que seu valor vem de sua divina instituição, do "trabalho que já foi feito", *ex opere operato*, pela ação salvadora de Jesus Cristo. Ensina também que, devidamente ministrado

O monge do andar de baixo • *219*

por um pastor da Igreja, é a transmissão da graça de Deus, que não depende do caráter moral do celebrante ou daquele que recebe o sacramento. Uma outra linha de pensamento é a de que o valor do sacramento depende de certa maneira de quem o ministra e de quem o recebe, *ex opere operantis*, ou seja, o trabalho que está sendo feito na ocasião. Seja como for que se interprete isso, não estou qualificado...

— Mike, se minha mãe morrer enquanto estou aqui fora, ouvindo você falar sobre quantos anjos podem dançar numa cabeça de alfinete, eu nunca o perdoarei.

— Você está me pedindo para fazer algo muito sério e muito real, algo que não estou mais autorizado a fazer.

— Mas você fez um batismo.

— Aquilo foi um número de circo, foi um erro.

— Foi lindo. Eu o amei naquele dia. Você é a única pessoa que eu conheço que poderia imprimir um pouco de dignidade àquela cena. É isso que estou lhe pedindo agora, um pouco de dignidade. Não quero nenhum advogado canônico preenchendo os formulários apropriados.

Mike olhou-a com tristeza.

— Escute... — prosseguiu ela. — Minha mãe é católica praticante. Casou-se com meu pai na Igreja, um casamento para durar para sempre. Criou-me na religião, com tudo certo, Batismo, Primeira Comunhão e Crisma. Ficou muito magoada quando Rory e eu nos casamos na praia. Ela teve uma vida maravilhosa, em todos os aspectos, e certamente não é culpa dela eu ter me tornado do jeito que me tornei. Vai me dizer que seu Deus está examinando sua licença para saber se você pode fazer o que lhe peço? Acha que Ele vai deixá-la morrer naquele quartinho feio, com uma filha como eu, um tubo descendo pela garganta e ninguém que faça o que deve ser feito? É o que vai acontecer, porque não vou chamar um padre que faça tudo automaticamente. Estou tão furiosa com esse seu Deus idiota que seria capaz de quebrar uma parede com um soco. Já é um milagre eu estar lhe pedindo que faça algo em que não acredito. Mas estou pedindo por Phoebe, porque é isso o que ela haveria de querer.

Mike ficara de cabeça baixa durante toda a tirada, como um homem andando na tempestade. Quando Rebecca parou de falar, ele continuou olhando para o chão, e só depois de um longo momento ergueu a cabeça e olhou-a nos olhos.

— Está bem — cedeu. — Vou precisar de algumas coisas.

— Esta é uma cultura fragmentada — observou ela, atônita com o alívio que sentiu. — Não precisamos fazer tudo ao pé da letra.

Ele voltou vinte minutos depois com um saco de papel marrom da mercearia da esquina, um copo de plástico rígido com água benta da capela do hospital e um ramo de jasmim. Até conseguira uma Bíblia em algum lugar. Sentada ao lado da cama, segurando a mão da mãe, Rebecca observou-o fazer os preparativos, impressionada por sua silenciosa gravidade. Mike foi ao banheiro e lavou as mãos e o rosto. Então tirou tudo de cima da mesinha-de-cabeceira e cobriu-a com uma toalha branca de algodão. Tirou do saco duas velas, uma rosada e outra cor de creme, e acendeu-as com seu isqueiro. Rebecca sentiu cheiro de baunilha e outro aroma, suave e doce, que não soube identificar.

— Uma vela tem cheiro de baunilha — comentou ela, perguntando com ar divertido, apesar de tudo: — E a outra?

Mike ergueu os olhos para o teto num gesto de leve impaciência.

— Framboesa — respondeu. — Para nossa sorte, o Concílio de Trento nunca se pronunciou a respeito do uso de velas baratas com perfume.

Tirou um rosário do bolso das calças de uniforme da McDonald's e arrumou-o na mesa entre as velas, com o crucifixo à vista. Do saco de papel tirou uma garrafa pequena de azeite de oliva Bertolli's. Pôs também sobre a mesa um copo com água e uma toalhinha limpa que fora buscar no banheiro. Benzeu o azeite e derramou um pouco em outro copo de plástico rígido. Então respirou fundo e soltou o ar lentamente.

— Pronto.

— Preciso me ajoelhar ou fazer alguma coisa? — indagou Rebecca.

— Não. Está bem assim.

Mike pegou o ramo de jasmim, mergulhou-o na água benta e usou-o para fazer o sinal-da-cruz sobre Phoebe, murmurando:

— Em nome do Pai, do Filho e do Espírito Santo.

Rebecca persignou-se timidamente, sentindo gotas frias cair na mão esquerda, que ainda segurava a de Phoebe. Mike começou a orar com a mesma voz firme e grave que usara durante o batismo. Rezou um pai-nosso e uma ave-maria, orações que ela fizera na infância, todos os domingos de manhã. Sua família sempre se levantava cedo aos domingos, para ir à missa das nove horas, porque o pai dela não gostava do padre que rezava a das dez e meia e não queria ir à do meio-dia porque perderia o início do jogo de futebol, que começava à uma. Não tomavam o café da manhã, seguindo as regras estritas sobre o jejum, e Rebecca lembrava-se de como se sentia solene em sua fome, da grande e secreta alegria disso, como se as contrações de seu estômago vazio fossem uma comunicação particular de Deus. Era assim que Deus se tornara real para ela, através da fome, do retinir das sinetas durante a consagração, do silêncio que parecia tão palpável e grávido, enquanto o padre, ainda de costas para a congregação, como era o uso naquele tempo, erguia o pão e depois o cálice de vinho. Ela sempre tentara convencer-se de que depois disso o pão e o vinho eram transformados em Deus, através de alguma mágica sagrada que ela nunca conseguira compreender. Mas naquela época era fácil acreditar que Deus vinha pelo som das sinetas.

— *E perdoai nossas ofensas, assim como perdoamos aqueles que nos têm ofendido* — recitava Mike.

Depois da missa, a família parava numa casa de panquecas. Havia copos imensos de suco de laranja fresco, café para os adultos, pilhas de panquecas fumegantes e uma multidão alegre de pessoas que também haviam ido à igreja e agora lotavam todas as mesas. Phoebe adorava xarope de amoras, lembrou-se Rebecca. Em casa, eles só usavam melado Aunt Jamima's, e a pasta sedosa e roxa do xarope de amoras, o jeito como ela se misturava com a manteiga derretida, escorrendo pelas pilhas fofas sempre haviam parecido uma continuação do mistério da missa, uma parte integral de sua fé, um privilégio que ela compartilhava com a mãe, enquanto o pai, fiel ao velho e bom melado de Vermont, zombava delas por seu gosto exótico.

— *Santa Maria, mãe de Deus, rogai por nós pecadores, agora e na hora de nossa morte. Amém.*

Mike fez uma pausa, com a cabeça inclinada. Com um suspiro profundo, pegou a Bíblia e folheou-a, procurando uma passagem em um dos livros do fim.

— *Sejam pacientes, irmãos, até a vinda do Senhor* — começou a ler. — *Vejam que o lavrador espera pelo precioso fruto da terra e tem grande paciência para isso, enquanto recebe a primeira chuva e a última chuva. Assim, sejam pacientes também, fortaleçam seus corações, pois a vinda do Senhor está próxima.*

Olhou ternamente para Phoebe, como querendo saber se ainda tinha sua atenção. Parecia à vontade agora, concentrado na cerimônia, solene e desajeitado em seu uniforme azul, o grande crachá de plástico anunciando: OI! MEU NOME É MIKE! VOCÊ MERECE DESCANSO HOJE!

— *Há doentes em seu meio?* — continuou a ler. — *Chamemos os anciãos da Igreja para que eles orem sobre esta mulher, ungindo-a com óleo em nome do Senhor.*

Rebecca começou a chorar em silêncio. Nem sabia direito por quê. Apenas pareceu-lhe, de repente, que era o momento para aquilo, como se um espaço houvesse se aberto em seu íntimo, um espaço quieto e vasto com lugar para a dor.

Mike pôs a Bíblia na cadeira e voltou-se para o altar improvisado. Molhou as mãos com a água do copo e secou-as na pequena toalha. Pousou-as de leve na cabeça de Phoebe, de modo formal e gentil, depois virou-se novamente e mergulhou os dedos no azeite, para então traçar o sinal-da-cruz na testa de Phoebe.

— *Através desta sagrada unção, que o Senhor, em seu amor e misericórdia, possa socorrê-la com a graça do Espírito Santo.* — Desenhou uma segunda cruz na mão dela. — *Que o Senhor, que a livra do pecado, salve e eleve sua alma.*

— Amém — murmurou Rebecca.

Percebeu que estava esperando que a mãe abrisse os olhos, que de certa forma desejava um milagre, como desejara em sua primeira comunhão, quando o padre pusera a hóstia em sua língua. Depois de tantos meses de preparo para uma alegria sagrada, o pão sem fermento fora decepcionante, duro e seco, tão capaz de dar prazer quanto um pedaço de papelão. Ela rolara a hóstia na língua, imaginando se estaria fazendo alguma coisa errada, e a pequena rodela ficara empastada e colara no céu da boca. As meninas na fila atrás dela já haviam comungado e voltado para seus lugares, a congregação terminara de cantar o hino da comunhão e estava em silêncio, e ela continuava ajoelhada junto à grade do altar, tentando obstinadamente desgrudar a hóstia do céu da boca, movendo a língua e esperando algo, algo muito especial. Esperando um sinal.

Percebeu que fazia algum tempo que Mike parara de falar.

— Acabou?

Ele moveu a cabeça afirmativamente.

Rebecca olhou para Phoebe, tentando convencer-se de que ela parecia, pelo menos, mais tranqüila. Mas o que realmente queria fazer era limpar aquele óleo da testa da mãe.

A porta abriu-se, e uma enfermeira entrou.

— Oh, não! — exclamou a mulher em tom de alarme. — Sinto muito, mas não permitimos que se acendam velas nos quartos.

— Desculpe — murmurou Mike em tom bastante sincero.

No entanto não fez menção de apagar as velas.

A enfermeira hesitou um instante, mas em seguida curvou-se e soprou-as.

— Como está nossa menina hoje? — perguntou, reassumindo a profissional atitude de bom humor.

— Parece estar na mesma — respondeu Rebecca e instintivamente estendeu a mão para ajeitar os cabelos da mãe.

No ar ainda pairava o cheiro de framboesa, misturado docemente com o de baunilha e o da fumaça dos pavios apagados. Imaginou se Phoebe também sentia. Imaginou se era possível comprar velas com cheiro de framboesas em qualquer lugar.

Na segunda-feira Rebecca passou a noite no hospital, cochilando na poltrona estofada num canto do quarto, acordando a cada duas horas, quando a enfermeira entrava com um medidor de pressão e um termômetro. Phoebe, porém, não acordava.

Mike, que fora para casa à tardinha para cuidar de Mary Martha, voltou na terça-feira de manhã, depois de deixá-la na creche. Rebecca queria dizer-lhe que estava tudo bem, que ela podia lidar com tudo, que ele podia ir trabalhar, mas não estaria sendo sincera. Ficava contente ao vê-lo, gostava do jeito com que ele se portava em relação a Phoebe, calmo e atento, sempre tratando-a como uma presença no quarto. Ele descobrira um pátio no sétimo andar, aonde podiam ir para fumar. Nesse andar ficavam também as alas psiquiátricas, e às vezes pacientes tranqüilos apareciam em pequenos grupos no pátio, usando roupões e chinelos esfiapados. A enfermeira encarregada de vigiá-los distribuía cigarros, um para cada um, e eles espalhavam-se pelo pátio, fumando, até que dez minutos depois eram levados para dentro novamente.

Mike disse que Mary Martha queria ver a avó para dar-lhe um cartão e contar como estavam indo as abóboras. Mas Rebecca não queria isso ainda. Quando pensava na avó materna, só conseguia ver uma mulher mirrada numa cama, em um quarto que cheirava mal. Precisava de um grande esforço para ir além dessa imagem e lembrar-se da avó que fazia biscoitos e decorava árvores de Natal, que a levava ao zoológico e que, quando a neta ficava ranzinza, cantava *Como se resolve um problema como Rebecca?*, parafraseando uma canção de *A Noviça Rebelde*.

Mike aceitava sua decisão, embora ela sentisse que ele discordava, o que a fazia admirá-lo por seu tato. Os dois sentavam-se junto à cama de Phoebe, um de cada lado, e conversavam baixinho como um velho casal falando do dia que passara enquanto tomavam um drinque. Mike cozinhara as couves-de-bruxelas para o jantar de Mary Martha na noite anterior, com os resultados previsíveis. Rebecca sugeriu ervilhas. Ele contou que haviam acabado o livro *A casa da esquina Pooh* e começado *Beezus e Ramona*, o que deixou Rebecca triste. Ela e

Mary Martha estavam na fase Pooh havia meses. Um período na vida da filha terminara sem ela.

Quando Mike foi para casa naquela noite, Rebecca tomou banho e jantou, comendo o que haviam levado para Phoebe, pois as refeições continuavam a ser levadas ao quarto infalivelmente, como jornais deixados nas portas de famílias em férias. Depois, acomodou-se na poltrona ao lado da cama.

O mais estranho de tudo era que agora ela sentia isso como real. O quarto pequeno, com a cortina fechada, isolando o movimento e o fulgor da cidade à noite, onde nada de fato acontecia, onde apenas a paciência importava, era a realidade. Onde amar era simplesmente ficar sentada ali. O ritual do dia anterior tivera um efeito invisível, e Rebecca sentia-se libertada. Fizera tudo o que pudera, o que era o mesmo que nada, e o resto era aquele vasto momento, aquela calmaria, era sua mente que fugia, vagueava, negava, até ser trazida de volta para o fato brutal de que sua mãe estava naquela cama, totalmente indefesa. Sua infância estava ali, subindo à tona como bolhas de um barco recém-afundado, sua adolescência rebelde rodopiava como os ventos do Meio-Oeste, e todas as oportunidades desperdiçadas de sua vida adulta machucavam-na de novo, assim como todos os momentos em que tudo parecera mais importante do que amar aquela mulher que lhe dera a vida. Todas as ocasiões felizes também estavam lá, as risadas na cozinha, os momentos de tranqüilidade, no degrau do meio da escada, que por alguma razão era onde ela e Phoebe tinham suas melhores conversas. E o pai dela estava lá. Às vezes Rebecca até sentia que ele se sentara na cadeira a seu lado, forte e confortador, fumando seu cachimbo, e que Phoebe encontrava-se em algum lugar entre eles, tocando a ambos. Todos os queridos mortos estavam lá.

Phoebe respirava, franzia a testa, e de vez em quando parecia que sonhava. As enfermeiras vinham e iam embora. Rebecca descobriu que sentia uma extraordinária ternura por aquelas bem-humoradas ou condicionadas mensageiras de um mundo que continuava a girar lá fora, de uma movimentada realidade onde as pessoas cumpriam tarefas e compromissos. O quarto de Phoebe era como um outro país, com idioma e costumes próprios, clima exótico e terreno tão proibido e lindo quanto o planalto tibetano. O ar era rarefeito, e o tempo não tinha muita importância. Rebecca se perguntava se as enfermeiras sentiam a mesma coisa. Imaginava se sabiam quanto ela perdera.

Quando Mike apareceu, na quarta-feira de manhã, Rebecca percebeu que se esquecera dele, o que era assustador. Ele parecia perturbado. Acontecera um problema a respeito de roupas, em casa. Mary Martha quisera vestir o macacão vermelho que ganhara da avó no último aniversário, apesar de tê-lo usado todos os dias daquela semana. Mike lavara-o, mas usara água quente, e o macacão desbotara. Mary Martha desmanchara-se em lágrimas. Rebecca podia ver a cena. Mike sentia-se péssimo. Achava que roubara de Mary Martha uma parte de sua avó. Achava que decepcionara Rebecca.

— Não se aflija — consolou ela. — Eu mesma já fiz coisas desse tipo.

— Mary Martha quis usar o macacão assim mesmo, todo cor-de-rosa e manchado, e agora um pouco apertado nela. A mulher da creche deve me julgar um mau pai.

— A mulher da creche é uma chata de primeira classe.

Mike olhou para o chão.

— Levei Mary Martha à igreja novamente — confessou. — Acendemos velas. Foi o único jeito de fazê-la parar de chorar.

— Tudo bem — disse Rebecca.

Queria dizer a ele que o amava, que o achava um herói. Era difícil imaginar que faria outra coisa a não ser dizer às pessoas amadas que as amava.

Pegou a mão dele. Mike fitou-a, e havia lágrimas em seus olhos.

— Eu o amo — murmurou ela. — Estaria perdida, sem você. E Mary Martha também o ama. Daqui a vinte anos, ela só se lembrará de que você esteve a seu lado agora. Vai se lembrar de que acenderam velas.

— A etiqueta no macacão dizia para lavar com água fria. Não sei onde estava com a cabeça.

— Eu o amo — repetiu ela. — Amo-o, amo-o.

Naquela tarde, o Dr. Pierce tirou Phoebe do respirador. Receava que o cérebro se acostumasse com aquilo e que ela não conseguisse voltar a

O monge do andar de baixo • 227

respirar sozinha, segundo explicou. Todos ficaram ao redor da cama, tensos, depois que o tubo foi retirado, mas Phoebe parecia estar respirando muito bem sem o aparelho. O Dr. Pierce disse que isso era um bom sinal. Parecia um pouco embaraçado, até mesmo mortificado, e Rebecca percebeu que ele esperava que a mãe dela fosse morrer.

Durante a tarde, Mike ficou de vigília com ela, sentado a seu lado, na cadeira que Rebecca começava a considerar a cadeira do pai. Informou-a de tudo o que acontecera em casa. Jeff ligara, em pânico, tentando descobrir quando Rebecca poderia voltar ao trabalho. Sua nobreza de alma aparentemente não durara muito. Havia também um recado de Bonnie, no qual ela expressava sua solidariedade e perguntava onde estavam alguns dos arquivos do homem-lâmpada, porque Jeff jogara aquele trabalho em cima dela. Rory telefonara duas vezes. Ele não contestara a acusação de crime por posse de droga, e a nova audiência, quando receberia a sentença, seria daí a três semanas. Queria que Rebecca fosse testemunhar a seu favor, declarando que ele era um bom pai, uma boa pessoa, um bom cidadão.

— Miserável descarado — resmungou Rebecca.

— Ele falou com muita humildade.

— Ele é sempre humilde, até conseguir o que quer. Espero que você não tenha me comprometido, julgando-me uma pessoa melhor do que sou.

— Eu disse a ele que você entraria em contato.

— Bom. Deixe-o cozinhar em banho-maria.

Mike até fora à oficina e retirara o carro, que estava funcionando perfeitamente. Rebecca teve receio de perguntar como ele pagara o conserto, mas Mike mostrou-lhe orgulhosamente seu cartão de crédito, novo em folha, como um menino mostrando uma entrada de cinema.

— Você não imagina como essas operadoras ficam ansiosas para dar cartões a ex-monges que nem podem comprovar renda — comentou ele.

— É o jeitinho americano, suponho — disse Rebecca.

Mas estava comovida. Nunca nenhum homem contraíra uma dívida por ela.

Era tão estranho ver Mike assumir os deveres e tarefas dela, quanto assistir a velhos filmes de família, as figuras queridas movendo-se um pouco depressa demais e tremulando sob luz ruim. Ela o amava por isso, contudo, tão logo ele foi embora para ir buscar Mary Martha, fazer o jantar e anotar recados telefônicos, ela foi novamente absorvida pela necessidade de apenas ficar junto de Phoebe, sozinha no planeta de sua meditação, encoberta pelas ondas do que agora lhe parecia um vasto mar de tristeza.

Talvez fosse por aquele motivo que as pessoas iam para mosteiros, pensou, acariciando os cabelos da mãe, cabelos finos, macios, como os seus, que sempre a haviam desesperado, pois eram lisos demais. Talvez fosse por isso que os monges adotavam tão incompreensível silêncio: eles haviam vislumbrado a profundidade da dor e compreendido que, para sofrer apropriadamente, tinham de se esconder em um mergulho. Haviam descoberto o amor que existia no fundo do sofrimento, o amor que não podia ser içado à superfície porque a luz do dia, o ar e a agitação da vida diária transformavam-no em algo irreconhecível, algo que inevitavelmente pareceria bruto.

Ela agora percebia que nunca se entregara totalmente ao sofrimento. Nem pelo pai, nem pelos avós. Nem mesmo por seu casamento fracassado, porque nunca se permitira encarar o que significava falhar no principal relacionamento de sua vida. Não quisera recordar realmente aquele amor cintilante e inocente que sentira e tudo o que acontecera a ele. E o motivo era naturalmente este: algum senso pragmático de autoproteção dissera-lhe que a dor não tinha fundo. Andando em volta desse mar, ela apenas molhara a ponta dos pés. Imaginara o que aconteceria se ultrapassasse a linha limitadora, mas sempre tivera a impressão de que isso poderia ser uma espécie de derrota, um afogamento, uma morte. E assim era. Mas talvez ser derrotada pela vida não fosse o fim. Talvez isso fizesse parte do que ela significava como ser humano: alguém capaz de reconhecer as maneiras pelas quais a vida a derrotara, aceitar as maneiras que a morte usara para chegar, parar de desviar o olhar dos fracassos de amor e sofrer. Manter o coração aberto no mar desse silêncio, flutuar em suas águas, render-se à correnteza, perplexa e sem recurso. E, no fundo

O monge do andar de baixo • *229*

desse mar, ser surpreendida novamente pela simplicidade do amor. Sentir que nada se perdera.

O pequeno relógio de corda que ela comprara para Phoebe tique-taqueava a passagem das horas. Rebecca por fim dormiu, segurando a mão da mãe. E sonhou. Estava na praia com os pais e tinha a idade de Mary Martha. O pai tomou-a nos braços e levou-a para as ondas, com Phoebe a seu lado. A mãe mergulhou numa onda que se quebrava, seu corpo era esbelto, ágil e bronzeado. Voltou à tona, rindo e sacudindo a cabeça, provocando um chuveiro de gotas. Outra onda chegou, e John Martin ergueu Rebecca acima dela, depois soltou-a na água, e ela nadou para Phoebe, que abrira os braços para recebê-la. Ela sentia o coração disparado, mas não estava com medo. A distância que teria de nadar não era muito grande.

Rebecca acordou. A pesada cortina na janela tinha um fraco brilho acinzentado. Lá fora estava claro. Rebecca foi até a cortina e abriu-a, deixando entrar a luz de outono. Espreguiçou-se, sentindo o corpo duro, e quando se virou viu Phoebe olhando-a com os olhos apertados, piscando à claridade da manhã.

— Está claro demais? — perguntou Rebecca, espantada pelo modo como aquilo soou natural.

Phoebe abanou a cabeça.

— Liii...do.

— Lindo?

A mãe concordou, movendo a cabeça com satisfação.

— É, sim, é lindo — afirmou Rebecca.

PARTE VI

Como poderia um ser humano,
Que saboreia, toca, ouve, vê e respira, que meramente existe
— erguido do nada absoluto —
duvidar do inimaginável Você?

E. E. CUMMINGS
— Agradeço a Deus por esta grande maravilha

Capítulo Doze

Três dias depois Rebecca e Mike foram à casa de Phoebe, em Marin, buscar algumas coisas. Phoebe começara a fisioterapia no dia anterior e estava exigindo um roupão decente, batom, cremes para a pele, escova de dentes, escova de cabelos e mais uma porção de objetos que achava essenciais, o que era muito animador. Seu estado, desde que ela acordara, continuava a melhorar dia após dia. O Dr. Pierce admitia que não fazia idéia do que poderia ter acontecido. Em algum recanto profundo de seu cérebro, Phoebe encontrara uma maneira de se recuperar. Pierce ia todos os dias vê-la e passava bastante tempo movimentando-lhe as pernas e braços e fazendo perguntas, a que ela quase sempre respondia de modo incorreto. Ela ainda não sabia em que ano estavam, nem em que cidade. Às vezes não conseguia lembrar-se do nome da filha, mas Rebecca parara de se perturbar com isso. Era bastante óbvio que sua mãe a amava.

O dia estava claro e lindo, realmente de outono, seco e fresco. O Halloween passara sem comemorações, o outubro de falso verão terminara, novembro começara, e o vento de noroeste soprava do oceano, já um pouco frio. Era esquisito estar ao ar livre, ao sol, indo para outro destino que não o hospital. Andando pela cidade nos últimos dias, Rebecca quase esperava que verdadeiros estranhos a parassem para perguntar como Phoebe estava. São Francisco, porém, continuava em sua agitação, indiferente. Em casa, a porta da geladeira ganhara novos desenhos de Mary Martha, e mensagens acumulavam-se na secretária eletrônica. As de Jeff eram francamente histéricas, as de Rory, humildes — ele ainda queria que ela fosse enganar o sistema judicial para favorecê-lo — e havia uma surpreendente de Moira Donnell, em que ela dizia que estava orando por Phoebe. Era difícil imaginar Moira rezando, mas suas palavras não deixavam de ser comoventes.

No banco do carona, Mike fumava, soprando a fumaça pela janela aberta, os finos cabelos castanhos dançando na brisa.

— Acho que você logo vai precisar de um corte de cabelo — disse ela, rindo.

— Isso será uma novidade.

— Posso cortar, se você quiser, a menos que deseje um corte muito moderno.

— Gostei do corte de moicano daquele cara que vimos na rua Haight.

— Posso cortar daquele jeito, mas Mary Martha também vai querer o mesmo corte.

— A mulher da creche irá adorar.

Rebecca tornou a rir.

Os gracejos de pai eram uma das muitas mudanças sutis que ela notara quando voltara para casa, depois da longa vigília no hospital. O escorredor sobre a pia estava cheio de pratos e tigelas de porcelana Messenware. Mike aparentemente tinha a impressão de que usar louça fina era uma das normas do mundo, e ela não tivera coragem de desiludi-lo. As camas estavam arrumadas de modo diferente, sem dúvida de acordo com os padrões do mosteiro, e havia uma pilha de roupa recém-lavada no sofá da sala, as peças mal dobradas, com camisetas, meias e cuecas de Mike pelo meio. Havia utensílios de barbear no banheiro e, na mesa-de-cabeceira, um batido exemplar de *Contemplação em um mundo de ação*, de Thomas Merton. Um jornal na mesa da cozinha estava aberto na seção de esportes. Mike, devoto

O monge do andar de baixo • *235*

de São João da Cruz e de Teresa de Ávila, acabara sendo fã do time 49ers também.

O mar além de Tamalpis era azul-ardósia, pontilhado de espuma branca. As montanhas costeiras já haviam adquirido o castanho do inverno, e Stinson Beach estava deserta, com gaivotas passeando nos pátios de estacionamento das galerias e lojas de bugigangas. Um carro SUV parou ao lado deles num sinal de "Pare", e o homem e a mulher que o ocupavam tinham binóculos pendurados no pescoço, obviamente indo à procura de bandos de aves voando para o Sul. Eles dispararam na direção das lagunas além da cidade, enquanto Rebecca entrava na estrada coberta de cascalho que levava à casa de Phoebe. Parando na entrada de carros vazia, ela estava consciente da dor que lhe causava aquela viagem a uma casa abandonada. A impressão que tinha era de uma pilhagem, ou de uma frenética tentativa de salvar o que fosse possível de um navio prestes a afundar.

Ela e Mike entraram na casa silenciosa e durante algum tempo andaram separados pelos cômodos, juntando o que Phoebe pedira e mais algumas coisas que lhes pareciam importantes. Uma fina camada de pó instalara-se sobre tudo, e a secretária eletrônica estava cheia de mensagens. Havia pratos sujos na pia, e Rebecca lavou-os, imaginando se Phoebe um dia voltaria a usá-los. O videocassete, programado para gravar, gravara fielmente os episódios de uma semana de *General Hospital*. O clube do livro ao qual Phoebe pertencia mandara o exemplar do mês, a saga de uma família irlandesa através de várias gerações, que Phoebe adoraria ler, se voltasse a ser capaz disso, e Rebecca hesitou um pouco antes de colocá-lo na sacola. Talvez a mãe lhe pedisse para ler para ela.

Montou um kit de maquilagem, escolhendo entre a enorme variedade de produtos na penteadeira de Phoebe, e pôs o estojo na sacola, juntamente com a escova de dentes, o xampu, os cremes e um robe de seda. A mãe, que mal acabara de ser capaz de ficar sentada na cama, imaginava-se vagueando pelos corredores do hospital em grande estilo. Rebecca examinava uma porção de pares de brincos, tentando decidir quais combinariam melhor com o robe, quando percebeu que estava quase chorando. Por alguma razão, aquela tarefa era a mais dolorosa.

Foi para a cozinha e encontrou uma garrafa aberta de Château Margaux tinto, safra de 1989. Mesmo o vinho comum de Phoebe era tipicamente incomum. Rebecca encheu um copo e levou-o para o deque. A praia estava deserta, uma ampla extensão de areia desolada que parecia estar de acordo com seu estado de espírito. Mal acabara a luta de acender um cigarro contra o vento, quando Mike, parecendo angustiado, saiu pela porta de correr com uma garrafa de cerveja tcheca na mão. Não vira uma das orquídeas num canto, quando fora lá na missão de regá-las, e a planta morrera. Também estava à beira das lágrimas.

— Eu desabei, quando comecei a procurar um par de brincos na caixa de jóias — disse Rebecca. — Quase todas elas foram presentes de meu pai, e isso deve ter mexido comigo.

— Phoebe não consegue lembrar-se do nome de ninguém, mas aposto que não se esqueceu de nenhuma das plantas — comentou ele. — Oh, meu Deus, eu me sinto péssimo.

Rebecca sorriu, apesar da própria tristeza. Sabia muito bem que Phoebe não o repreenderia muito por causa da orquídea. A mãe ainda acreditava que Mike era monge. A primeira coisa que ela dissera, num murmúrio cúmplice, quando o vira entrar no quarto, depois de recobrar a consciência fora:

— Veio para o último sacramento?

Mike olhara confuso para Rebecca, que lhe dera um sorriso do tipo "eu bem que disse".

— Já fizemos isso — respondeu ele. — Mas você não vai morrer.

— Arrogante, não? — disse Phoebe espirituosamente, e os dois riram.

Aquilo não parecera engraçado a Rebecca, mas o senso de humor da mãe sempre estivera além de sua compreensão.

Ali no deque, lembrando-se de tudo isso, comentou:

— Phoebe não vai poder continuar morando aqui sozinha. Não sei o que vou fazer com ela.

— Leve-a para morar no apartamento de hóspedes — sugeriu Mike.

Rebecca riu.

— E aí, o que faço com *você*?

— Pode casar-se comigo.

Uma linha formada por seis pelicanos apareceu logo além da arrebentação, voando para o sul, as grandes asas escuras batendo estouvadamente. Rebecca seguiu-os com o olhar até eles rodearem o promontório e desaparecerem de vista. Mike esperou em silêncio.

— Quer se casar comigo para vagar o apartamento? — perguntou ela.

— Não. Quero porque o amo. Quero passar o resto de minha vida com você.

O cigarro de Rebecca queimara até o filtro. Ela o olhou como se não compreendesse o que estava acontecendo, e Mike tirou-o de sua mão, amassando-o no topo da grade.

— Nem sempre vai ser tão divertido como foi nas últimas semanas — disse ela.

Ele riu.

— É tão estranho — disse. — Todos aqueles anos no mosteiro... Sempre me pareceu uma espécie de fracasso alguém apaixonar-se, viver uma vida comum, fazer compras no Safeway, assistir à televisão, comprar peru para o dia de Ação de Graças e tender para o Natal, preocupar-se com dinheiro, assinar boletins escolares, tentar explicar a lei da gravidade para uma criança de seis anos. Isso tudo me parecia uma catástrofe.

— Isso tudo é a vida.

— Eu sei. É de dar medo, não é?

Rebecca riu e estendeu a mão, acariciando os cabelos dele, saboreando a ondulação que isso causou, como o vento num campo de trigo.

— Você era um gansinho desajeitado quando nos vimos pela primeira vez — disse com ternura.

— Está me dizendo "sim"?

Ela pegou o copo de vinho.

— No momento não consigo nem escolher jóias para Phoebe. Pode me dar algumas semanas? Um mês?

— Um mês?!

— Talvez dois — disse ela. — E, pelo amor de Deus, ajude-me a escolher um par de brincos para minha mãe.

Ela tomou vários copos do Bordeaux antes de ser capaz de decidir sobre que jóias levar e de escolher uma das fotos do pai que Phoebe mantinha na mesinha-de-cabeceira. O sol já se punha quando eles finalmente foram para o carro para iniciar a viagem de volta, carregados com o produto da pilhagem sentimental. Rebecca descobriu que estava meio embriagada.

— Acho melhor você dirigir — disse a Mike. — Você está bom para isso, não é?

— Claro.

— Sabe dirigir, não sabe?

— Dizem que é como andar de bicicleta — respondeu ele, aceitando as chaves com uma piscada e abrindo a porta do passageiro para ela.

Rebecca gostou do jeito com que ele brincou com as chaves em sua mão. Demorou um pouco para notar o que havia de diferente, mas, quando ele pôs o carro em movimento e acelerou, afastando-se da casa de Phoebe, derrapando de leve no cascalho, ela percebeu que ele agora parecia um simples americano, superconfiante, macho, exibindo-se para a namorada. Ela achou aquilo estranhamente tranqüilizador.

Ele dirigia bem. Tanto por causa do trabalho que acabara de ser feito, como pela abundância de vinho que tomara, Rebecca estava com espírito de comemoração. Os vidros do carro foram abaixados, e Mike sintonizou o rádio em uma estação que só tocava músicas mais antigas, o que fazia sentido, naturalmente. Era provável que ele não tivesse ouvido nenhuma música nova desde o apogeu de sua juventude. Subiram e desceram entre rochedos iluminados pelo crepúsculo, o único carro na estrada, cantando sucessos dos anos setenta e fumando. Ela se sentia um pouco culpada por agir de modo tão leve e solto, enquanto a mãe continuava no hospital, mas não conseguia imaginar

O monge do andar de baixo • *239*

Phoebe censurando-a por aquele momento. Mike tinha uma adorável voz de barítono, bem-modulada, o que Rebecca atribuiu a vinte anos de canto gregoriano. Ela adorou a sensação exótica que tudo aquilo lhe causava. Estava viajando com um homem que passara a maior parte de sua vida adulta cantando salmos do século XII, mas que ainda se lembrava de toda a letra de *Piano Man*. Começava a achar que, afinal, tudo ia dar certo entre eles.

No dia seguinte, Rebecca finalmente levou Mary Martha para ver a avó, depois de ligar para a Bee-Well e avisar que a filha ia faltar. A mulher que dirigia o lugar foi de um calor humano que nunca demonstrara antes. Mary Martha devia ter-lhe falado de Phoebe, porque ela contou que o pai tivera um derrame havia pouco tempo. A mulher falou de modo quase casual, na linguagem taquigráfica dos aflitos, e Rebecca subitamente viu como era vasta essa sociedade de sofrimento doméstico na qual ela fora iniciada. A revelação foi um pouco perturbadora. Fazia com que o mundo parecesse um lugar diferente.

Mary Martha insistiu em usar o macacão vermelho que ganhara da avó e que, além de desbotado, exibia sinais de uso contínuo, mas não foi possível dissuadi-la da idéia, e Rebecca teve de sorrir, pensando nos maus pedaços que Mike tivera de passar. Decidiu que, assim que Phoebe estivesse bastante recuperada, pediria a ela que comprasse mais roupas para a neta.

No caminho para o hospital, Mary Martha estava solene e preocupada, absorvida pela gravidade da expedição, segurando no colo os cartões e desenhos que fizera para a avó. Enquanto percorriam a Potrero, Rebecca tentou preparar a menina, dizendo-lhe que Phoebe ainda estava muito doente, um pouco confusa e que não conseguia falar como sempre falara. Mary Martha movia a cabeça, concordando, mas com ar obstinado, determinada a fazer seus próprios julgamentos.

Phoebe estava sentada na cama, apoiada em travesseiros, tentando compreender a utilidade de um canudinho de plástico e um copo de suco, quando elas chegaram. Ela já conseguira fazer com que uma enfermeira lhe aplicasse um pouco de batom e blush, e estava inegavelmente mais animada. Mike, que passara a noite no hospital, ainda não fizera a barba mas parecia contente. A cortina estava totalmente aberta e havia flores por todos os cantos do quarto, enviadas pelos amigos de Phoebe. Mary Martha ficou parada longe da cama por um momento, mas a avó viu-a imediatamente e chamou em tom alegre:

— Oi, Mary Martha, venha dar um beijo na vovó.

A garotinha olhou para Mike, que fez um gesto de incentivo, e deu um passo para o lado para deixá-la passar. Ela foi até a cama e deu um beijo meio hesitante no rosto da avó.

— Você fica linda de vermelho — declarou Phoebe, abraçando-a com o braço bom.

— Agora, esta é minha roupa favorita — disse Mary Martha. — Estou triste porque você ficou doente.

— Foi só um pequeno acidente. Já me sinto muito melhor.

— Fiz um cartão para você.

— Fez? Que amor!

Phoebe pegou o cartão e elogiou o trabalho de arte com entusiasmo, depois abriu-o e ficou olhando para o texto na parte de dentro.

Rebecca percebeu aflita que ela não conseguia ler. Ia dizer alguma coisa para amenizar o impacto do momento, quando Phoebe olhou para a neta e pediu com perfeita naturalidade:

— Não quer ler para mim, querida?

Sentando-se na poltrona no canto, Rebecca admirou a mãe por ela ser capaz de manter a compostura mesmo sob pressão. Imaginava que Mike a preparara para o encontro, fornecendo-lhe detalhes, como o nome da neta, mas era inegável que o conhecido charme de Phoebe continuava funcionando. Não demorou muito para que as abóboras se tornassem o assunto da conversa, e o resto da visita foi muito melhor do que Rebecca esperara. No entanto, no carro, a caminho de casa, Mary Martha começou a chorar.

Rebecca parou o carro e tomou-a nos braços. Não havia muito o que dizer para confortá-la. Qualquer pessoa que amasse Phoebe ficaria triste ao vê-la agora. Era como encarar um lago de água gelada que

O monge do andar de baixo • *241*

devia ser atravessado a nado. O único jeito era mergulhar e começar a nadar. Fora bom ela não ter levado a menina antes.

Quando a filha se acalmou, Rebecca continuou o percurso. Mary Martha, ainda preocupada, ficou olhando pela janela, em silêncio. Estavam na Kirkham, atravessando o Sunset, quando ela se virou para a mãe.

— Podemos parar na igreja para acender uma vela?

— O quê? — perguntou Rebecca, apanhada de surpresa.

— Quero rezar pela vovó — explicou a garotinha em tom firme.

Rebecca não respondeu imediatamente, mas, depois de um momento, concordou:

— Claro que podemos, meu bem. Rezaremos também pelo vovô.

Uma semana mais tarde, Rebecca foi ao Palácio da Justiça, no centro da cidade, para a audiência em que Rory ouviria sua sentença. Usava um comportado conjunto azul de saia e casaco, a conselho de Rory, e até se dera ao trabalho de maquilar-se de leve, com batom e rímel. Mas, mesmo fantasiada de correta cidadã, não tinha certeza se poderia dizer a um juiz que ele não devia mandar seu ex-marido para a cadeia. *Bem, meritíssimo, é verdade que ele ainda dá uma última tragada num cigarro de maconha antes de sair do carro, quando vai buscar Mary Martha, mas...*

Encontrou-se com Rory, a namorada dele e o advogado designado pela corte para defendê-lo no corredor que levava à sala de audiências. Rory vestia terno azul-marinho, camisa branca e gravata cinzenta salpicada de pequenas âncoras pretas. O novo e drástico corte de cabelo, quase em estilo militar, favorecia-o, dando-lhe uma aparência de limpeza. Na verdade, ele estava muito bem, parecia um jovem executivo em ascensão. Rebecca tentou imaginar quem dera o nó na gravata dele. Não fora certamente a namorada, que usava uma roupa do tipo que moças hippies usavam quando obrigadas a encontrar um traje que lhes desse a aparência de pessoas comportadas, um antiquado vestido estampado com florzinhas, de saia pregueada e abotoado na frente com botões em forma de pérolas. Não ostentava o costumeiro batom escarlate e pintara as unhas com esmalte rosa-claro. O efeito geral era o de uma moça simples da tribo apalache, que acabara de chegar das montanhas, uma impressão acentuada pelo fato de ela estar grávida de quatro meses, no mínimo. Rebecca refletiu que o nome daquela namorada ela seria obrigada a lembrar.

O advogado de Rory, um jovenzinho agitado, deu-lhe rápidas instruções. Ela devia dizer que Rory era um bom pai, uma figura de suma importância para o desenvolvimento de Mary Martha, a quem dedicava irrestrita devoção.

— Irrestrita devoção?! — exclamou Rebecca. — O que é isso, um elogio fúnebre?

— Juízes adoram essa expressão, que lembra firmes valores familiares.

— Não sei se vou conseguir dizer isso sem rir.

— Não, isso, não, por favor! — pediu o advogado quase garoto, alarmado. — Sobriedade e dignidade. O que deve ser levado em conta é o interesse da criança. Fale com amor a respeito de Rory.

— Amor!

— Afeição, então.

— Já é um milagre eu estar aqui. Não vou dizer "irrestrita devoção".

— Becca, diga apenas o que tem a dizer, a seu próprio modo — sugeriu Rory depressa. — Nós lhe somos muito gratos por ter vindo.

— Aceito dizer "afeição" — cedeu ela. — Afeição intermitente.

— Rory preza demais sua amizade — aparteou a namorada.

O advogado respirou fundo, endireitou a gravata de Rory e guiou-os para dentro da sala de audiências. O lugar estava lotado, e eles tiveram de ficar no fundo. Seguindo o grupo que se acomodava em cadeiras da última fileira, Rebecca viu-se sentada ao lado da namorada de Rory, o que foi um pouco desconcertante. Não conseguia lembrar-se do nome dela.

— Para quando é o bebê? — perguntou num cochicho.

— Abril — respondeu a moça timidamente.

— Rory nunca me disse que você estava grávida.

O monge do andar de baixo • 243

— Não queríamos contar a ninguém antes de termos certeza de que eu não ia perder o bebê. Perdi um, mais ou menos um ano atrás.

— Sinto muito, eu não sabia.

— Tudo bem. Acho que foi melhor. Rory não estava pronto, de jeito nenhum.

As duas trocaram um olhar feminino de cumplicidade, e Rebecca sentiu uma relutante simpatia pela jovem. Chelsea. O nome da moça era Chelsea, ela se lembrou de repente.

— Espero que agora ele esteja pronto — disse.

— Está — afirmou Chelsea. — E acho bom que esteja.

Segurava algumas fichas de arquivo no colo, e Rebecca viu que se tratava da petição que ela faria em favor de Rory, escrita com letra arredondada e surpreendentemente firme.

Lá na frente, a função continuava, uma sucessão de acusações de roubos de carro, tráfico ou porte de drogas, violência doméstica e furtos. A juíza era uma mulher sisuda, de cerca de cinqüenta anos, cabelos curtos grisalhos, como os de Phoebe. Passou-se quase uma hora, até chegar a vez do caso de Rory, e, enquanto isso, Rebecca tentava pensar no que poderia dizer de positivo sobre o caráter dele sem erguer os olhos para o teto com um suspiro. Mas ficou pensando numa piada que Mike lhe contara na noite anterior, na cama, quando falavam a respeito da audiência.

Uma mulher morre e vai para o céu. No portão, encontra São Pedro, que lhe diz:

— Para entrar você precisa soletrar corretamente uma palavra.

— Que palavra? — pergunta ela.

— Amor.

Aliviada, a mulher soletra A-M-O-R e entra no paraíso. Algum tempo depois, tempo medido pelos padrões de lá, ela recebe a incumbência de cuidar do portão de entrada e, estando em seu posto, quem vê chegando? O ex-marido, que finalmente morrera de cirrose hepática.

— Ora, ora, vejam quem chegou! — exclama ela. — Como tem passado?

— Como sempre — responde ele. — O que tenho de fazer para poder entrar?

— É muito simples. Você só precisa soletrar uma palavra corretamente.

— Que palavra? — indaga a porcaria de ex-marido.

A mulher sorri docemente e diz:

— Pterodáctilo.

Rebecca rira muito. Mike tinha um jeito habilidoso de compreender seus piores impulsos sem censurá-la por eles. Mas ali, sentada na sala de audiências ao lado da namorada grávida de Rory, aquilo não mais parecia tão engraçado. Sentia que já estava conhecendo a juíza. Vira a aliança em sua mão esquerda, notara o humor seco, a rapidez de sua intuição, sua impaciência com mentiras. Ela não precisava fazer Rory soletrar "pterodáctilo". Podia vingar-se com uma simples inflexão de voz, um leve arqueamento de uma sobrancelha, uma hesitação estratégica. A juíza captaria sua verdadeira opinião instantaneamente. Rory provavelmente nunca saberia o que o derrubara.

Ela recordou uma tarde na praia, no começo de seu relacionamento com ele. Aparecera um tubarão, e todos haviam saído da água, menos Rory. Ela ainda se lembrava da progressão de emoções que sentira, olhando seu amor deslizar negligentemente no mar vazio: pânico, sensação de impotência, raiva e, por fim, com a amargura da aceitação, uma relutante e impessoal admiração. As ondas não estavam sendo especialmente boas naquele dia, mas Rory era livre. Isso fora sempre o que mais a cativara nele. Livre para cometer uma porção de erros estúpidos e livre para tirar total vantagem daquele fugidio momento de beleza, quando uma onda encurvava-se do modo certo, e graça era tudo o que importava. Livre como um pássaro, livre como as gaivotas que assaltavam latas de lixo ao longo da praia.

Ela sentiu um arrepio por dentro. O caso de Rory fora chamado. O réu anterior estava sendo levado para fora por uma porta na lateral da sala, acompanhado pelo delegado-auxiliar. Os quatro levantaram-se e, como fora a última a sentar-se, Rebecca viu-se liderando o cortejo até a frente. Ela parou ao chegar ao portãozinho giratório que separava os espectadores das mesas dos advogados e da juíza e virou-se. Rory, um passo atrás dela, sorriu-lhe e piscou, fazendo um gesto para

O monge do andar de baixo • *245*

que ela seguisse adiante. Forçava-se a aparentar displicência, mas ela percebeu que estava apavorado.

Passando pelo portão, Rebecca virou à direita e sentou-se em uma das cadeiras à mesa do réu, e os outros foram para a mesa da esquerda, mas ficaram em pé. Rebecca levantou-se rapidamente. O meirinho leu os detalhes de *A cidade de São Francisco contra Rory Burke* e informou que uma petição de absolvição fora incluída no processo. O advogado de Rory confirmou o fato e todos se sentaram.

O promotor público levantou-se e pediu uma pena de três a cinco anos. O advogado de Rory levantou-se em seguida e observou que, embora aquela fosse a terceira prisão do réu, era a primeira vez que ele ia a julgamento. O cliente comprara a maconha de um policial disfarçado de fornecedor, sem nenhuma intenção de revendê-la, apenas de usá-la para sua própria recreação. Mais ainda, desde então ele se inscrevera em um programa de reabilitação. Era um pai devotado à filha, mantinha boas relações com a ex-esposa e era a principal fonte de sustento de sua nova família.

— Vamos ouvir o que as mulheres têm a dizer — decidiu a juíza, parecendo que não se deixara convencer.

Chelsea ergueu-se e leu seu curto discurso de defesa. Rory era bom e amoroso, afirmou. Tratava-a sempre com delicadeza. E aquela última prisão transformara-o, realmente. Ele cortara os cabelos e arrumara um emprego. Não queria estar na cadeia, quando o filho deles nascesse.

— Ele vai se casar com você? — indagou a juíza.

Chelsea mordeu o lábio e olhou duvidosa para Rory.

— Vou, sim, meritíssima — declarou ele.

— Que romântico — disse a juíza em tom seco.

Mas o rosto de Chelsea iluminou-se. Ela se sentou com um trejeito de alegria e segurou a mão de Rory embaixo da mesa.

— Tem alguma coisa a acrescentar, Senhora Martin? — perguntou a juíza.

Rebecca levantou-se, desejando que também houvesse levado alguma coisa escrita.

— Rory é mesmo um homem decente, meritíssima. Possui espírito generoso e sua devoção à filha é... irrestrita. Ele é verdadeiramente um pai amoroso, e acho que o efeito sobre Mary Martha seria terrível, se ele fosse mandado para a cadeia.

— Pais amorosos pensam nisso *antes* de cometer um crime — ponderou a juíza.

Rebecca olhou-a nos olhos. Sabia que o momento era aquele, de mulher para mulher.

— Rory está demorando um pouco para amadurecer, meritíssima, mas acredito nele, quando diz que não desperdiçará essa chance de se tornar adulto.

A juíza sustentou seu olhar com ar avaliador. Entendera. Rebecca sentou-se.

— Que o réu se levante — ordenou a juíza.

Rory e o advogado ergueram-se depressa.

— Faz idéia da sorte que tem, senhor Burke? — perguntou a juíza.

— Acho que sim, meritíssima.

— Não, acho que não faz. Penso que o senhor é um caso perdido, e que essas duas mulheres sabem disso. Mas, se elas estão dispostas a arriscar, eu também estou. Dou-lhe como pena o tempo que já cumpriu na prisão municipal e um período de liberdade condicional de três anos. Se violar os termos dessa condicional, será processado com todo o rigor da lei.

— Obrigado, meritíssima — agradeceu Rory com sua melhor imitação de sinceridade.

— Não quero mais vê-lo — declarou a juíza. — Na verdade não gostei muito de você. — Anotou alguma coisa em um papel a sua frente e bateu o martelo energicamente na mesa. — Próximo!

No balcão do andar térreo, Rebecca preencheu os papéis para receber a devolução da quantia paga pela fiança, depois de descontada uma pesada taxa administrativa. Para sua surpresa, Rory deu-lhe um cheque para pagar a diferença. Ele entrara em um programa do tipo segunda chance, oferecido a praticantes de delitos leves, e de fato arrumara um emprego. Por mais incrível que fosse, depois de uma vida inteira de criativo desemprego, Rory agora era salva-vidas na Associação Cristã de Moços.

— Se você puder, segure o cheque por mais ou menos quinze dias — pediu em tom humilde.

— Naturalmente — concordou Rebecca.

Já decidira que não ia usar o cheque. Não fazia sentido abusar da sorte.

Teria ido embora imediatamente, mas Chelsea deu-lhe um inesperado e caloroso abraço, e ela sentiu a protuberante barriga da moça contra a sua, a realidade da próxima fase da vida de Rory, a exigência palpável.

— Vai ser menino ou menina? — perguntou.

Chelsea sorriu com orgulho.

— Menino.

— Mary Martha sempre quis ter um irmãozinho — disse Rebecca e virou-se para partir enquanto tudo ainda estava indo bem.

Caro irmão James,

Por favor, perdoe-me a demora em responder. Temos estado extremamente ocupados, como você bem pode imaginar. Mas obrigado por sua atenciosa carta. Apesar das ocasionais indicações ao contrário, estou feliz por você ter mantido viva nossa combativa correspondência. Algumas das melhores coisas do mosteiro revivem para mim em suas entusiasmadas e obstinadas cartas. Mesmo agora, quando acordo cedo demais, à antiga maneira automática, e visto-me todo, sem ter para onde ir às três horas da madrugada, penso em você na escuridão, andando na grama orvalhada para as matinas, com as mãos escondidas nas mangas do hábito e a cabeça baixa, coberta pelo capuz. Ainda ouço o murmúrio dos hinos através das árvores, enquanto o céu começa a clarear, os cânticos que permanecem imutáveis há mil anos. Durante o dia, nas horas canônicas, ouço o canto gregoriano e as orações e, por fim, sinto a doçura das vésperas e a ternura dos últimos ofícios divinos. Então me lembro dessa canção em círculo, dessa dança sem fim, antigas e sempre novas. E sou grato por tudo isso.

Há um trecho no poema Cântico espiritual, *de São João da Cruz, que sempre me confundiu. Vem no fim, bem depois da passagem que fala da pequena pomba branca da alma que voa em busca de Deus e constrói seu ninho na solidão, com o Único que procurava.*

Permita que nos regozijemos, Amado,
Permita que sigamos em frente para que nos vejamos em Sua beleza,
Que sigamos para a montanha e a colina,
Para onde a água pura flui,
E mais além, para as profundezas da mata emaranhada.

Foi isso de entrar na mata emaranhada que eu nunca pude enten-der. Minha idéia dourada de uma vida realizada no amor não incluía tal esforço. Suponho que imaginava que entrar no eterno repouso sig-nificava ficar à beira de uma piscina celestial, tomando drinques enfei-tados com pequenos guarda-sóis. Mas não servimos àquele Amor maior renunciando a nossos pequenos amores, esperando obter em troca alguma mística cadeira de piscina. Servimos sendo fiéis a nossos amores, sofrendo todos eles inteiramente. Nascemos para amar, assim como nascemos para morrer, e é no espaço entre esses dois grandes mistérios que se ergue toda a emaranhada mata de nossas minúsculas vidas. Não há outro lugar para ir, a não ser tomar o caminho que a atravessa. E assim vamos caminhando, perdidos, no território sem mapa do amor.

Enquanto escrevo esta carta, Mary Martha está à mesa da cozinha comigo, quebrando a cabeça para ler uma história de Dick e Jane. A mãe de Rebecca se mudará para o apartamento no andar de baixo ainda esta semana e, em sua imaginação, já está enchendo o quintal com zínias e gladíolos. Tenho certeza de que ela vai tomar o jardim de mim e transformá-lo num país de maravilhas. Rebecca está na varanda dos fundos, sentada diante do cavalete, pintando a vista que temos de Point Reyes, uma versão editada, sem telhados e antenas de televisão. Ela está afastada temporariamente do trabalho e pensando em come-çar seu próprio negócio de artes gráficas para poder trabalhar da maneira que melhor lhe convier.

O monge do andar de baixo • 249

E eu? Meu currículo continua magro como sempre. Mas deixei o emprego na McDonald's e estou procurando outro que não exija o uso de um grill. Quero trabalhar com pessoas que estão morrendo. Parece que tenho dom para isso.

Seu em Cristo,
Mike

Bonnie Carlisle e Bob Schofield haviam marcado o casamento para o segundo sábado de dezembro. Naquele dia, Rebecca passou a manhã no apartamento de hóspedes com Mike, instalando barras de apoio no boxe do chuveiro, um banco de banheiro, uma ducha com mangueira comprida para facilitar o manuseio, tapetes antiderrapantes, preparando tudo para a mãe mudar-se para lá. Phoebe ia sair do centro de reabilitação na segunda-feira, e Rebecca tinha de concordar em que o apartamento era o melhor lugar para ela morar. Phoebe já estava se locomovendo com o auxílio de um andador e progredindo diariamente no imenso trabalho de desempenhar as mais simples tarefas da vida, aprendendo a comer com a mão esquerda, a vestir-se com roupas que eram fechadas por tiras de Velcro em vez de botões e zíperes, a usar o banheiro sozinha. A fala melhorara, e ela começara a treinar a leitura. Muitas vezes, ela e Mary Martha passavam horas juntas com um dos livros da série Dick e Jane, lendo em voz alta sentenças de três palavras ou menos. No momento, Mary Martha estava ligeiramente na frente, mas Phoebe logo ia alcançá-la.

Rebecca estivera preocupada com o dia do casamento de Bonnie desde que recebera o convite. Não dissera uma palavra a Mike sobre o pedido de casamento que ele lhe fizera na casa de Phoebe, semanas atrás, e temia que ele se aproveitasse das núpcias de Bonnie e Bob para renová-lo. Ela se sentia mal, achando-se cruel por mantê-lo naquela incerteza, mas simplesmente não conseguia tocar no assunto. Era difícil explicar por quê, até para si mesma. Sabia que Mike era sincero. Não acreditava, nem por um segundo, que ele queria casar-se só para não ter de mudar-se para outro lugar, provavelmente de aluguel mais caro. Não, Mike não era assim. Era um sujeito que chegara sem um centavo no bolso e com todas as suas posses numa sacola de lona.

Ela também não duvidava de seu amor por ele. Apenas tinha um leve receio de que fora o fato prosaico de Phoebe precisar morar no apartamento de hóspedes que forçara Mike a pensar em um compromisso prematuro, mas só assumia compromissos quem queria, e se a situação de Phoebe forçara-os a passar do namoro para uma crise, também aprofundara sua intimidade. Em muitos aspectos, agora eles eram um casal veterano, tinham a compreensão, o humor negro e a camaradagem fácil que só são forjados em combates compartilhados. Ela confiava nele, mais do que esperara confiar em alguém, contava com ele, tanto, que chegava a ser um pouco assustador. Sabia que nunca teria sido capaz de tratar Rory com tanta magnanimidade, se não soubesse que ia voltar para casa e contar a Mike o que acontecera na sala de audiências, em toda a sua ironia e incongruência, como uma história engraçada, como uma estranha, e agora dividida, fatia da vida. Lembrava-se de ter pensado, observando Mike lidando com Phoebe, quando parecia que ela não sobreviveria, que queria tê-lo a seu lado quando a mãe morresse. Concluiu que queria estar com ele para sempre.

O sentimento apenas tornara-se mais forte, depois de passada a crise, quando a realidade da rotina da vida entrou em foco novamente. Cada dia de relativa normalidade trazia uma nova e doce revelação. Mike cantava antigos sucessos dos Eagles no chuveiro e mostrara uma insuspeitada paixão por comida mexicana. Descobrira os livros de mistério de Sue Grafton, mas ainda estava às voltas com *R de roubo,* e ela dissera, rindo, que aquilo era prova conclusiva de que ele passara vinte anos em um mosteiro. E ele era verdadeiramente péssimo para lidar com dinheiro. Gastava como um homem que acreditava que Deus proveria a todas as suas necessidades, que não precisava se preocupar com o dia de amanhã, mas Rebecca podia conviver com isso. Podia conviver com tudo o que aprendera a respeito dele e, sentia, com tudo o que viesse a aprender. A questão não era essa.

O monge do andar de baixo • *251*

Qual *era*, então? Talvez tudo fosse intenso demais, indo rápido demais. Aquele homem passara vinte anos em resoluta oposição ao que a maioria das pessoas considerava uma vida normal. Ela não queria que ele acordasse um dia, daí a cinco, dez anos, pensando que jogara fora sua chance de chegar a Deus, fosse o que fosse que isso significasse, em troca da mediocridade mundana de um casamento. Contudo, não acreditava realmente que isso pudesse acontecer. Mike sabia o que estava fazendo. Deixara perfeitamente claro que sabia que aquela era a decisão certa, mesmo no que se referia à sua alma.

Essa idéia de benefício para a alma era o que mais se aproximava de uma explicação para a resistência de Rebecca. Talvez, por isso, fosse tão difícil para ela aceitá-la. Mike acreditava de todo o coração que esse casamento faria bem à sua alma, mas Rebecca não tinha tanta certeza de que faria bem à sua. Para falar francamente, isso a perturbava. Não havia termos com os quais ela estivesse acostumada a pensar a respeito. A linguagem dos assuntos da alma havia lhe parecido uma grande fraude, por tanto tempo, que agora ela hesitava, ficava até embaraçada em usá-la. Mas essa linguagem existia. Mike atirara-se aos desafios e dilemas do cotidiano com uma espécie de paixão e encontrara significado espiritual em operar a máquina da vida comum. Para ele, fora um passo gigantesco para a frente. Mas era exatamente a máquina da vida comum que agora dava a Rebecca uma pausa. Ela olhava para trás, para os dias e noites à cabeceira da mãe, recordando a tranqüilidade que ali caíra sobre ela, a beleza do silêncio sob o mar de dor. Algo extraordinário acontecera, alguma coisa abrira-se em seu íntimo, e ela não queria apenas atribuir isso a uma interessante aberração e voltar ao moinho sem sentido.

Descobrira que não queria voltar ao trabalho na Imagens Utópicas. Tentara, quando as coisas se acalmaram, e usar a condição de Phoebe como desculpa não fora mais possível. Ficara à espera do trem, na plataforma da estação N-Judah, segurando a pasta de desenhos e usando o uniforme recentemente implantado. O trem chegou, parou, as portas abriram-se, e as outras pessoas à espera embarcaram. Ela continuou parada, simplesmente porque não conseguiu obrigar-se a entrar. As portas fecharam-se, o trem partiu, e ela continuou na plataforma até que outro trem chegou. As portas abriram-se, mais pessoas embarcaram, novamente ela não conseguiu mover-se, e o trem partiu. Depois do terceiro trem, ela voltou para casa e sentou-se no quintal, maravilhando-se com as delicadas flores alaranjadas das aboboreiras e pensando que devia estar louca, que perdera o juízo completamente, que se tornara uma doida irresponsável.

Era irônico, até mesmo ridículo. Ela lutara por tanto tempo e com tanto empenho para fazer sua pequena vida funcionar, e sua pequena vida estourara apesar disso tudo. Agora Mike estava lhe oferecendo a chance de consertar sua pequena vida e deixá-la imensuravelmente mais bonita.. Como ela poderia dizer àquele ex-monge, que fora tão longe para fazer as pazes com o mundo e que oferecia com tanta generosidade sua própria vida à realidade confinadora da vida dela, que tinha medo de casar-se com ele e sucumbir às exigências do comum? Mas a verdade era quase essa. Ela não queria perder de vista o lugar silencioso e calmo que vislumbrara, sentada ao lado da cama de Phoebe. Queria dar uma chance àquela estranha e profunda pausa.

Enquanto Rebecca se ocupava com esses pensamentos, preparando o apartamento para a mãe, Mike, sempre calmo, atacava o trabalho braçal tão resolutamente, que ela suspeitou, como acontecia freqüentemente, que ele lera sua mente. Ele manejava a furadeira elétrica com habilidade e garbo, obviamente se exibindo. Os dois divertiram-se na loja de acessórios de banheiro, escolhendo uma escova de cabo longo e uma graciosa luva de banho com um bolso para o sabonete. Riram da pouca quantidade de pertences que Mike teve de carregar para o andar de cima. Ainda assim, ele não disse uma palavra a respeito do espetacularmente óbvio assunto de casamento. Era quase de enfurecer.

Pararam de trabalhar ao meio-dia para arrumar-se para o casamento de Bonnie e Bob. A amiga excedera-se na escolha dos trajes, e o vestido de dama de honra de Rebecca era uma criação extravagante em cor-de-rosa, que a fazia parecer um grande cravo com um chapéu roxo de aba mole. Mas não havia nada que ela pudesse fazer a respeito. Mike comprara um paletó azul-marinho muito parecido com o que

Rory usara na audiência, não propriamente bem-ajustado, e calças combinando, um tanto compridas demais. O nó da gravata estava torto, mas ele penteara os cabelos cuidadosamente. Ele parecia pouco à vontade e muito compenetrado, como um estudante jogador de basquete obrigado a usar um uniforme para uma turnê de jogos.

— Espero que não tenha acabado com as economias de sua vida para comprar esse terno — disse Rebecca.

Mike deu de ombros.

— As economias de minha vida tinham apenas três semanas.

— São apenas Bonnie e Bob.

— Somos nós em público. Não acredito em como estou nervoso. Parece que estou levando você a seu baile de formatura ou algo assim.

— Então onde está a flor que trouxe para o meu vestido?

Ele hesitou, então tirou timidamente a mão de trás das costas para mostrar uma caixa transparente com uma gardênia presa a um alfinete. Rebecca riu.

Nesse momento, Mary Martha apareceu. Já estava pronta para o acontecimento, usando um vestido azul com gola branca e corpete de brocado, caríssimo, que Phoebe lhe dera no último aniversário.

— Ei, estamos usando cores coordenadas! — exclamou Mike.

Mary Martha riu e perguntou:

— O que é isso na caixa?

— Uma flor.

— Para quem?

— Para você, naturalmente — respondeu Mike sem hesitar um segundo.

Mary Martha deu um gritinho de alegria. Quando Mike ajoelhou-se para prender a flor no vestido dela, lançou um olhar para Rebecca, como pedindo desculpas. Rebecca sorriu, tranqüilizando-o. Problemas com flores eram fáceis, difíceis eram os de família. Fazia anos que ela procurava um homem que aceitasse o fato de que seu par para o baile de formatura tinha uma filha.

O casamento foi na catedral Grace, em Nob Hill, no centro de São Francisco. Bonnie e Bob não haviam poupado despesas. Quando Rebecca, Mike e Mary Martha saíram da garagem para a fraca luz do céu encoberto, foram saudados por um recepcionista de smoking que gravemente guiou-os para o fresco interior da catedral. Havia arranjos florais ao longo da nave, e os bancos da frente já estavam ocupados. Rebecca notou um numeroso grupo de funcionários da Imagens Utópicas, a maioria dos quais ela não via desde que Phoebe adoecera. Mike e Mary Martha sentaram-se em uma fileira vazia, enquanto Rebecca corria para juntar-se a Bonnie no quarto de vestir ao lado da sacristia.

Ela encontrou a amiga com a mãe, diante de um espelho de corpo inteiro, e as duas estavam ocupadas, examinando o decote do vestido de noiva, lindo, de corte princesa, com mangas de renda e saia rodada de cetim recoberta por outra, de tecido fino e ondulante. O decote, porém, parecia um pouco exagerado.

— Bob vai adorar — observou Rebecca.

A Sra. Carlisle olhou-a com ar duvidoso. Era uma mulher sólida e gentil, com uma grande risada, como a da filha, e os mesmos olhos azuis e levemente tristes. Bonnie deu um pequeno puxão no corpete do vestido e olhou-se criticamente no espelho.

— Ah, que se dane — disse por fim. — Quem tem deve mostrar.

O grande órgão soou com a *Marcha Nupcial* de Mendelssohn. Desfilando pela nave com o padrinho do noivo, Rebecca piscou para Mike e Mary Martha, ocupando em seguida seu lugar à esquerda do altar-mor, com seus blocos de granito de Sierra Nevada e tampo de madeira de lei. Bob esperava junto à religiosa que celebraria o casamento, uma mulher bronzeada e vistosa, que parecia capaz de livrar-se de suas vestes pretas em um instante e sair para escalar uma montanha. As abas em forma de asas de andorinha da casaca de Bob faziam com que ele parecesse mais alto, notou Rebecca com alívio, porque Bonnie se preocupara, achando que ficaria mais alta do que ele com sapatos de salto. Ele endereçou-lhe um sorriso orgulhoso, um tanto impessoal. Parecia meio zonzo de felicidade.

O monge do andar de baixo • *255*

Bonnie percorreu a nave pelo braço do pai, beijou-o e tomou seu lugar ao lado de Bob. Rebecca observou que o imponente vitral do lado leste, o *Il Cantico de Frate Sole*, em rosa, azul e dourado, derramava seu brilho sobre o casal. O rosto de Bonnie estava radiante sob o véu de tule que lhe descia até o queixo. Até Bob parecia ter adquirido alguma dignidade em sua devoção.

O silêncio caiu sobre a catedral, quando a religiosa deu início à cerimônia com palavras simples e timbre cristalino. Chegou o momento dos votos: na alegria e na tristeza, na riqueza e na pobreza, na doença e na saúde. A mãe de Bonnie chorava em silêncio no banco da frente, e os olhos de Rebecca encheram-se de lágrimas, que acabaram tombando por seu rosto. Era tudo muito lindo, muito certo. Ela esperara assistir àquilo com certa ironia.

Os recém-casados beijaram-se e caminharam para a saída ao som de *Toccata*, de Widor. Lá fora, receberam uma chuva de alpiste, em vez de arroz, preocupados com o aparelho digestivo dos pombos que viviam por ali. No instante em que os 44 sinos do carrilhão da catedral começaram a tocar, o sol rompeu as nuvens, para deleite do fotógrafo. Foi um casamento perfeito.

Mais tarde, na recepção oferecida no espaçoso salão de festas da casa diocesana, Bob ficou ligeiramente embriagado depois dos brindes e começou a regalar os convidados com a história de como pedira Bonnie em casamento. Ele a levara a um pequeno mas maravilhoso restaurante italiano em North Beach e pedira à garçonete que levasse um imenso buquê de lírios à mesa. Ajoelhara-se, apoiando-se em um só joelho, diante de todas as pessoas lá reunidas, e, quando Bonnie aceitou seu pedido, um violinista aparecera, tocando uma das danças húngaras de Brahms.

Todo o mundo irrompeu em exclamações de admiração por tanto romantismo. Bonnie olhou para Rebecca, e seus olhos lhe imploravam para ser boazinha. Rebecca apenas lhe sorriu. Estava sendo mais fácil ser boazinha, ultimamente.

Jeff Burgess estava dançando com a esposa. Voltara para sua casa em Potrero Hill e já falava de seu romance com Moira como de uma loucura de meia-idade. Parecia feliz, de um modo mais recatado, e com certeza o tempo que passara com Moira melhorara seu guarda-roupa. Na semana anterior, Rebecca dissera-lhe que não voltaria à empresa, e ele não dera demonstração de se aborrecer com isso. A campanha do homem-lâmpada para a PG&E fora lançada recentemente, depois dos toques finais dados por Bonnie, e estava sendo um grande sucesso. O comercial aparecia em toda a parte, mostrando o homenzinho criado por Rebecca, uma pura versão de Gene Kelly, girando ao redor de postes de iluminação, cantando na chuva, e havia cenas intercaladas de operários da PG&E trabalhando embaixo de temporal para reparar linhas danificadas. Viam-se pôsteres do homem-lâmpada em paradas de ônibus e nas laterais de trens. Uma fábrica de brinquedos até fizera do homenzinho um boneco de ação. Isso fazia Rebecca lamentar não ter pedido uma porcentagem dos proventos.

— Ele parece meio triste — tinha dito Mike quando vira o comercial na televisão.

Rebecca o amara ainda mais por isso. Nenhuma outra pessoa mencionara a óbvia ambivalência do homem-lâmpada, a nota pungente de sua condição de artista deformado.

— Ele só está dançando o mais rápido que pode — dissera ela.

Numa mesa em um canto, Moira Donnell estava chorando silenciosamente sobre seu champanhe. Rebecca foi até ela e sentou-se a seu lado.

— Queixo erguido, meu bem — aconselhou.

— Aquele desgraçado — xingou Moira. — Ele me dizia duas vezes por semana que ia se divorciar.

— Compromissos assim fortes têm vida própria. Mas de certa forma foi melhor assim, você não acha? O casamento de Jeff é teimoso. Você terá o seu.

— Acho que nunca mais vou acreditar no amor.

— Você não amava Jeff, querida — insistiu Rebecca gentilmente.

Moira pegou outra taça de champanhe da bandeja de um garçom que passava.

— Ele sabe muito bem tirar proveito das pessoas, não é? — observou morosamente, olhando para Jeff e a esposa. — Quero dizer, fui *eu*

O monge do andar de baixo • 257

quem sugeriu aquele corte de cabelo, fui *eu* quem comprou aquela gravata para ele.

Houve uma agitação perto da porta. Bonnie aparentemente decidira que Bob já bebera demais, e o feliz casal estava fazendo sua grandiosa retirada. Um grupo de moças excitadas esperava que a noiva atirasse o buquê. Bonnie olhou a cena calmamente. Seus olhos encontraram-se com os de Rebecca num olhar cúmplice. Rebecca abanou a cabeça de leve, mas Bonnie apenas riu e jogou o buquê como uma bola de futebol em sua direção. Não havia nada que Rebecca pudesse fazer, a não ser pegá-lo.

Gritos e risos encheram o salão. Bonnie e Bob acenaram alegremente e dirigiram-se para a limusine a sua espera. A banda começou a tocar *You Are the Sunshine of My Life*, e Jeff tirou a esposa para mais uma dança. No outro lado do salão Mike dançava com Mary Martha, algo tão adorável de ver que Rebecca pensou que seu coração fosse explodir de emoção.

Moira olhava o buquê com indisfarçada mágoa embriagada. O arranjo de anêmonas roxas e rosadas, folhagem, rosas e um ramo de brinco-de-princesa era mais uma evidência de sua triste situação. Rebecca hesitou, deu-lhe o buquê, e Moira sorriu, acanhada por sua presteza em aceitá-lo.

— Deus meu, sou tão ridícula — murmurou Moira. — Você notou como os ombros do padrinho são largos?

No caminho para o carro, Mary Martha descobriu o labirinto de mosaico cinzento e branco no piso do pátio e começou a seguir um dos caminhos. Rebecca e Mike sentaram-se em um banco ao lado, à sombra de algumas ameixeiras. Lírios ainda floresciam num canteiro, as aveludadas cabeças brancas pendidas, e o ar tinha um leve perfume de jasmim. Em casa, pensou Rebecca, eles tinham algumas abóboras no quintal, coisas meio verdes e meio alaranjadas, do tamanho de um punho de Mary Martha. Aquilo parecia uma espécie de milagre para Rebecca. Iam ter abóboras no Natal.

— Mal posso esperar para tirar este vestido — disse ela.

— Uma produção e tanto, esse casamento — comentou Mike, afrouxando o nó da gravata e desabotoando o paletó. — Se um dia passarmos por isso, iremos procurar um juiz de paz, com Mary Martha e o zelador do cartório como testemunhas. Gostaria que fosse em uma quarta-feira à tarde.

— E eu estou pensando no lago Tahoe — declarou Rebecca. — Em uma daquelas capelas que fazem casamento instantâneo, no outro lado da divisa, em Nevada. Depois iremos a um pequeno restaurante, comeremos comida mexicana, tomaremos margaritas e às nove horas já estaremos na cama.

— Isso é um "sim"?

Rebecca riu.

— Eu sabia que você ia fazer isso.

Mike sorriu maliciosamente.

— E eu sabia que você sabia.

Mary Martha chegou ao centro do labirinto e começou a percorrer a espiral de novo, saltando e cantando baixinho. Mike e Rebecca entreolharam-se e sorriram. Era divertido desempenhar o papel de pais.

— Nem sempre ela é assim tão boazinha — alertou Rebecca.

— E eu não sei?

Além das torres da catedral, o prematuro crepúsculo de inverno tingira as nuvens de cor-de-rosa. O trânsito, nas ruas Taylor e Califórnia, parecia distante, seu ruído abafado pelas árvores, transformado num marulho monótono como o do mar. Um pardal piava num galho acima do banco, duas notas em sustenido e uma mais aguda.

— No hospital era assim, às vezes — disse Rebecca. — Como conhecer um segredo, como descobrir que a única coisa real é o amor. — Olhou para Mike. — Você sentia isso no mosteiro?

— Às vezes.

— A... paz, o silêncio. Sentada ao lado de Phoebe, eu jurava a mim mesma que não me esqueceria daquilo, que não me deixaria arrastar de volta para o frenético sonambulismo de antes.

— Mamãe, venha andar no labirinto comigo! — chamou Mary Martha.

O monge do andar de baixo • *259*

— Espere um minuto, querida. — Rebecca tornou a olhar para Mike. — Eu sei que você sabe do que estou falando.

Ele ficou em silêncio por um instante, então disse quase com relutância:

— Havia uma estampa na biblioteca do mosteiro, uma cópia do quadro de Filippo Lippi, *Santo Agostinho Contemplando a Santíssima Trindade*, que está no museu Uffizi, em Florença. Agostinho está sentado com um pergaminho aberto no colo, uma pena e um tinteiro nas mãos, olhando para o sol de três faces que brilha sobre ele. E tem três flechas cravadas no coração.

— Ai!

— Isso mesmo. Eu olhava muito para essa gravura e pensava que tudo se limitava àquela visão, à luz, ao êxtase, ao arrebatamento, que depois de um momento como aquele não havia mais nada que alguém pudesse fazer no mundo. Eu só queria ser aquele homem, contemplando o sol, e imaginava que as flechas eram apenas uma parte do preço a pagar por tal visão, um risco ocupacional, por assim dizer.

— E agora?

Ele deu de ombros.

— Agora eu sei que os momentos de visão vêm e vão. "Nenhum homem verá Minha face e continuará vivendo." Não estamos equipados para viver o tempo todo nessa luz. A visão desaparece, a vida continua, e só ficamos com as flechas.

— Que pensamento animador — murmurou Rebecca sombriamente.

— Acho que é, de certo modo — disse Mike. — Penso que as flechas existem para que não nos esqueçamos da visão.

Mary Martha, com a paciência esgotada, foi até eles e pegou Rebecca pela mão.

— Vamos, mamãe!

— Está bem, está bem — cedeu Rebecca, rindo e deixando a filha puxá-la do banco. Olhou para Mike. — Você vem?

— Acho que não vou dançar essa música — respondeu ele.

Ela gostou do sutil recurso de negociação paternal: ele dançara com Mary Martha a tarde toda. Soprou-lhe um beijo e permitiu que a filha a conduzisse até a entrada do labirinto. A menina correu na frente, mas Rebecca foi andando devagar. O caminho desenhado no chão do terraço era uma espécie de conforto, simples e definido, exigindo apenas um passo atrás do outro.

A primeira curva chegava muito perto do centro do labirinto, o que era estranho, e ela imaginou se fizera alguma coisa errada. Mas então o caminho virou para fora novamente. Mary Martha passou por ela, uma espiral inteira a sua frente. Na próxima curva, Rebecca olhou para o banco e viu que Mike continuava lá, fumando e parecendo maravilhosamente tranqüilo. Sorriu para ele, fez mais uma curva, depois outra, e por um momento foi invadida por repentina e serena alegria. Não havia nada a sua frente, a não ser a catedral, as torres banhadas pela luz dourada do pôr-do-sol, as ameixeiras, envolvidas pelo silêncio do entardecer, à espera da primavera. Não havia nada a sua frente, a não ser todos os passos que ainda teria de dar.

Agradecimentos

Em primeiro lugar, minha gratidão a Renée Sedliar, minha bela e brilhante editora na Harper San Francisco, por seu toque poético, pelas tatuagens Dante e por seu bom gosto infalível. Obrigado também a Calla Devlin, Chris Hafner e Priscilla Stuckey. Tenho uma antiga dívida de gratidão com Elizabeth Pomada por sua bondade em ler o primeiro rascunho deste livro, em 1988, e pela reação encorajadora. Uma dívida de gratidão mais recente é a que tenho com Judith Ehrlich, pela leitura do texto ainda em evolução e pelas oportunas sugestões, e com Carolyn Brown, por uma edição sincrônica e genuinamente proveitosa. Obrigado também a Sybil MacBeth pelas poéticas meditações a respeito da prece enquanto me fazia as unhas e que eu roubei descaradamente, e a Anne Poole, por suas pequenas sugestões, suas aquarelas e pelos muitos copos de gim com tônica que tomamos juntos.

Minha gratidão menos alcoólica ao padre Bill Sheehan, pelas lições sobre prece concentrada e "como estar em companhia de Deus", a April Swofford e à irmandade do mosteiro de Monte Maria, em Richmond, Virgínia, por criar e manter tão precioso local de oração. Lavarei sua louça sempre que você quiser, April.

Fir Emmanuel incentivou-me grandemente, lendo minha história, assim com Lynn Mason. Laurie Horowitz, a mulher mais engraçada do mundo, é sempre um esteio. Kathleen Barratt ensinou-me a respirar durante o andamento deste livro, e Angela Phillips iniciou-me nos mistérios da rendição da ioga. A devoção radicalmente contemporânea de Mirabai Starr à espiritualidade de São João da Cruz tem sido uma inspiração, e sua versão de *A noite escura da alma* é um tesouro.

Agradeço a Laurie Chittenden pelo esforço heróico por uma causa perdida e por sua presença de espírito no Gloucester Daffodil Festival. E sou sempre grato a Kate Johnson, "apenas uma romancista", por ser uma leitora ideal e por me citar para causar boa impressão.

Como sempre, agradecimentos sinceros à adorável Linda Chester, da Linda Chester and Associates, pela elegância, garra e apoio inabalável. Tenho uma dívida de gratidão, que não pára de aumentar e nunca poderá ser paga, com Laurie Fox, minha empresária, editora, amiga querida, romancista e corajosa companhia na estrada literária, por sua alegria, sabedoria, pelos risos e boas refeições, por todos os dons de seu espírito extraordinário.

E a Claire, minha graciosa parceira de desastre e fandango, que pacientemente suporta as conseqüências de meus passos errados, todo o meu amor reverente e agradecido.

Outros títulos publicados pela Best*Seller*:

À MARGEM DE ALICE
Joanna Hershon

Uma jornada fascinante pelas emoções de personagens complexos,
À *margem de Alice* é a história de uma família americana marcada pela
ausência da figura materna. Narrado com sensibilidade por Joanna
Hershon, o livro conquista pela beleza de seu texto e por suas
arrebatadoras revelações.

A CONSPIRAÇÃO DA VINCI
Marc Sinclair

Na Vila I Tatti, centro de estudos renascentistas da Universidade de
Harvard em Florença, a historiadora de arte Susan Cunningham lança
uma afirmação que desestabiliza o rumo das pesquisas do estudante
Seth Thévenot: por trás do sucesso de O *código Da Vinci*, de
Dan Brown, algo muito maior estaria guardado — algo capaz
de desviar de modo irreversível a trajetória da Igreja.
Um livro instigante, da primeira à última página.

MAYADA, FILHA DO IRAQUE
Jean P. Sasson

História real de Mayada Al-Askari — nascida em uma influente família
iraquiana, jornalista e uma das inúmeras vítimas da crueldade do
regime de Saddam Hussein. Presa em 1999 sob duvidosas acusações,
Mayada dividiu com outras dezessete mulheres a cela 52 da temida
Prisão Baladiyat. Um testemunho sobre a histótia do Iraque moderno
e a vivência de pessoas coagidas por uma ditadura desumana.

A TREINADORA DE PAPAGAIOS
Swain Wolfe

Um colecionador de arte que fez fortuna negociando falsas
antiguidades, a delirante aparição de uma ancestral treinadora
de papagaios e uma rigorosa arqueóloga formam o triângulo de
sentimentos e interesses que conduz a trama desse romance,
ambientado no envolvente cenário do Novo México. Mordaz,
sensual e repleto de cores locais, o livro tem o apelo do encantador
realismo mágico, da aventura e de uma terna história de amor.

Visite nossa homepage:
www.editorabestseller.com.br

Você pode adquirir os títulos da Editora Best*Seller*
por Reembolso Postal e se cadastrar para
receber nossos informativos de lançamentos
e promoções. Entre em contato conosco:

mdireto@record.com.br

Tel.: (21) 2585-2002
Fax: (21) 2585-2085
De segunda a sexta-feira,
das 8h30 às 18h.

Caixa Postal 23.052
Rio de Janeiro, RJ
CEP 20922-970

Válido somente no Brasil.

Este livro foi composto na tipologia Sabon,
em corpo 11/15, impresso em papel off-white 80g/m²,
no Sistema Cameron da Divisão Gráfica da Distribuidora Record.